Fabian Neidhardt

Nur ein paar Nächte

Roman

Für Elsa, Lin und Alma

Die Zukunft ist schon da – sie ist nur noch nicht sauber verteilt.

– William Gibson

Vögel benutzen nicht nur ihre Schnäbel, um zu bauen. Sie pressen ihre Brust gegen die Innenwand, um sie rund zu machen, und prägen damit ihrem Zuhause ihre Umrisse auf: ein Interieur, geformt vom beständigen Rhythmus ihrer schlagenden Herzen.

– Janine Burke in „Nest"

Vorspann

Ihre Periode war ein paar Tage überfällig, was schon ein paar Mal passiert war, wenn sie Stress hatte oder es ihr nicht gutging. Aber jetzt fühlte es sich anders an. Sie hatte eine Ahnung gehabt und an nichts anderes denken können, bis sie den Schwangerschaftstest gekauft hatte, zurück nach Hause gelaufen und ins Klo gestürmt war, um auf den Streifen zu pinkeln.
Sie starrte das Plastik an, sah dem ersten blauen Strich zu, wie er stärker wurde, und schaute dann so lange auf das andere Feld, bis der zweite eindeutig zu erkennen war. Dann saß sie auf der Toilette und schaute durch die offene Tür in den Flur und die leere Wohnung, ein Kribbeln auf der ganzen Haut, und zu allen Versionen der Zukunft mit einem Kind sagte sie Nein.

1

Die Musik geht aus, das Handy leuchtet auf und all die Konzentration ist weg. Ben atmet aus und schüttelt den Kopf. Auf dem Display steht *Mama und Papa* und der Pfeil fordert ihn auf, den Anruf anzunehmen.

Er redet gern mit seiner Mutter. Aber er kann später noch erzählen, dass alles okay ist und er genug isst und es Mia gut geht. Ben starrt das Handy an, bis das Display dunkel wird und die Musik wieder einsetzt. Dann dreht er es um. Nur um gleich darauf nochmal auf die Uhr zu schauen.

Es ist Freitag, er hat noch etwa eine Viertelstunde, bis Mia von der Schule kommt. Dann werden sie gemeinsam kochen. Was bedeutet, dass er kocht und Mia danebensitzt und von der Schule erzählt und hofft, dass er vergisst, nach dem Essen mit ihr die Hausaufgaben zu machen, damit sie mit Tamay spielen gehen kann.

Vorher will Ben anfangen, den ersten Schnitt in dieses neue Holz zu setzen. Noch könnte aus diesem länglichen Stück Eiche alles werden. Eine hochgewachsene Kriegerin. Ein Junge mit einem Luftballon. Vielleicht auch Pikachu oder doch ein weiterer verzierter Löffel. Das wird er dann wissen, wenn er den ersten Schnitt gemacht hat und sieht, wohin ihn das Holz führt. Was in ihm steckt. Noch ist alles offen und Ben kann keine Fehler machen. Das ist der schwerste Teil.

Er atmet ein, lässt das Messer über der rauen Oberfläche schweben. Und die Musik geht wieder aus. Ben bläst die Luft geräuschvoll aus, spürt sie an seiner Zunge entlanggleiten und greift nach dem Handy. Erst lächeln, dann abheben.

„Mama, alles in Ordnung? Kann ich dich später zurückrufen? Ich muss noch was fertig machen für morgen.“

Das Messer kreist über dem Holz und bleibt dann über der perfekten Stelle hängen. Er setzt die Spitze sanft auf und wie von alleine arbeitet sie sich ein kleines Stück in das Holz. Jetzt muss er nur noch schnell auflegen. Aber Ben hört die Tränen, bevor sie spricht.

„Dein Vater hat mit einer anderen geschlafen."

Es klingelt an der Tür. Ben lässt das Messer los. Für einen Moment steht es im Holz, dann kippt es heraus und reißt ein Loch hinein. Eigentlich kann Mia noch nicht da sein. Aber vielleicht hat Rita sie mitgenommen. Er kann es wirklich nicht leiden, wenn sie zu faul ist, den Schlüssel aus dem Rucksack zu kramen, und stattdessen klingelt. Dafür muss er dann jedes Mal seine Arbeit unterbrechen und ihr die Tür öffnen, nur damit sie ihn ignorieren kann. Pubertät ist das Schlimmste. Dabei ist sie erst zwölf und da kommen noch ein paar anstrengende Jahre. Alles Gedanken, die im Hintergrund durch seinen Kopf gehen, während er zu verarbeiten versucht, was seine Mutter gerade gesagt hat.

„Was?"

„Thekla, seine Arbeitskollegin. Du kennst sie, sie hat uns manchmal besucht."

Sie macht eine Pause, aber Ben sieht den Film, der auch vor ihrem Auge ablaufen muss. Sein Vater, der andere Leute zum Lachen bringt und gern unterhält. Der andern gern Dinge beibringt, sich dazusetzt und ganz begeistert zeigt, wie dies oder das funktioniert. Und diese Frau, die für Ben nur noch eine verblasste Erinnerung ist. Der Schemen eines Menschen, den er als Kind zwei- oder dreimal gesehen hat.

Seine Mutter atmet ein und der Film stockt, wirft Blasen und verbrennt.

„Er hat es mir vorhin gesagt. Wollte sich entschuldigen, aber das konnte ich nicht. Das wollte ich mir nicht anhören."

Sie weint sich durch die Worte und hört sich an, als könne sie sich selbst nicht glauben.

„Was?"

„Ich habe ihn rausgeworfen."

In den flirrenden Fetzen seiner Erinnerung hört Ben das Lachen der Frau, sieht seinen Vater, wie er sie zur Tür bringt und selbst auf eine Art lacht, die Ben selten gehört hat. Und da ist der Blick seiner Mutter, den er damals nicht verstanden hat, aber der jetzt Sinn ergibt. Es klingelt nochmal und für einen Moment fragt Ben sich, ob die Frau was vergessen hat. Dann schält sich die Erinnerung ab und er weiß wieder, dass das Mia ist. Die Haustür ist ein paar Räume weit entfernt, aber als sein Vater damals die Gebäude renoviert hat, hat er dafür gesorgt, dass die Klingel überall zu hören ist.

Bens Ärger kommt automatisch, wie er immer kommt, wenn ihn jemand bei der Arbeit stört. Er steht auf, geht durch den langen Flur zurück ins Haus und zur Tür. Und versucht gleichzeitig, zu begreifen.

„Papa hat dich betrogen?"

Milena schluchzt auf und Ben weiß nicht, wann er seine Mutter das letzte Mal hat weinen sehen. Aus Schmerz. Ob er das jemals gesehen hat. Oder gehört. Gänsehaut läuft seinen Rücken entlang und seine Kehle wird eng.

„Und wo ist er jetzt?"

Ein drittes Klingeln. Als ob Mia nicht wüsste, wie lang der Weg von der Werkstatt bis zur Haustür ist.

„Keine Ahnung. Ist mir egal."

Ben spürt ihren Trotz durch die Trauer und die Tränen hindurch und er spannt sich an. Bereitet sich darauf vor, dass der Tag anders laufen wird, als er bis gerade eben gedacht hat.

„Soll ich kommen?"

Nimmt er Mia mit? Sie wird viele Fragen stellen und er hat keine Ahnung, wie er sie beantworten kann. Aber sie könnte Milena am besten trösten. Niemand umarmt so gut wie Mia.

„Nein. Ich brauche Zeit für mich. Ich wollte nur kurz anrufen. Sagst du Salome Bescheid? Danke."

Ben hat die tote Leitung noch am Ohr, als er die Tür öffnet und sein Vater vor ihm steht. In der Hand der Aktenkoffer, den er schon vor 35 Jahren verwendet hat. Abgewetzt, die Schlüssel der kleinen Schlösser schon ewig verloren. Wie ein Vertreter, denkt Ben, wenn da nicht die Tasche in der anderen Hand wäre. Eine längliche Sporttasche, die Ben noch nie gesehen hat, und er weigert sich, jetzt darüber nachzudenken, wo diese Tasche bisher gewesen ist.

Emil nickt ihm zu, als komme er aus einer anderen Welt. Einer, in der er nicht gerade rausgeworfen wurde.

„Hallo Benaja. Kann ich für ein paar Tage hier wohnen?"

***

Vor zwölf Jahren war es andersherum gewesen. Ein düsterer Dienstagnachmittag, strömender Regen und Ben hielt seine Tochter fest an den Körper gedrückt. Mia streckte das Gesicht nach oben, lachte in den Regen und versuchte mit ihren kleinen Fingern, die Regentropfen in Bens Haaren zu greifen.

Fröhliche Geräusche an seinem Ohr, während er die Tränen zurückhielt.

Sein Vater öffnete die Tür und musterte Ben mit gerunzelten Augenbrauen. Wie er dastand, das nasse Gesicht, die brennenden Augen, das Kind auf seinem Arm, die hastig gepackte Tasche in der Hand.

Bis heute ist Ben sich nicht sicher, ob sein Vater einen Moment gezögert hat, bevor er ihn hat eintreten lassen. Er hat auch vergessen, ob er selbst etwas gesagt hat, bevor sein Vater es tat.

„Hätte ich dir auch gleich sagen können, dass das so endet. Komm rein."

***

Ben lässt seinen Vater vorbei, schließt die Tür hinter ihm, folgt ihm mit steifen Beinen ins Wohnzimmer. Sein ganzer Körper ist starr und in seinem Kopf liegt ein Schatten auf seinen Gedanken. Er versucht, diese neuen Informationen irgendwie mit dem Mann vor sich zusammenzubringen.

„Ich will dich gar nicht stören, Junge. Ich musste nur schnell …"

Er zuckt mit den Schultern und Ben nickt.

„Deine Mutter, sie … Ich …"

Ben winkt ab, so schnell, dass sein Vater verstummt. Er sieht das Handy, das Ben immer noch in der Hand hat, versteht und starrt dann auf den Boden. Ben spürt sein Herz pochen, eine Mischung aus neuer Wut und alter Verletzung und brennenden Fragen, die er stellen will, obwohl er sich nicht sicher ist, ob er die Antworten überhaupt hören kann. Ob er diesen Film, den sein Vater gerade abspult, überhaupt sehen will.

Emil wendet sich ab und zeigt auf das Sofa, die Tasche immer noch in der Hand. Solche Taschen haben nur junge Menschen, die Sport machen, und sowieso passt hier nichts zusammen.

„Ich schlafe auf dem Sofa, ich will dir …"

Aber Ben schüttelt den Kopf.

„Du kannst mein Bett haben. Mein Rücken ist jünger als deiner."

***

Er war klein, jünger als Mia jetzt. Onkel Heinrich und Onkel Zyga hatten seinen Papa ins Haus geschleppt, die Tür zur Speisekammer ausgehängt und ihn damit ins Bett gelegt. Bandscheibenvorfall. Jahrelang konnte Ben sich das nicht richtig vorstellen, das mit der Wirbelsäule und den gummiartigen Scheiben dazwischen und den Nerven, die sich durch den ganzen Körper ziehen. Papa verbrachte die Sommerferien auf der Tür. Die ganze Zeit lag er dort, die Beine mit einem Stuhl im rechten Winkel gehalten, weil er so weniger Schmerzen hatte. Und neben sich eine komisch geformte Plastikflasche, damit er zum Pinkeln nicht aufs Klo musste. Vielleicht war das das erste Mal, dass Ben klar wurde, dass sein Vater nicht alles konnte und alles wusste, sondern auch nur ein Mensch war, mit Schmerzen und Scheitern und Scham. Und irgendwo ganz tief drin war Ben dankbar für dieses Wissen. Erleichtert, dass nicht nur er Fehler machte.

***

Es klingelt wieder an der Tür. Ben schließt die Augen, schiebt den Ärger nach hinten, versucht, die Gefühle irgendwie auseinanderzuhalten und sich selbst irgendwie zusammen. Er zeigt auf den Koffer.

„Soll ich dir helfen? Hast du noch mehr Sachen?"

Wieder die Klingel, länger diesmal. Emil wirft einen Blick zur Tür.

„Willst du nicht aufmachen?"

Ben holt Luft, bevor er es verhindern kann.

„Benutz deinen Schlüssel!"

Der Schrei ist lauter und wütender, als Mia es verdient hat. Ben bereut ihn jetzt schon. Er wird sich später entschuldigen, aber gerade ist sein Kopf voller Chaos und er kann sich nicht auch noch darum kümmern.

Für einen Moment ist es still, sein Vater macht den Weg zwischen Ben und der Tür frei. Dann klopft es. Starke, bestimmte Schläge, die mit Sicherheit nicht von Mia kommen. Ben runzelt die Stirn und öffnet die Tür.

Mia schaut ihn betreten über den Rand ihrer dicken roten Brille an, als schäme sie sich für ihn. Neben ihr steht Tamay und sieht ziemlich erstaunt aus. Es kommt nicht oft vor, dass Ben laut wird, besonders Mia gegenüber nicht. Die Polizistin neben den beiden nickt Ben zu.

„Sind Sie Herr Berger? Wir haben die beiden am Busbahnhof eingesammelt. Sie wollten nach Hamburg."

Mia umrundet Ben und wirft sich auf Emil, der aufkeucht. Dann zieht sie ihn die Treppe hoch und ignoriert Ben, der ihr hinterherruft. Er dreht sich wieder zur Polizistin.

„Tut mir leid. Das passiert gerade zum ersten Mal."

Er zeigt auf Tamay.

„Soll ich ihn nach Hause bringen?"

Die Polizistin ist fast einen Kopf kleiner als er, ihre blonden Haare zu einem festen Knoten gebunden. Aber die Uniform und die Haltung flößen ihm automatisch Respekt ein. Sie schüttelt den Kopf auf eine Art, dass Ben sein Angebot nicht wiederholen will.

„Wir machen das schon."

„Danke. Tamay, sag deiner Mum, ich melde mich später. Und dass es mir leidtut."

Tamay zuckt mit den Schultern.

„Ich wollte schon immer mal Polizeiauto fahren. Sie hat sogar das Blaulicht angemacht."

Die Polizistin lächelt zu Tamay hinunter, dann nickt sie Ben zu und dreht sich um.

Als Ben die Treppe nach oben geht, kommt ihm Emil entgegen. Stellt sich ihm nicht in den Weg, aber schüttelt den Kopf, mit dem betretenen Gesicht eines Menschen, der die schlechten Nachrichten überbringen muss. Früher hat er Ben so ins Haus gerufen, wenn es dunkel wurde und Rita und Anna und er noch mitten im Spiel waren. Auch da war er nie der strenge Vater, sondern überbrachte nur die schlechten Nachrichten der Mutter.

„Du kannst jetzt nicht mit ihr reden. Sie hat gesagt, sie muss jetzt Musik hören. Und ich soll die Tür zumachen."

„Als ob das dich jemals davon abgehalten hat, in mein Zimmer zu kommen."

***

Mia sitzt am Schreibtisch, mit dem Rücken zu Ben, sie hat ihre Kopfhörer übergezogen. Uralte riesige Ohrensofas, die eigentlich mal seinem Vater gehört haben und alles aushalten. Wut, Rucksäcke, Regen, die Rocky Horror Picture Show, einen Hund, Kinder. Mehrere Generationen.

Die Musik ist so laut gedreht, dass Ben sie durch die Polster hören kann. Der Time Warp. In besseren Zeiten haben sie ihn gemeinsam laut mitgesungen, sind durchs Wohnzimmer gehüpft und haben versucht, den Boden nicht zu berühren. Er hat ihr erst vor kurzem den Film gezeigt und er versucht, irgendwas hineinzulesen in die Tatsache, dass sie jetzt genau diese Musik hört. Er weiß, dass es bisher niemals eine Situation gegeben hat, in der es in Ordnung war, Mia die Kopfhörer von den Ohren zu ziehen. Er klopft auf ihre Schulter und sie dreht sich zu ihm, schaut ihn trotzig an.

Ben streicht sich mit den Fingern über den Rücken der linken Hand.

Entschuldigung. Ich wollte nicht schreien.

Mia hebt ungläubig die Brauen. Ben zeigt auf sich und dann auf seinen Kopf.

Ich dachte, du bist faul, willst deinen Schlüssel nicht nehmen. Die Polizei denkt jetzt, du hast einen bösen Papa.

Mia schmunzelt und zuckt mit den Schultern. Ben streicht sich mit den Fingerspitzen über die Brust, schüttelt den Finger und ballt die Faust.

Ich will nicht böse sein. Du weißt, ich liebe dich.

Sie verdreht die Augen.

Warum Hamburg?

Hamburg muss er buchstabieren. Wenn er das jemals in Gebärdensprache konnte, hat er es vergessen. Mia zieht die Kopfhörer ab, schiebt die Brille mit dem Zeigefinger wieder richtig auf die Nase.

„Warum ist Opa da?"

Weil er meine Mutter betrogen hat und irgendwie auch mich, oder zumindest das Kind in mir, und jetzt ist er so frech, einfach hier aufzutauchen und mich da mit reinzuziehen. Und überhaupt, was zum Teufel fällt dir ein, einfach in einen Bus steigen zu wollen? Und warum bitte Hamburg?

Nichts davon spricht Ben aus. Er spürt die Wut auf seinen Vater, den Ärger auf Mia, die Sorge um seine Mutter, seine eigene Verletzung, alles auf einmal und unkontrolliert. Mia hat nicht verdient, all das abzubekommen.

„Ich tausche meine Antwort gegen deine Antwort."

Mia legt einen Finger an die Stirn, als müsse sie über das Angebot nachdenken. Sein Vater macht das auch, sie hat es sich vor Jahren bei ihm abgeguckt. Dann nickt sie, verschränkt die Arme.

„Du zuerst."

„Okay. Opa wird für ein paar Tage hier wohnen."

„Warum?"

Ben schüttelt den Kopf und beißt die Zähne zusammen, damit nicht einfach ein Schwall Emotionen herauskommt, der darin mündet, dass er immer lauter wird, bis Mia zu weinen anfängt und dann zurückbrüllt, ihn aus dem Zimmer schiebt und tagelang nicht mit ihm spricht. Er hebt den Finger.

„Nur eine Antwort. Jetzt du. Warum wolltest du nach Hamburg?"

Mia starrt an ihm vorbei und bewegt lautlos die Lippen, als würde sie Antworten ausprobieren.

„Ein bisschen lauter, bitte."

„Ich wollte meine Mama sehen. Sie wohnt dort."

Etwas sehr Kaltes zieht Ben den Rücken hinauf und er spürt die Gänsehaut auf Nacken und Armen. Ganz andere Erinnerungen schütteln sich den Staub ab. Echos lang verhallter Schreie, noch mehr Wut und Verzweiflung und Verletzung. Er legt den Kopf schief, schließt für einen Moment die Augen und massiert sich die Nasenwurzel, aber er kriegt diese Stimme nicht stumm.

„Woher weißt du, dass ... dass deine Mutter in Hamburg ist?"

Mia presst die Lippen zusammen und schüttelt den Kopf. Sie betrachtet die Dielen zwischen ihnen. Voller Kratzer und Dellen und dunkleren Flecken, mit Ausrutschern von Stiften, und immer liegt irgendwo ein bisschen Lego. Die blaue Düse eines Raumschiffes, der grüne Kopf eines Triceratops. Dann hebt auch sie den Finger.

„Nur eine Antwort."

„Okay, Opa ist hier, weil ..."

„Nein! Lalalala! Ich will keine neue Antwort!“

Sie zieht die Kopfhörer wieder auf und dreht sich um.

***

Ben klopft auf die Arbeitsplatte der Insel, die die Küche vom Wohnzimmer trennt. Sein Vater hebt kurz den Kopf, dann schmiert er weiter sein Brot.

„Ich hoffe, es ist okay, dass ich mich einfach bediene.“

„Klar.“

Ben versucht, so ruhig zu tun, wie sein Vater es scheinbar ist. Aber wie nur?

„Ich musste ein bisschen suchen, bis ich das Brot gefunden habe. Wer legt denn das Brot ganz unten in den Schrank?“

„Mia. Sie ist früher nicht rangekommen, und seitdem ist das so.“

Ben antwortet, ist mit den Gedanken aber woanders. Bei Orna. Und seiner Mutter. Und all den Fragen. Sein Vater atmet tief ein, aber er sagt nichts mehr. Zumindest nicht mit Worten. Ben kennt dieses Atmen, weiß, dass er findet, dass das Brot nach oben gehört, am besten dahin, wo es früher immer war.

„Ich habe ihr gesagt, dass du ein paar Tage hier wohnen wirst. Wenn sie mehr wissen will, soll sie dich selbst fragen. Guten Hunger.“

Sein Vater nickt, arrangiert die Tomatenscheibe und das Stück Gurke, streut ein wenig Kräutersalz darüber, lehnt sich an die Arbeitsplatte und beißt in die Stulle. Ben sieht ihm dabei zu und überlegt, ob er die offensichtliche Frage, die in seinem Satz gerade lag, nicht beantworten will oder wirklich nicht hört. Seine Mutter hätte schon lange zu reden angefangen. Und ihm auch ein Brot angeboten. Es geschmiert, selbst, wenn er abgelehnt hätte.

„Sie wollte nach Hamburg, um ihre Mutter zu finden."

Sein Vater kaut bedächtig und bewegt den Kopf zu einem ganz langsamen Takt, den nur er hören kann.

„Okay."

Ben wartet, aber mehr kommt nicht. Kein Warum, auf das er selbst gern eine Antwort hätte. Keine Frage, wie es ihm damit geht. Keine Möglichkeit, dem inneren Sturm mehr Raum zu geben, damit er sich beruhigen kann. Er schnaubt aus, alles andere bleibt drin.

„Gut. Ich muss für morgen noch was fertig machen. Falls sie dir mehr erzählt, sag Bescheid."

„Okay."

Nach kurzem Schweigen dreht Ben sich um und gleich wieder zurück.

„Morgen habe ich einen Workshop. In der Zeit kannst du also nicht in die Werkstatt."

„Ben, das ist schon lange nicht mehr mein Haus. Du musst mir nicht sagen, was du hier tust."

„Auch gut."

„Ist es okay, wenn ich das Brot dahin tue, wo es früher war? Dann muss ich mich nicht so bücken."

„Klär das mit Mia."

2

Ben erkannte kaum etwas durch den Regen und die Windschutzscheibe, aber die Frau rannte aus dem Schutz der Haltestelle auf sie zu, riss die Beifahrertür auf und ließ sich auf den Sitz fallen. Sie schüttelte sich den Regen aus den kurzen Haaren, lachte erleichtert auf und warf Ben einen langen, offenen Blick zu. Er versank in den braunen Augen, die aussahen, als ob sie nie genug haben konnten. Die immer noch mehr aufnehmen wollten.

„Hi! Ich bin Orna."

Sie sagte Danke und Ben war schockverliebt. Hatte gar keine Chance. Das bemerkten auch die beiden Jungs auf der Rückbank, die sich wissende Blicke zuwarfen und ihn über den Rückspiegel angrinsten. Er kannte sie genauso wenig wie Orna, alle drei hatten seine Fahrt online gebucht und er war froh gewesen, dass auch wirklich alle aufgetaucht waren. Ein bisschen Smalltalk, er bekam sein Benzingeld zurück und das war's. Hatte er sich gedacht. Aber jetzt.

Er fragte die beiden auf der Rückbank, was sie so taten und warum sie in den Süden wollten, aber er hatte ihre Namen wieder vergessen, bevor sie auf die Autobahn fuhren.

Mit Orna dagegen redete er ein bisschen mehr als sieben Stunden, unterbrochen nur von Pinkelpausen und gelegentlichen Fragen von der Rückbank. Orna war nicht nur interessant. Auf ihre Antworten folgte immer eine Frage, und nach knapp fünf Stunden beendeten sie gegenseitig ihre Sätze. Nachdem er die beiden Jungs abgesetzt hatte, sah er Orna an.

„Und wo soll ich dich rauslassen?"

„Wie wäre es bei dir?"

Sie saß aufrecht im Sitz, den Kopf zu ihm gedreht, wieder dieser tiefe Blick. Er konnte nicht sehen, wo ihre Iris in die Pupille überging. Ben zögerte, wartete darauf, dass sie grinste oder den Kopf schüttelte. Dann verstand er, dass sie es ernst meinte, und diese Fantasie einer wilden Reise durch die gemeinsame Nacht durchströmte ihn, bevor er entschuldigend das Gesicht verzog und die Fantasie losließ. Loslassen musste.

„Ich bin gerade auf dem Weg zu meinen Eltern."

Orna lachte laut auf und Ben fühlte sich nur ein ganz kleines bisschen ausgelacht. Sie lachte mehr über die Situation und vielleicht auch über die Vorstellung, trotzdem mit ihm da hinzufahren. Ben liebte dieses Lachen. Er spürte die Gänsehaut auf seinen Armen und das Rot seiner Wangen. Wie warm und voller Herz konnte ein Lachen bitte sein?

Sie schüttelte den Kopf.

„Ich denke, dafür ist es noch ein wenig zu früh."

Ben fixierte den Punkt unter der Nase, die kleine Vertiefung, die in die Lippe überging, und fragte sich, ob es ein Wort für das Heimweh nach einem Ort gibt, an dem man noch nie war, aber von dem man weiß, dass er ein tolles Zuhause gewesen wäre. Sie bewegte ihren Kopf ein wenig nach unten, bis ihre Augen seinen Blick fingen und ihn zurück ins Auto holten.

„Willst du stattdessen mit zu mir?"

3

Ben sitzt an seiner Werkbank, sein Schuh tippt zur Musik auf den Boden, er hält einen Rohling nach dem anderen in der Hand, lässt das Messer darüber kreisen und wartet darauf, dass er den richtigen Punkt für den ersten Schnitt findet. Aber obwohl der Stream von Lofi Girl läuft und er jetzt schon seit ein paar Stunden für sich ist, kann er keinen einzigen Schnitt setzen. Alles zieht ihn zu Mia. Die Vorstellung, dass sie von ihm wegwill, frisst sich in sein Herz und lenkt ihn von allem ab, nimmt ihm jede Ruhe und taucht alles in Angst.

Er betrachtet die Narbe, die sich einmal um die Fingerkuppe seines linken Mittelfingers zieht, eine schmerzhafte Erinnerung daran, dass Wut und scharfe Messer keine gute Kombination sind. Er legt den Rohling weg, um den nächsten vorzubereiten.

Eigentlich wollte er noch an der Hochzeitseule weitermachen. Und einen Rohling so weit vorarbeiten, dass er der Klasse morgen zeigen kann, was aus diesen Holzstücken alles werden kann. Aber wenn er schon beim Rohling nicht den richtigen Schnitt findet, sollte er sich die Eule nicht versauen. Ben sortiert seine Messer, drapiert sie ordentlich auf einem Tuch, fegt die Späne zusammen, leert sie in den Mülleimer, schiebt den Stuhl an die Werkbank und stoppt die Musik. Er kann noch so viel zu tun haben, manchmal muss er akzeptieren, dass das heute nichts mehr wird.

Und das Abendessen muss heute nicht nur gut werden. Es muss Mia so zufrieden machen, dass sie hoffentlich mit ihm redet.

Aber als er die Tür öffnet, riecht er schon angeröstete Zwiebeln, hört die Melodie von *Anne Kaffeekanne* und das raue Lachen seiner Tochter. Er muss lächeln, weil das immer passiert, wenn Mia lacht. Aber jetzt, mit entstaubten Erinnerungen an Orna und ihr Lachen, das so ähnlich war, gefriert das Lächeln um seine Lippen.

***

Als er ins Wohnzimmer kommt, tanzt Mia um ihren Großvater herum und stößt ihre Hüfte im Rhythmus gegen seine Schenkel, während er Tofu in kleine Quadrate schneidet und sich nicht beirren lässt. Emil sieht Ben und stockt kurz, zeigt mit dem Messer auf das Essen.

„Ich dachte, ich nehme dir ein bisschen Arbeit ab, wenn ich schon hier bin. Ich hoffe, das ist okay."

Ben zuckt mit den Schultern und stützt sich an der Insel ab, hält sich an der Platte fest, um sein Inneres zu beruhigen. Mia wirft ihm einen forschenden Blick zu und er weiß, dass sie etwas ahnt. Sie ist gut in sowas. Er atmet ein, um dort anzusetzen, wo sie vorher aufgehört hat, aber sie dreht den Kopf weg. Eine weitere Prise Ablehnung in den brodelnden Topf voller Gefühle in ihm. Er sieht an seinem Vater vorbei.

„Was gibt's?"

„Gemüse im Wok."

„Mit Tofu!"

„Mit Tofu."

„Und Chili!"

„Und Chili."

„Und Mais!"

„Und Mais."

Mia spielt mittlerweile Luftgitarre. Bens Vater nickt leicht und wiederholt stoisch, was Mia ruft.

„Und Bohnen!"

„Und Bohnen."

An den Wochenenden und wenn sein Vater früh genug nach Hause gekommen ist, hat er immer gekocht. Auch nach all den Jahren ist es für Ben vollkommen normal, ihn in der Küche zu sehen. Und gleichzeitig ist er wieder Kind und schaut seinem Vater über die Schulter.

„Mexikanisch also."

„Ja, aber eigentlich indisch."

„Und Schokolade!"

„Ich habe ein bisschen Kakao hinzugegeben. Der reagiert so schön mit Chili."

„Und Himbeeren!"

„Ich glaube, die essen wir lieber danach."

Die Tofustückchen brutzeln mit den Zwiebeln. Emil greift nach der Flasche, zögert dann und hält sie Mia hin.

„Willst du die Sojasoße dazugeben?"

„Naklar!"

Die Soße zischt und dampft und Mia kichert, während Anne schon wieder davonfliegt. Mia sieht fasziniert zu, wie Opa den Tofu gut anbrät.

„Kannst du die Kartoffeln klein schneiden?"

„Naklar!"

„Wenn ich in der Küche stehe, kann ich lange warten, dass sie mir hilft."

Emil schaut ihn über den Rand seiner Brille an und schmunzelt auf diese wissende Art, die Ben viel zu oft an sich entdeckt. Er fragt sich, wie das geht, wie sie mit all den Sachen, die gerade in der Luft hängen, einfach so über Essen reden können. Wie er selbst das kann.

„Dich hab ich damals auch nicht dazu gebracht, mir zu helfen."

„Damals musste ich auch immer nur Kartoffeln schälen und diese komische italienische Salami superdünn abschneiden. Und nie war's dünn genug."

Mia hat die Kartoffeln abgewaschen und produziert mehr oder weniger kleine Würfel.

Emil zuckt mit den Schultern.

„Hab's nicht besser gewusst."

„Schon okay. Was kann ich helfen?"

„Gar nichts. Mach du ruhig dein Zeug. Wir rufen dich dann."

„Ja, mach nur dein Zeug, Papa. Wir rufen dich dann!"

4

Emil dreht die Flamme unter dem Reis kleiner und drückt Mia den Löffel in die Hand. Früher stand Ben auch neben ihm in der Küche, aber irgendwann war sein Sohn zu genervt gewesen, dass er es Emil nicht hatte recht machen können. Seitdem will er nicht mehr mit seinem Vater kochen. Vielleicht hat Emil diese Jahrzehnte gebraucht, um selbst loslassen zu können. Kann Ben das nicht sehen? Dass er es jetzt mit Mia besser macht?

„Rühre ihn immer wieder um, damit er nicht anbrennt. Bis das Wasser weg ist."

Mia runzelt die Stirn, guckt aber weiter in den Topf.

„Naklar. Aber Wasser ist nie weg. Nur woanders."

Emil nickt und pustet auf den Löffel mit dem Essen, das er aus dem Wok geholt hat.

„Stimmt."

Er hält ihn Mia unter die Nase, sie zieht das Kartoffelstück mit den Zähnen vom Löffel.

„Und?"

„Ist heiß."

„Und ist es auch gut?"

Sie nickt und behält den Blick unten.

„Papa ha' gesag', ich soll 'ich fragen, waru' 'u 'a 'is'."

„Erst schlucken, bevor du sprichst. Mir hat er gesagt, ich soll dich fragen, wieso du nach Hamburg willst."

Sie rührt mit dem Holzlöffel langsam im Topf. Emil stellt auch die Flamme unter dem Wok klein. Anne fliegt in den Schwarzwald. Schon so oft heute, dass Emil den Text bald mitsprechen kann. Mia zuckt mit den Schultern.

„Rita hat mir gesagt, wie sie heißt. Meine Mama. Ich hab sie gegoogelt, mit Tamay. Gibt nicht so viele Orna Schneider."

Sie nimmt ihre Brille ab, haucht die beschlagenen Gläser an und säubert sie mit dem Rand ihres T-Shirts. Emil fragt sich, bei wem sie sich das abgeguckt hat.

„Die in Hamburg war nicht zu alt und Tamay sagt, sie sieht mir ähnlich. Also hab ich mich auf den Weg gemacht. Also, wir uns."

„Und Ben hätte nur nein gesagt, wenn du ihn gefragt hättest."

„Naklar. Wasser wird langsam weniger."

Sie stockt, als Emil mehr Wasser in den Topf gießt, kichert, als er sie gespielt böse von der Seite betrachtet, und rührt dann weiter im Reis, während Emil das Gemüse wendet.

„Und warum bist du da?"

„Oma will mich gerade nicht sehen."

„Hast du Scheiße gebaut?"

„Würde ich nie so sagen. Aber ja."

Mia nickt wissend. Sie zieht den Löffel aus dem Reis und hält ihn Emil unter die Nase. Er pustet und probiert. Mia wartet.

„Bisschen noch."

„Was für Scheiße eigentlich?"

Emil kippt ein wenig mehr Wasser in den Reis und rührt das Essen im Wok um. Schmeckt nochmal ab und spürt ihr Warten.

„Da will ich nicht drüber reden."

„Oh. Liebesscheiße also."

„Vielleicht auch gerade nicht. Vielleicht ist die Liebe weg."

„Liebe ist nie weg. Immer nur woanders."

Emil wirft seiner Enkelin, die sich wieder auf den Reis konzentriert, einen kurzen Blick zu, dann starrt er an die Wand hinter ihr. Vor seinem inneren Auge Schnappschüsse in grellen, viel zu intensiven Farben. Der Geschmack von fremden Lippen, die er schon ewig hatte küssen wollen. Das kribbelnde Gefühl fremder Haut unter seinen Fingern, und er saugt die Empfindung auf. Die Panik, er hätte nach all den Jahrzehnten vergessen, wie man ein Kondom verwendet. Und dann das blasse Gesicht von Milena, die er niemals hatte verletzen wollen.

„Wem sagst du das."

„Uns."

5

Sie hatten nie darüber geredet, aber als Orna Ben auf einer Party als ihren Freund vorstellte, strahlte er den ganzen Abend. Knapp vier Monate lang war Ben noch in Hamburg im Praktikum. 667 Kilometer zwischen ihnen, wenn Ben nicht gerade bei Orna in Stuttgart war, oder sie bei ihm. Kurz vor dem Ende des Praktikums hing Ben immer öfter am Rechner, scrollte sich entnervt durch WG-gesucht und Immobilienscout, den Kopf in die Hand gelegt.

„Ich dachte ja, Hamburg ist teuer, aber in Stuttgart sieht's ehrlich gesagt genauso schlimm aus."

Orna war insgeheim froh, dass er bei den Zimmern, die er bisher gesehen hatte, gescheitert war. Wie konnten so viele Menschen so verzweifelt auf der Suche nach einer Bleibe sein, dass Ben bei einem Zimmer ohne echtes Fenster, nur mit Lichtschacht, den man nicht öffnen konnte, Konkurrenz gehabt hatte?

Ben tippte die nächste Nachricht, schickte sie ab und klappte den Laptop zu. Verschränkte die Arme, drehte sich resigniert zu ihr.

„Vielleicht muss ich doch zurück zu meinen Eltern."

Orna lag auf dem Boden, die Beine auf dem Sofa, und sah nicht mal vom Buch auf.

„Auf keinen Fall. Es ist eine Sache, wenn uns in einer WG Leute beim Sex hören. Aber ich will mir keine Gedanken darüber machen müssen, dass deine Eltern ein Stockwerk unter uns schlafen."

Ben grinste und schüttelte den Kopf.

„Die liegen nur zwei Türen weiter links. Gleicher Stock."

Orna stöhnte auf und ließ sich das Buch aufs Gesicht fallen, Ben lachte. Sie spürte, wie er sich neben sie kniete und das Buch sanft zur Seite schob, sein Gesicht nah an ihrem.

„Dann werd ich wohl eine andere Lösung finden."

„Ich bitte darum."

Er küsste sie, feste Lippen auf ihren, eine sanfte und neugierige Zunge. Ihre Hand wanderte an seinen Hals, schob sich in sein Haar, dann hob Ben seufzend den Kopf.

„Ich suche weiter."

Sie legte das Buch zur Seite und beobachtete ihn, wie er den Rechner wieder aufklappte. Hätten sie sich auf einer Party oder sonst wo getroffen, wahrscheinlich wäre Ben ihr gar nicht aufgefallen. Auch, weil er es gar nicht darauf anlegte. In der Psychologie und in der Physik gibt es den Beobachter-Effekt. Dinge verhalten sich anders, wenn sie beobachtet werden, Menschen verhalten sich anders, wenn sie wissen, dass sie beobachtet werden. Ben schien nicht darüber nachzudenken, dass jemand ihm zusehen könnte. Und gerade das machte ihn und sein Verhalten so interessant. Er wusste nicht, wie gern ihm Orna zusah. Keine Ahnung, wohin das mit ihm führte, aber sie fühlte sich in seiner Nähe wohl, und wenn sie eine Idee hatte, war er erstmal dabei. Sie setzte sich auf.

„Ben."

Er warf ihr einen kurzen Blick zu, scrollte dann aber weiter durch die Anzeige, die er gerade gefunden hatte. Wahrscheinlich ein Durchgangszimmer. Oder es lag über einer Raucherkneipe.

„Was hältst du davon, direkt bei mir einzuziehen?"

Sie würden noch ein paar Tage darüber reden und Ben würde sich das durch den Kopf gehen lassen, bevor sie eine Woche später offiziell beschlossen, dass das eine gute Idee war. Aber Orna wusste im Moment nach ihrer Frage, als Ben ein Grinsen unterdrückte und für einen kurzen Moment die Augen schloss, bevor er sich zu ihr auf den Boden setzte, dass er diese Version der Zukunft vor sich sah und sich schon entschieden hatte.

6

Die Tür zur Werkstatt ist nur angelehnt, Ben hört die Musik und ab und an ein Lachen aus der Küche. Er sitzt auf seinem Stuhl und wartet darauf, dass sie ihn rufen. Er könnte, könnte, könnte, aber er weiß, wie die Zeit spielt. Wenn er jetzt die Eule aus dem Regal nimmt oder einen der Rohlinge, wenn er die Schublade mit den Messern öffnet, die geschärft werden müssen, dann zieht sich die Zeit zusammen und er hört die tapsigen Schritte von Mia genau dann, wenn alles vorbereitet ist. Lässt er es dagegen und wartet auf ihre Rufe, dann kann er den Zeigern zusehen, wie sie langsam um die Kurve kriechen.

Er rollt zur Schublade mit den stumpfen Messern und zerrt sie heraus, wuchtet sie auf den Schreibtisch. Auch das könnte er endlich reparieren. Jedes Mal, wenn sie klemmt, denkt er daran. Sonst nie. Und jetzt ist sein Kopf, sein Herz, sein alles sowieso voll mit anderen Dingen. Aber das Schleifen seiner Messer hat ihn schon immer beruhigt. Er nimmt den Schleifstein und das Öl aus dem Regal und das erste Messer aus der Schublade, als ...

„Papa! Essen!"

***

Der Reis liegt in Blütenform auf den Tellern und auf dem Curry daneben ist tatsächlich eine noch halb gefrorene Himbeere. Ben sieht seinen Vater erstaunt an, der zuckt mit den Schultern.

„Sie wollte keine Ruhe geben. Also haben wir ein Experiment gemacht. Schmeckt gar nicht schlecht."

„Schmeckt super! Kühl und süß und sauer und heiß und scharf und Schokolade. Auf einmal!"

Ben muss lachen und Mia zeigt ihre Zähne, bevor sie ihr Essen mit dem Chili-Öl extra scharf macht und sich die Gabel in den Mund schiebt. Ben kostet ebenfalls und nickt anerkennend.

„Schmeckt wirklich. Und sieht auch super aus, Papa. Vielleicht hättest du doch Koch werden sollen."

Emil sieht seinen Sohn einen Moment an, aber eigentlich irgendwo anders hin, zuckt dann mit den Schultern.

„Jetzt ist es vorbei. Und sowieso, wenn du dein Hobby zum Beruf machst, was machst du dann in deiner Freizeit?"

Ben rührt mit der Gabel im Essen.

„Aufpassen, dass die Kleine nicht nach Hamburg abhaut."

Mia schüttelt empört den Kopf und hält Zeigefinger und Daumen so weit entfernt, wie ihre Hand es zulässt.

„Bin gar nicht mehr klein, bin so viel gewachsen letztes Jahr. Mindestens. Und du hast eben nicht aufgepasst. Sonst wär ja die Polizei nicht da gewesen."

Emil kann sich das Grinsen nicht verkneifen.

Ben legt die Gabel hin, versucht, ruhig zu bleiben.

„Ja, vielleicht hättest du einfach zu mir kommen sollen damit."

„Naklar. Du hättest doch sofort nein gesagt."

„Vielleicht auch nicht. Vielleicht hätte ich dich sogar persönlich hingefahren. In einem gelben VW-Bus."

Mia sieht ihn kurz irritiert an, weil sie doch gar keinen gelben VW-Bus haben. Aber dann leuchten ihre Augen auf.

„Oder in einem blauen Lada Niva!"

„Oder in einem alten Mercedes Camper."

„Mit Tamay!"

„Und Rita."

„Und Opa!"

„Ne, der hätte hier auf die Blumen aufpassen müssen."

Mia lacht und Emil macht eine wegwerfende Handbewegung.

„Das wäre toll." Mias Stimme ist voller Sehnsucht. Sie schielt zu Ben. „Aber warum bist du dann so böse?"

Er schüttelt den Kopf und versucht, ruhig zu bleiben, obwohl in ihm nur Chaos ist. Echos der Streite mit Orna, seine Versuche, sie zu erreichen. All ihre entgangenen Anrufe. Und dazwischen brüllt dieses Kind, für das er alles tun würde.

„Weil die Dinge nicht so einfach sind. Ich hab morgen einen Workshop. Ich kann nicht einfach so mit dir nach Hamburg fahren."

Mia lässt sich im Stuhl nach hinten fallen, verschränkt die Arme, starrt auf den Tisch, murmelt vor sich hin.

„Du willst doch auch gar nicht mit mir nach Hamburg."

Ben muss sich anstrengen, sie zu verstehen.

„Erzählst mir ja auch sonst nie was von Mama."

***

Die ersten Jahre hatten sie mit Gebärden kommuniziert, und für die wichtigsten Dinge war das vollkommen ausreichend. Papa, Schlafen, Spielen, Pipi, Auto, Vogel, Anne Kaffeekanne. Aber an diesem Nachmittag, als Mia drei war, brachte Ben sie zu Rita und Mia streckte die Arme nach ihr aus und sagte „Mama". Brabbelte nicht nur etwas ähnlich Klingendes, sondern sprach es klar aus. Und gleich nochmal. „Mama".

Rita und er sahen sich überrascht an und natürlich freute Ben sich. Fast alle anderen Kinder in der Kita hatten schon lange ihre ersten Wörter gefunden. Nun endlich auch Mia. Aber gerade Mama? Rita sah ihm seine Verletztheit an und schüttelte den Kopf.

„Sie hat das bestimmt in der Kita gehört."

„Und bald wird sie ganz bewusst nach ihr fragen."
„Sie hat ja auch das Recht dazu."
„Und ich keine Ahnung, wie ich darauf reagieren soll."
„Erzähl ihr einfach die Wahrheit."

Die ersten Jahre konnte Ben Mia immer noch irgendwie ablenken, wenn sie nach ihrer Mutter fragte. Aber irgendwann ließ sie nicht mehr locker. Manchmal fragte sie nebenbei, wenn sie gerade irgendwo hinfuhren oder sie eigentlich gerade dabei waren, ihre Hausaufgaben zu machen. Manchmal kam sie in die Werkstatt, setzte sich neben Ben und wartete so lange, bis er aufsah. Eine Variation der immer gleichen Forderung.

Wie viele Nächte hatte er schon wach gelegen, in denen er sich Sätze zurechtlegte und dieses Gespräch in seinem Kopf durchspielte. Aber wenn sie dann wirklich fragte, stockte alles in Ben, und sosehr er gegen dieses Gefühl anzukämpfen versuchte, er konnte Mia nur ansehen.

***

Schweigen am Tisch. Bis Mia die Hände in die Luft wirft.
„Siehst du?"

„Ich finde auch, dass Mia das Recht hat, mehr von ihrer Mutter zu erfahren." Emil legt den Kopf zur Seite, hebt die Schultern ein bisschen. „Vielleicht solltest du tatsächlich mit ihr diese Tour machen und ihr zeigen, wie ihre Mutter ist. Das könnte eurer Beziehung guttun."

Ben starrt die beiden ungläubig an. Mia, die auf Emil zeigt und heftig nickt. Emil, der offensichtlich mehr denkt, als er gerade aussprechen will.

„Du hast keine Ahnung, Papa! Und sowieso, was haben wir beide denn jemals gemacht, was unserer Beziehung gutgetan hat?"

Emil weicht ein kleines bisschen nach hinten, sein Blick verändert sich, unwillkürlich verschränkt er die Arme vor der Brust. Er presst seine Kiefer so sehr zusammen, dass Ben die Muskeln arbeiten sieht. Dann schüttelt er den Kopf und Ben kann den Triumph, dass er das letzte Wort hatte, nicht ganz unterdrücken. Obwohl er weiß, wie kindisch und schal das gerade ist.

„Tja. Aber großartig, dass ihr einer Meinung seid."

Er schiebt seinen Stuhl so ruckartig zurück, dass die beiden aufschrecken.

„Ich geh rüber. Meinem Hobby nachgehen, das mir dieses Leben ermöglicht. Das ist ja scheinbar das Einzige, das ich kann."

7

Mia und Emil schauen Ben zu, wie er durch den Flur verschwindet, dann hören sie die Tür knallen. Mia kratzt sich mit hochgezogenen Augenbrauen am Kopf.

„Papa ist nicht gut drauf."

Sie sieht noch einen Moment den Flur entlang, aber Ben kommt nicht wieder. Sie greift nach dem Topf.

„Ich will noch, du auch? Und kannst du mir was über Orna erzählen?"

Sie lässt das Essen von der Kelle in ihren Teller plumpsen und stellt die Frage nebenher, als würde sie nach dem Wetter fragen. Emil dagegen spürt selbst nach all den Jahren noch Wut, wenn er an Orna denkt und daran, wie sie Ben und Mia im Stich gelassen hat. Aber davon wird er ihr nicht erzählen. Er stützt den Kopf in die Hände und sieht Mia beim Essen zu.

„Ben hat sie im Auto mitgenommen. So haben sie sich kennengelernt."

Er weiß noch, wie Ben ihnen zum ersten Mal von Orna erzählt hat. Sie saßen zu dritt im Garten am Tisch und Bens Augen leuchteten.

„Und dann ist Ben ziemlich schnell zu ihr gezogen."

Als sie Orna dann kennenlernten, nachdem Ben und sie aus Israel zurückgekommen waren, wurde Milena und ihm klar, warum Ben von ihr so begeistert war.

Emil sieht zu seiner Enkelin, die aufmerksam zuhört und gleichzeitig versucht, mit der Gabel den Mund zu treffen.

„Du hast ihr Gesicht, besonders die Augen. Und das Lachen, das war bei ihr auch so laut."

Mia gluckst und der Bissen fällt ihr wieder aus dem Mund. Darüber muss sie nur noch mehr lachen, sie schlägt sich die Hand vors Gesicht. Emil schmunzelt und schiebt ihr die Locken aus den Augen.

„Ihre Haare waren auch so dunkel, aber sie hatte sie ganz kurz."

Er macht eine Scherenbewegung am oberen Rand ihrer Brille. Mia weicht erschrocken zurück und Emil lächelt. Ihre Haare waren ihr schon immer heilig, und wenn es nach ihr ginge, würde sie sie nie schneiden lassen. Aber Rita hatte sie irgendwann überzeugt, dass sie besser wuchsen und gesund blieben, wenn sie ihr alle paar Wochen die Spitzen schnitt. Mittlerweile haben sie sich auf eine Länge bis zur Mitte des Rückens geeinigt, eine Mähne lockiger dunkler Haare, die Mia entweder offen wehen lässt oder in einem sauber geflochtenen Zopf trägt.

„Orna war voller Energie und immer unterwegs und sie hat Ben immer mitgeschleppt. Wir haben die beiden gar nicht so oft gesehen, aber sie war gut für Ben."

Ben hatte ihnen damals sein altes Smartphone gegeben und Milena hatte sich von Orna zeigen lassen, wie sie sich bei Facebook anmelden und ihren Sohn als Freund hinzufügen konnte. Ben sah glücklich aus auf den Fotos, die die beiden posteten.

„Und eines Tages war sie schwanger."

Emils Blick sinkt auf die Tischplatte und er atmet tief ein. Die ungläubige Freude, als Ben und Orna ihnen von der Schwangerschaft erzählten. Und die Verletzung danach. Er sieht Mia an und hofft, dass er freundlich aussieht.

„Und dann warst du da. Unser kleines Wunder."

Mia streckt die Arme in die Luft und grinst ihn kauend an. Dann runzelt sie die Stirn.

„Aber warum ist sie dann gegangen?"

Emil denkt Rabenmutter. Denkt Egoismus. Denkt Angst. Denkt an das Leben seines Sohnes, wie es hätte laufen können. Er zuckt mit den Schultern.

„Keine Ahnung. Ben stand eines Nachts plötzlich vor der Tür, mit dir auf dem Arm." Er hebt seine Hände nah beieinander, hält ein unsichtbares Baby. „Du warst noch richtig klein, hast hier reingepasst. Du hast es geliebt, wenn ich mit dir durch das Wohnzimmer geflogen bin. Ben hatte immer Angst um deinen Kopf, aber du warst schon damals stark."

Mia nickt und grinst, als würde sie sich erinnern. Und in einer verstaubten Ecke seiner Seele kann Emil sich sogar vorstellen, dass sie es wirklich tut. Er sieht sie entschuldigend an.

„Ben wollte nie darüber reden. Er hat immer nur gesagt, dass es nicht geklappt hat mit Orna und ihm."

„Schade."

„Ja. Finde ich auch."

Mia schiebt ihren Teller genauso nach vorne, wie es ihr Opa gemacht hat, und stützt ihren Kopf in die Hände.

„Willst du mit mir Paw Patrol schauen?"

„Erst räumen wir ab."

„Naklar. Und dann?"

„Sehr gern. Was ist das?"

Mias Augen werden groß. Sie schiebt den Stuhl nach hinten, steht auf und nimmt ihren Teller.

„Wir fangen ganz vorne an."

8

Eine letzte Nacht in Hamburg, in der Orna neben einem viel zu aufgeregten Ben lag, ein geliehener Kastenwagen, und 14 Stunden später waren alle seine Sachen in ihrer Wohnung. In ihrer gemeinsamen Wohnung.

Sie hätten sich auf das Sofa im Wohnzimmer setzen können, aber nachdem sie schon den ganzen Tag mit den Kisten verbracht hatten, fühlte es sich richtig an, umringt von ihnen auf dem Boden zu sitzen und dort zu essen. Der Karton mit der Familienpizza zwischen ihnen, schweigendes, erschöpftes Kauen. Orna setzte die Spezi an und trank die halbe Flasche in einem Zug. Bens Blick glitt über die Kartons und durch das Zimmer. Vielleicht richtete er es in seiner Vorstellung gerade ein. Sie hatte das auch schon gemacht. Sie schraubte den Deckel auf die Flasche, wischte sich ihre Hände an der dreckigen Hose ab.

„Eine Sache, die vielleicht wichtig ist: Ich will keine Kinder haben. Nicht jetzt und auch später nicht. Ist das okay?"

Ben legte sein letztes Pizzastück in die Schachtel zurück, wischte sich über den Mund.

„Okay. Wo kommt das jetzt her?"

Orna drückte den Rücken durch und zog die Beine an sich, zeigte in den Raum zwischen ihnen.

„Der Tag heute und das Ganze, das fühlt sich gerade ziemlich gut an. Ich weiß nicht, wie lange das gehen wird, aber ich wollte dir das gleich mal sagen." Vor ihrem inneren Auge sah Orna Katrin, das Gesicht verzerrt vor Wut, wie sie sie anschrie. „Nicht, dass wir irgendwann gemeinsam im Bett liegen und du plötzlich anfängst, Namen für unsere Kinder zu suchen oder so. Und ich dir dann sagen muss, dass das niemals passieren wird."

Orna hat schon lange vergessen, was Katrin gesagt hat an diesem Tag, der Film dieser Erinnerung ist stumm. Aber den Schmerz und die Verletzung in Katrins Augen spürt sie immer noch. Zwei Tage später hatte Katrin ihre Sachen gepackt und war gegangen. Knapp zwei Jahre später hatte Orna auf Facebook die Babyfotos gefunden, damals, als man Fotos von Kindern noch einfach so hochgeladen hatte. Sie hatte ihr per Messenger gratuliert, aber nie eine Antwort erhalten. Sie sah zu Ben.

„Warum grinst du so blöd?“

Ben fuhr sich über das Gesicht und wurde rot.

„Ich freu mich einfach, dass ich dir so viel bedeute. Das drückt mir die Tränen in die Augen. Und das mit den Kindern, kein Problem. Ich kann eh keine kriegen.“

9

Vielleicht passen Wut und Holz manchmal doch zusammen. Nachdem Ben die Tür zur Werkstatt zugeworfen hat, steht er ein paar Atemzüge lang in der Mitte des Raumes. Dann greift er sich einen der Rohlinge, das Beil und das alte Opinel No. 8. Sein erstes Messer. Damit hat alles angefangen. Mittlerweile hat er Messer, die schärfer sind und besser geformt und angenehmer in der Hand liegen. Aber dieser Griff aus Buchenholz ist getränkt von all den Jahren, in denen er es überallhin mitgenommen hat. Darin stecken all seine Mühe und sein Können. All die Erinnerungen und das sichere Gefühl von Zuhause. Er setzt sich an die Werkbank und legt los. In groben Schnitten entfernt er den Rest der Rinde und will die Grundform eines Löffels herausschnitzen, als er es sich anders überlegt. Er betrachtet das Holz in seiner Hand. Dann rundet er in konzentrierten Zügen das obere Ende ab, holt langsam einen Kopf heraus und dann den Körper, in leicht gebogener Form und in ein langes Gewand gekleidet.

Er arbeitet ein paar Stunden an dem kleinen Männchen, seine Hände und das Holz im Schein der Lampe, während es draußen dunkel wird. Immer wieder hört er gedämpft, wie Mia das Intro von Paw Patrol mitsingt. Bei der Vorstellung, wie sein Vater danebensitzt und keine Wahl hat, als die nächste Folge zu sehen und dann noch eine und noch eine, muss Ben für einen Moment so sehr grinsen, dass er nicht mehr weiter schnitzen kann. Und gleichzeitig tut es weh, dass er nicht da mit Mia sitzt. Er hat alle Folgen schon gesehen und die letzten Male immer Nein gesagt, wenn Mia ihn gefragt hat. Aber jetzt. Neben ihr zu sitzen und ihr zuzusehen, wie sie nach Jahren immer noch mit diesen kleinen Hunden mitfiebern kann. Mittlerweile gibt es ganz andere Themen in ihrem Leben und er schaudert, wenn er daran denkt, was noch kommen wird. Aber irgendwie ist sie immer noch das Mädchen, das er damals im Regen an seinen Oberkörper gepresst hat. Bis heute liebt sie Regen und Anne Kaffeekanne und eben auch diese Hündchen.

Irgendwann wird es still, er hört polternde Schritte die Treppe nach oben. Und dann lehnt Ben sich zurück und inmitten all der Späne steht die Figur aus Munchs „Der Schrei“ auf dem Tisch, die Hände gegen die Ohren gepresst. Nur dass sie kein Gesicht hat und als Löffel dient. Das Licht von oben legt die Vertiefung des Löffels in einen harten Schatten, was die Figur noch unheimlicher macht.

Ben zieht die Kanten sauber ab und schnitzt hier noch eine kleine Falte in den Stoff und dort noch die Finger ein bisschen sauberer. Tropft Leinöl in die Kuhle seiner Hand und bewegt das Holz darin, verreibt es auf der Oberfläche. Sauber kanalisierte Wut und ein schönes Beispiel, das er morgen zeigen kann. Das Öl hebt die Struktur des Holzes hervor und das Gewand sieht fast realistisch aus. Er ändert das Licht ein wenig und schickt ein Foto an Rita.

Der gruseligste Löffel, den ich je gemacht habe.

Er fegt die Späne zusammen, räumt den Tisch auf und die Werkzeuge weg, lässt nur den Schrei stehen. Dann löscht er das Licht.

10

„Nebenhodenentzündung. Als ich noch klein war. Die unfassbarsten Schmerzen, die ich jemals hatte."

„Sagt er zu einer Frau, die jeden Monat tassenweise Blut und Schleimhautreste verliert."

Ben zuckte mit den Schultern.

„Gemessen an der Erfahrung meiner Schmerzen. Jedenfalls ist danach rausgekommen, dass ich quasi nicht zeugungsfähig bin. Schwere Subfertilität."

„Quasi?"

„Klar, da kann schon immer wieder ein Rambospermium mit dabei sein. Aber der Arzt hat gesagt, dass das nicht ausreicht."

„In meinem Fall dann also ein Lara-Croft-Spermium."

„Ich finde Lara auch besser als Rambo. Jedenfalls, Befruchtung ist kein Wettkampf, bei dem das beste Spermium sich gegen die anderen durchsetzt. Es ist ein Teamevent, bei dem alle gemeinsam daran arbeiten, wenigstens eines ans Ziel zu bringen."

Orna sah ihn überrascht an und über Bens Gesicht flatterte dieser Ausdruck vollkommener, ungetrübter Freude. Sie wusste, dass es in seiner Realität sowieso schon ein Wunder war, dass sie mit ihm zusammen sein wollte. Und wenn er sie dann auch noch überraschen oder begeistern konnte, hatte er Gänsehaut. Sie war regelmäßig beeindruckt und manchmal auch bestürzt, wie weit seine Wahrnehmung von sich und ihre Wahrnehmung von ihm auseinander lagen. Und sie ahnte, dass es bei ihr auch so sein konnte.

„Ich dachte immer, genau das Gegenteil ist der Fall. Weißt du, dieses Gerede von ‚Alle sind Champions, weil sie sich schon als Spermium gegen Millionen andere durchgesetzt haben'. Hier, dieses ‚Der Stärkere gewinnt'."

Ben schüttelte den Kopf.

„Dachte ich auch. Aber das Leben beginnt nur, wenn alle zusammenarbeiten. Teamwork, bei dem entweder niemand oder alle gewinnen. Aber bei mir ist das Team halt wirklich mickrig."

Die Stille hielt einen kurzen Moment an, dann prustete Orna los. Ben fuhr die Konturen des Pizzabäckers auf dem Karton nach, der immer noch aussah wie George Clooney.

„Hab dann eine Zeitlang Hormone bekommen, aber das hat nichts gebracht. Irgendwie ist die Leitung kaputt. Das heißt, theoretisch sind da ein paar Spermien, aber praktisch kann ich mir die Verhütung sparen." Er klappte den Karton wieder auf, nahm sich sein letztes Stück. „Ich wollte das echt lange nicht wahrhaben. Bis vor knapp einem Jahr war ich regelmäßig beim Urologen, hab mein Sperma abgegeben und gehofft, dass sich irgendwas geändert hat. Dass mein Körper sich selbst heilt oder so. Ist nie passiert und hat mich jedes Mal echt fertiggemacht. Ich wollte wirklich gern Kinder."

Er biss in die Pizza, kaute und starrte auf den Boden zwischen ihnen. Vielleicht war es einfacher, verletzlich zu sein, wenn man Pizza hatte.

„Das tut mir leid."

Ben arbeitete sich durch das letzte Stück und wischte sich dann zufrieden den Mund. Sie hatten zu zweit eine Familienpizza gegessen und bei diesem Gedanken schmunzelte Orna.

„Wir schaffen auch zu zweit so eine ganze Pizza. Vielleicht sind wir Familie genug."

Ben nickte und zuckte so mit den Schultern, dass Orna wusste, dass er das irgendwo immer noch anders sah. Dann blickte er sie neugierig an.

„Jetzt, wo das geklärt ist, warum willst du keine Kinder?"

Orna ließ sich nach hinten fallen und schob den Karton hinter ihr weg, bis er an der Wand war. Leider war das gar keine bequeme Position. Sie setzte sich wieder auf.

„Wollte irgendwie nie welche. Hab lieber mit den Autos meiner Brüder gespielt als mit den Puppen. Und wenn wir Familie gespielt haben, war ich lieber das Kind." Orna kicherte. „Das hieß, einer meiner Brüder musste die Mutter spielen."

Sie zuckte mit den Schultern.

„Irgendwie war das immer da, das Wissen, dass ich keine Kinder haben möchte. Und dann war es ein bisschen so wie nach der Entscheidung, Vegetarierin zu werden. Sobald ich wusste, dass ich kein Fleisch mehr essen werde, sind mir immer mehr Sachen aufgefallen, die mich darin bestätigt haben."

„Beim Fleisch?"

„Und bei den Kindern. Eigentlich gibt es von ihnen genug, so global gesehen. Und ist das eine Gesellschaft und ein Klima, in die ich einen kleinen Menschen bringen will? Und ganz ehrlich, so ein kleines Kind ist ja süß, aber nach einer Minute ist es dann auch gut. Immer lieber einen Hund als ein Kind. Aber wie gesagt, das kam alles, nachdem mir schon lange klar war, dass ich keine will."

Bens Blick hatte sich irgendwo zwischen ihnen verloren. Mit ihm war es auch so gewesen. Direkt nach dem Einsteigen hatte sie damals das Gefühl gehabt, dass sie mit diesem Menschen mehr Zeit verbringen wollte. Nach der ersten Nacht war ihr klar, dass das zwischen ihnen etwas Ernsteres werden könnte. Und nachdem sie das entschieden hatte, fielen ihr immer mehr Dinge an ihm auf, die sie liebte.

Seine ruhige Art, zuzuhören. Die machte, dass sich die Menschen in seiner Nähe wohl fühlten. Seine kindliche Freude über die kleinen Dinge des Lebens. Pizza in

Mengen. Holz, das er im Wald fand. Seine Finger auf ihrem Körper, seine Freude am Lernen und sein unbedingtes Ja zu so vielen Dingen, die sie vorschlug.

Sie beugte sich vor und küsste ihn, holte ihn aus der Abwesenheit in diesen Raum voller Kisten, in ihr Zuhause, hielt seinen Kopf mit beiden Händen und sah ihm fest in die Augen.

„Toll, dass du da bist."

Und er strahlte.

11

Ben geht durch den dunklen Flur, streicht mit einer Hand an der Wand entlang, bis er ins Wohnzimmer kommt, der Bewegungsmelder reagiert und das Licht angeht.

Er geht die Treppen nach oben und lauscht an Mias Tür. Das gelbe Nachtlicht wirft seinen Schein durch den Türspalt, aber alles ist ruhig und zu klopfen traut er sich jetzt nicht mehr.

Er geht leise zu seiner Tür und öffnet sie, bleibt im Türrahmen stehen und starrt seinen Vater an, der genauso erschrocken vor ihm steht, die Schlafanzughose gerade zur Hälfte nach oben gezogen. Ben hat seine Eltern einmal beim Sex überrascht, oder zumindest beim Vorspiel. Er war früher aus der Schule gekommen und sie lagen auf dem Sofa. Sein Vater hatte ihn damals genauso angesehen.

„Sorry, hab ganz vergessen, dass du hier schläfst. Hast du alles? Brauchst du noch was?"

Er schaut knapp an seinem Vater vorbei zum Schrank. In Umkleidekabinen, im Freibad, bei Übernachtungspartys, Ben hat schon oft Menschen in Unterwäsche gesehen. Aber bei den Eltern ist das irgendwie nochmal was anderes. Sein Vater zieht die Hose hoch und schüttelt den Kopf.

„Nein, alles okay. Ich kann auch aufs Sofa, wirklich. Oder was ist mit dem anderen Kinderzimmer?"

„Ich hab das Bett dort vor Jahren abgebaut. Passt schon, Papa. Ich hol mir mein Zeug und geh auf die Couch."

12

Emil sieht zu, wie Ben sich das Shirt und die Jogginghose greift und den Schlafsack aus dem Schrank holt. Er will ihm den Schlafsack abnehmen, will keine Umstände machen, will vielleicht sogar sagen, dass ihm all das hier leidtut. Aber Ben geht einfach an ihm vorbei, bemerkt nicht, wie Emil innerlich den Arm nach ihm ausstreckt.

„Nimm ruhig die Decke. Bis morgen, Papa."

Er zieht die Tür hinter sich zu.

Emil lässt die Schultern sinken, betrachtet das Zimmer. Die Wände sind heller gestrichen, die Bilder sind verschwunden, in der Ecke steht ein schmalerer Schrank und das Bett ist ein anderes und steht nicht dort, wo es früher stand. Aber es ist immer noch das Zimmer, in dem er knapp 25 Jahre lang schlafen gegangen ist. Durchs Fenster sieht er gerade noch so das Alpakagehege und die einzige Straßenlaterne des Dorfes, neben dem Pizzaofen auf dem Dorfplatz. Ben muss das Licht genauso nerven, die schweren dunklen Gardinen sind neu. Emil zieht sie zu, nimmt das karierte Schlafanzugoberteil aus seiner Tasche und schlüpft hinein.

13

Eigentlich hatte Ben gestern noch aufräumen wollen, aber sie waren beide so müde gewesen, dass er sich nicht gewehrt hatte, als Orna ihn ins Bett gezogen hatte. Jetzt knallte die Sonne durchs Fenster und sie spürte die Schlepperei vom Vortag in ihren Armen.

Durch die offene Flügeltür sah sie in ihr Atelier, das bald ihr gemeinsamer Arbeitsraum werden würde. Sie freute sich, dass Ben bei ihr einzog, aber eine kleine Flamme nagte an ihr. Weil sie jetzt keinen Raum mehr für sich haben würde. Keines der drei Zimmer dieser Wohnung gehörte nur ihr. Keine Tür, bei der sie wusste, dass selbst Ben klopfen würde. Sie trat die kleine Flamme aus und ignorierte das Nachglühen.

Der Pizzakarton lag immer noch zwischen den Kisten. Sie drehte sich zu Ben und pustete ihm ins Gesicht, bis er ein Auge langsam öffnete.

„Guten Morgen. Jetzt bin ich dran. Warum wolltest du unbedingt Kinder? Weil du eine tolle Kindheit hattest und du das auch jemandem geben wolltest?"

Ben grunzte und streckte seine Arme von sich.

„Ich geh erst einmal pinkeln, dann bekommst du deine Antwort."

„Beeil dich."

Schritte auf dem knarrenden Boden, eine Tür ging auf, das Geräusch der Spülung, der Wasserhahn, wieder der knarrende Boden, dann saß Ben im Schneidersitz an die Wand gelehnt neben ihr.

„Meine Kindheit war schon okay. Salome ist die beste große Schwester und unsere Mum hat ihre Fluchterfahrungen und die ganze Scheiße, die ihre Familie erlebt hat, ziemlich gut verbastelt. Sie hat sich echt Mühe gegeben. Aber mein Dad." Ben zuckte mit den Schultern und zögerte, als dürfte er das nicht aussprechen. „Er war irgendwie immer nur dabei. Nie wirklich da. Es sei denn, es ging ums Essen. Oder um Technik.“

Orna sah ihm zu, wie er in einer Erinnerung versank und traurig schmunzelte.

„Ich bin mir bis heute nicht sicher, ob er mich eigentlich mag. Oder, keine Ahnung, liebt oder so. Gesagt hat er das zumindest nie.“

Orna ließ sich auf den Rücken fallen, betrachtete die Raufaserdecke und fragte sich, ob sie gleich so abgeklärt klingen würde, wie sie klingen wollte, und ob die Schwerkraft die Tränen zurückhalten konnte.

„Ich hab meinen Eltern meine erste Freundin vorgestellt und mein Papa hat sie rausgeschmissen. Hat mich gefragt, was mir eigentlich einfällt, ihm sowas anzutun, wie solle er denn so jemals Enkelkinder bekommen.“

Orna spürte, dass die alte Wut samt der Verzweiflung und der Fassungslosigkeit wieder aufstieg. Sie hatte lange daran gearbeitet, diese Gefühle zu verarbeiten. Tja.

„Ich hab ihm dann erstmal gesagt, dass ich grundsätzlich auf Menschen stehe, können also manchmal auch Kerle sein. Was hat er erleichtert geguckt! Und dann hab ich ihm gesagt, dass ich aber keine Lust auf Kinder habe und deshalb keine bekommen werde und er sich seinen falschen Stolz irgendwo anders herholen muss. Dann hat er mich auch rausgeworfen. Und seitdem redet er nicht mehr mit mir.“ Orna ließ die Lippen ploppen. „Und meine Mame saß die ganze Zeit nur da. Ich hab ihr angesehen, dass ihr all das leidtut. Aber sie hat nichts gesagt.“

Sie spürte Bens Hand an ihrer Wange. Sie hatte nicht bemerkt, dass die Tränen gekommen waren. Sie packte ihr Kissen und wischte sie trotzig weg. Ben schaute sie mitfühlend an, bis sie ihm das Kissen ins Gesicht warf. Er sah kurz erschrocken drein und konterte dann mit der Decke, riss sie nach oben und warf sie über Orna, die lachend aufschrie, sich mit Armen und Beinen wehrte und nach vorne griff, um das andere Kissen zu erreichen. Zwei Minuten später lagen sie schwer keuchend auf dem Bett und Ben gab sich geschlagen. Orna streckte beide Arme hoch, ließ sich von der unsichtbaren Menge feiern, bevor sie zurückfiel.

„Ich bin wach. Kaffee. Jetzt."

„Das tut mir leid, wie das bei dir lief. Dagegen war das bei uns wunderbar. Aber trotzdem wollte ich es besser machen. Einfach der beste Vater sein."

„Du könntest ja auch adoptieren." Orna hob den Zeigefinger. „Aber nicht mit mir."

Dann lachte sie und auch Ben musste grinsen, bevor er mit den Schultern zuckte.

„Hab ich auch schon drüber nachgedacht. Aber dafür muss viel anderes da sein, was gerade nicht ist. Deshalb werd ich wohl einfach der beste Onkel. Irgendwann."

„Weißt du, ob Salome Kinder will?"

„Sie hatte letztes Jahr eine Fehlgeburt. Nach knapp einem Jahr versuchen, schwanger zu werden."

„Scheiße, das tut mir leid. Sag ihr das von mir."

„Sag es ihr selbst, wenn du sie siehst."

14

Auf halber Höhe der Treppe geht das Licht an. Unten öffnet Ben die Schlaufe der Hülle und zieht den Schlafsack heraus. Grün-türkis, von McKinley. Onkel Zyga hat ihm den zur Kommunion geschenkt, da war er neun. Corbinian hat von Bens Eltern im Gegenzug einen Game Boy bekommen, in Gelb, und scheiße, war Ben eifersüchtig. Aber er erinnert sich daran, dass der Game Boy ein paar Jahre später kaputt war. Den Schlafsack dagegen hat Ben ewig verwendet, er war in jedem Land, in dem auch Ben gewesen ist. Zuletzt mit Orna in Israel.

Seit er im Schrank liegt, war auch Ben nicht mehr unterwegs.

Er schiebt die Sofakissen zur Seite und breitet den Schlafsack aus. Ein Glück, dass er damals schon relativ groß war. Und wahrscheinlich hat Zyga vorausgedacht.

Als er aus dem Bad kommt, leuchtet sein Handy auf.

Der sieht richtig schön aus. Machst du mir Alpaka-Löffel?

Klar. Sobald Mia nicht mehr nach Hamburg will.

Tamay hat da was erwähnt. Bist du noch wach?
Bock auf die Bank?

Schlafen kann Ben jetzt eh nicht. Also schickt er Rita einen vorfreudig nickenden Minion, holt sich eine Mate aus dem Kühlschrank und tritt aus der Haustür.

Als er an der Bank ankommt, brennt im Stall dahinter Licht und ein Haufen Alpakas schart sich um den Trog. Rita kippt noch eine Schaufel Futter rein, schwingt sich über das Gatter und setzt sich neben Ben auf die Rückenlehne der Bank, die Füße auf der Sitzfläche. Von irgendwoher zieht sie eine Karotte und hält sie Ben hin, er schüttelt den Kopf und zeigt ihr die Flasche. Sie zuckt mit den Schultern, stößt mit der Karotte gegen die Flasche und beißt ab. Ben nimmt einen Schluck, lehnt sich zurück und lauscht Ritas knackenden Kaugeräuschen.

„Mein Vater hat meine Mutter betrogen und sie hat ihn rausgeschmissen. Deshalb schläft er jetzt in meinem Bett und ich auf dem Sofa."

Für einen Moment ist es still, dann kichert Rita.

„Das Sofa ist superunbequem."

Ben nickt und zuckt mit den Schultern.

„Ich biete dir jedes Mal das Bett an."

„Ja, ne, wenn ich's bequem haben will, könnt ich ja auch nach Hause gehen." Sie beißt wieder von der Karotte ab und kaut laut vor sich hin. „Und wie geht's dir?"

Gut, denkt Ben automatisch und weiß, dass das eine Lüge ist, die er Rita nicht erzählen muss. Über diesen Punkt sind sie seit Jahrzehnten hinweg. Er spürt, wie die Traurigkeit durch ihn schwappt und seine Unterlippe zittert. Er muss sich an der Bank festhalten, damit etwas in ihm nicht zerbricht.

„Erinnerst du dich an den Moment, wenn du verstehst, dass deine Eltern nicht diese unzertrennliche Einheit sind, von der du irgendwie erstmal ausgehst? Und dass es davor eine Zeit gegeben hat, in der du an dieser Einheit nicht gezweifelt hast?"

„Für Tamay gab's nie eine Einheit. Und für Mia ja auch nicht."

„Aber du weißt, was ich meine. Es gibt Dinge, die sind so, seit du denken kannst. Also können die gar nicht anders sein. Und wenn sowas sich ändert, was kann dann noch alles kaputtgehen?"

Vor seinem inneren Auge sieht er, wie Mia und Tamay in diesen Bus steigen und von niemandem aufgehalten werden. Wie Mia nicht ans Telefon geht, wenn er anruft. Wie er jahrelang nichts von ihr hört. Oder nur, wenn sie ihm vorwirft, sie von ihrer Mutter ferngehalten zu haben. Sie schreien sich manchmal an, aber noch am gleichen Tag lässt sie sich von ihm einen Gute-Nacht-Kuss geben. Was, wenn das nicht mehr passiert? Bens Brust fühlt sich an, als könnte er nicht mehr atmen.

Rita schüttelt den Kopf.

„Aber du hast doch nicht bis jetzt geglaubt, dass Eltern sich nie trennen könnten."

„Klar nicht, wie auch. Mir ist schon klar, dass meine Eltern auch mal zwei einzelne Menschen waren und Beziehungen hatten, bevor sie meine Eltern wurden. Und auch nach der Hochzeit immer wieder gezweifelt haben, ob das das Richtige ist. Und sich wahrscheinlich auch gefragt haben, ob sie überhaupt Kinder wollen. Aber trotzdem sind's ja meine Eltern und ich dachte, vielleicht ist deren Beziehung einfacher als jede, die ich jemals geführt habe. Intakter."

Sepiafarbene Bilder seiner ersten großen Liebe. Wie Anna ihn traurig angesehen hat, am Abend, bevor sie gegangen ist. Dann das verletzte Gesicht von Jan, mit dem er eigentlich nie richtig zusammen gewesen ist. Aber in einer anderen Realität, wer weiß? Und natürlich Orna, in all ihrer Wut und Enttäuschung. Alle Affären danach waren nur noch blasse Abdrücke dieser ersten intensiven Erfahrungen. Was auch immer er machte, es endete in diesen Gefühlen. Ben lässt die Bank los.

„Ist sie offensichtlich nicht. Und der Zwölfjährige in mir ist ziemlich verletzt und hart am Heulen."

Rita rutscht runter auf die Sitzfläche und lehnt ihren Kopf an seinen.

„Scheiße. Das tut mir leid."

Ben spürt die Tränen hinter den Augen und einen Druck in der Kehle. Er nickt und lehnt sich an Rita. Sein Kopf rutscht auf ihre Schulter, sie greift ihn und streicht ihm durch die Haare. Irgendwann zieht sie eine neue Karotte aus der Tasche und kaut. Jetzt wirklich laut an Bens Ohr, aber er will nicht weg von ihr.

„Ist er einfach so aufgetaucht? Was hat er gesagt?"

„Gar nichts. Mama hat angerufen. Bevor ich richtig begreifen konnte, was sie mir da sagt, war er da. Und dann stand die Polizei vor der Tür."

Rita schlägt sich mit der Hand gegen die Stirn.

„Stimmt! Das war auch heute."

„Die beiden sind wohl mit der Bahn bis nach Stuttgart und wollten dann den Flixbus nach Hamburg nehmen. Der Fahrer wollte sie aber ohne jemanden Erwachsenen nicht mitnehmen. Daraufhin hat Mia die Leute in der Schlange angesprochen, ob wer sie mit in den Bus nehmen würde. Von denen muss jemand die Polizei gerufen haben."

„Besser so."

„Ich musste aus ihr herauspressen, dass sie auf dem Weg zu Orna waren. Und Genaueres wollte sie mir nicht erzählen. Dann bin ich wieder runter in die Küche, wo Papa stand. Normalerweise hätte ich wahrscheinlich dich oder Mama angerufen. Und dann hätte ich gesagt, Mia und Polizei und Orna und Hamburg, und ihr so Bestürzung und hättet Fragen gestellt. Die hätte ich auch nicht beantworten können, weil Mia mir ja nichts gesagt hat. Aber ich hätte gewusst, dass ich nicht allein bin. Aber wenn ich meinem Vater das erzähle, sagt er nur ‚okay'. Sonst nichts. Und ich glaube, ich habe in dem Moment verstanden, dass immer, wenn ich ‚mit meinen Eltern' rede, ich eigentlich mit meiner Mutter rede. Und was wichtig ist, gelangt auch irgendwie zu Papa. Also, bisher."

Ben kratzt sich am Kopf, denkt an all die Anrufe, bei denen sein Vater abgehoben hat und nach einem ‚Gut geht's mir' und ‚Arbeit ist scheiße, aber ist okay' zwei

Herzschläge gewartet hat und dann gefragt hat: ‚Soll ich dir Mama geben?' Und Ben insgeheim sogar erleichtert war, weil auch er nicht wusste, wie er die Stille zwischen ihnen füllen sollte.

„Sieht so aus, als ob du mit deinem Vater eine neue Gesprächskultur aufbauen musst."

„Hast du das mit deinem geschafft?"

Rita lacht auf und schüttelt den Kopf.

„Ich vermeide jedes Gespräch über emotionale Zustände. Das endet nur darin, dass er sich über meine Mutter auslässt. Da kommt er nicht drüber hinweg. Also spare ich mir den Schmerz und gehe nicht dorthin."

„Das tut mir leid. Und entschuldige, dass Mia Tamay da mit reingezogen hat."

„Achwas. Wenn die beste Freundin dich auf ein Abenteuer mitnehmen will, wer sagt da schon nein?"

Ben dreht den Kopf ein wenig, um sie ansehen zu können.

„Nimmst du mir das immer noch übel? Ist jetzt fast 20 Jahre her."

Rita zuckt mit den Schultern, Bens Kopf wackelt.

„Wär geil geworden."

„Oder richtig scheiße."

„Werden wir nicht mehr rausfinden."

„Außerdem war Anna meine beste Freundin."

„Nene, Anna war mit dir zusammen. Das ist was anderes."

Darauf weiß Ben nichts zu antworten. Rita wirft ihm einen Blick von der Seite zu.

„Wie lange hat sie jetzt Stubenarrest?"

Ben zieht die Brauen zusammen.

„Die nächsten zwölf Jahre."

Rita lacht auf.

„Du musst ihr gar keinen geben, vielleicht fühlt es sich für sie sowieso so an." Sie setzt sich seitlich auf die Bank, ein Bein angewinkelt, so dass sie ihn direkt ansehen kann. Ben vermisst schon ihre Wärme, die Geborgenheit ihrer Schulter. „Ben, ich verstehe, dass du Angst hast, sie zu verlieren. Aber du kannst ihr nicht alles durchgehen lassen und ihr gleichzeitig nichts erlauben.“

„Was soll ich tun? Soll ich ihr verbieten, dass sie ihre Mutter besucht? Oder soll ich sie gehen lassen und nie wieder sehen?“

Rita macht eine wegwerfende Handbewegung.

„Tu nicht so.“

Wie viele Variationen dieses Gesprächs sie schon geführt haben. Er, der sich über Mia ärgert, aber einfach nicht wirklich böse auf sie sein kann. Weil sie doch sein Wunder ist. Er darf sie nicht verlieren. Rita fährt sich durch die Haare.

„Ben, nur weil du sie liebst und ihr nichts verbietest und nicht streng bist, heißt das nicht, dass sie dich nicht irgendwann scheiße finden wird.“

Ben zuckt mit den Schultern. Sieht seinen Vater und sich, vor einem halben Leben, wie sie sich anschreien, weil Ben irgendetwas nicht durfte. Er weiß nicht mal mehr, worum es genau geht. Aber er hat dieses Gefühl nie vergessen. Nicht ernst genommen zu werden. Er hat sich damals geschworen, anders zu sein.

Rita sieht ihm beim Erinnern zu. Dieses Gespräch dreht immer die gleichen Kreise und sie weiß, was er denkt. Sie schüttelt den Kopf.

„Du machst vielleicht alles anders als Emil, aber möglicherweise führt das trotzdem zum gleichen Ziel.“

Die Vision einer Mia in etwa fünf Jahren. Die Haare kurz und gefärbt, vielleicht sogar ein Tattoo und vor dem Haus ein Motorrad, das auf sie wartet. Allein die Vorstellung lässt ihn zittern.

„Was soll ich denn machen?“

Rita schlägt mit der Handkante auf die Fläche der anderen Hand.

„Zeig ihr klare Grenzen auf. Mach ihr klar, was nicht geht. Zu ihrer Sicherheit. Und dann gib ihr die Freiheit, innerhalb der Grenzen alles auszuprobieren. Auch, wenn dir das Angst macht."

Ben starrt den Hügel hinab. Sie hat Recht, er weiß das. Aber er kann doch nicht einfach loslassen. Er atmet tief ein.

„Hat Tamay Stubenarrest bekommen?"

Rita schnaubt und lehnt sich wieder mit dem Rücken an die Bank, Ben legt seinen Kopf wieder ab.

„Nur, weil ich weiß, was gut für unsere Kinder wäre, heißt das nicht, dass ich es selbst befolge."

Ben sieht sie mit großen Augen an, dann lachen sie kurz gemeinsam.

Rita zuckt mit den Achseln.

„Ist doch so. Aber ich hab ihm klargemacht, dass das nicht geht. Nicht mit sechs. Nicht alleine."

„Also fährst du nächstes Mal mit?"

„Niemand will seine Mum bei sowas dabeihaben. Aber ich wünsche mir, dass ich einen Weg finde, ihnen das zu ermöglichen."

„Ich wünsche mir das auch. In meinem Bild von mir bin ich ein cooler Vater. Aber ganz ehrlich, gerade sehe ich nicht, wie das gehen könnte."

„Also hat Emil nichts gesagt?"

Ben starrt Rita irritiert an und muss erstmal den Themenwechsel verarbeiten.

„Er wollte, aber ich konnte mir das in dem Moment nicht anhören. Hab ihn abgewürgt. Der Gedanke, mit meinem Vater über sowas zu reden, fühlt sich richtig komisch an." Ben schiebt die Vorstellungen in seinem Kopf zur Seite, bevor irgendetwas konkret wird. „Ich müsste mich erstmal überwinden, irgendwas zu fragen.

Und dann weiß ich immer noch nicht, ob ich die Antwort hören will."

„Mein Vater hat nach der Trennung so richtig mit dem Trinken angefangen. Dann kam er immer in mein Zimmer, hat sich an mich gelehnt und sich ausgeheult, dass seine Frau weg war. Hat sich von mir trösten lassen. Als ob ich nicht auch meine Mum verloren hab."

Damals standen noch Kühe auf der Weide hinter ihnen, und sie mussten nachts aus ihren Zimmern schleichen, um sich hier zu treffen. Und statt ihrer Smartphones hatten sie Lichtzeichen ausgemacht, die sie aus ihren jeweiligen Zimmern sehen konnten. Rita, damals die Haare ganz kurz und fast weiß gefärbt, kam mit ihren Doc Martens den Berg hochgestapft. Und drückte die Fingernägel voller Wut in die Bank, während sie erzählte. Die Abdrücke sind bis heute sichtbar.

„Ich erinnere mich. Aber das macht es nicht weniger schlimm."

„Ja."

Sie streicht Ben über die Haare, verharrt mit den Fingern an der Halsmuskulatur und drückt auf den Knoten, den sie erspürt. Ben zuckt zurück, aber will eigentlich nicht weg.

„Aua."

Rita ist in Erinnerung versunken, fährt mit den Fingern seinen Nacken runter, sucht noch mehr Verspannungen.

„Aber vielleicht bin ich deshalb so gut drin, im Trösten."

„Das bist du wirklich."

Rita wirft das Endstück der Karotte hinter sich und irgendein Alpaka schnappt danach. Dann zieht sie sich eine neue aus der Tasche. Beißt ab. Kaut langsam und laut an Bens Ohr.

„Tut mir echt leid, Ben. Wenn du was brauchst, sag Bescheid."

„Das hier ist schon ganz gut. Danke."
„Klar."
„Wann kommen die morgen eigentlich?"
„Neun Uhr. In ... knapp sieben Stunden."
Ben seufzt und zieht sich aus der Umarmung, wirft einen Blick zum Haus. Alle Fenster sind dunkel. „Dann sollte ich mich mal hinlegen."
Rita legt den Kopf zur Seite, nickt in Richtung ihres Hauses.
„Kannst auch bei mir pennen. Alles ist bequemer als dieses Sofa."
Für einen Moment blitzt die Version einer Zukunft auf, in der er neben Rita im Bett liegt. Was schön wäre, aber nein.
„Ist eh schon scheiße mit Mia. Ich sollte da sein."
Rita nickt und hebt die Hände, ich sag's ja bloß, wirft die halb gegessene Karotte nach hinten und steht auf, drückt Ben einen Schmatzer auf den Kopf und verschwindet in der Dunkelheit.
„Ach, Ben!"
Sie steht irgendwo im Schatten, er kann sie kaum erkennen.
„Was?"
„Von wegen Dinge, die sich noch ändern können. Wir beide, das bleibt."
Ben weiß das. Seit 20 Jahren weiß er das. Aber es zu hören, macht ihm trotzdem eine Gänsehaut.
„Ich weiß. Gleichfalls. Danke!"
„Klar. Bis morgen!"
„Ich freu mich!"
Vage kann er ihre Hand erkennen, die ihm zuwinkt.

15

Mia starrt an die schummrige Decke, die nur von dem kleinen Nachtlicht beleuchtet wird. Wochenlang hat sie sich ausgemalt, wie sie etwa um diese Zeit in Hamburg ankommen würden. Sie hatte extra die Regenjacke mitgenommen und sich so auf die Möwen gefreut. Die Leute sagen, die Luft schmeckt nach Salz, am Meer. Aber Tamay war eben doch noch zu klein. Alle haben sie komisch angesehen. Allein hätte sie es vielleicht geschafft. Aber alleine unterwegs zu sein, das traut sie sich nicht. Und er wäre so böse gewesen, wenn sie ihn nicht mitgenommen hätte. Sie haben sich geschworen, alles miteinander zu machen.

Sie wirft die Decke zurück, tastet nach der Brille und stellt sich ans Fenster. Das Licht der Straßenlaterne am großen Parkplatz beleuchtet den Hügel auf der anderen Straßenseite. Ein paar Alpakas stehen am Zaun. Tamays Zimmer ist dunkel. Mia kennt niemanden, der so gerne ins Bett geht wie Tamay. Obwohl er dann meistens noch liest oder Switch spielt. Dann sieht sie die Umrisse auf der Bank. Erst lacht Rita, dann steigt Ben kurz mit ein. Selbst aus dieser Entfernung hört sie, dass er immer noch traurig ist. Und jetzt, wo sie alleine ist, kann sie vor sich selbst zugeben, dass das auch ein bisschen ihre Schuld ist. Sie tastet nach ihrem Handy, öffnet den ersten Chat.

> Sorry nochmal. Hoffentlich ist deine Mama nicht böse auf dich. Nächstes Mal schaffen wir das. Schlaf gut.

Die beiden Haken erscheinen, aber Tamay wird die Nachricht erst morgen sehen, wenn er das Handy wieder bekommt. Mia wechselt zum Chat darunter.

Sorry nochmal. Hab mich auf Hamburg gefreut. Auf Regen und Möwen und salzige Luft. Und dich endlich zu treffen. Wann hast du wieder Zeit?

Sie schickt die Nachricht ab, erster Haken. Aber der zweite kommt einfach nicht. Mia zählt bis 42, dann legt sie das Handy zur Seite. Ben umarmt Rita gerade. Mia hebt ihre Hände zum Fenster. *Gute Nacht, Papa.*

16

„Hej Schwesterherz, ich weiß, du hasst Sprachnachrichten, aber ich bin gerade zu müde, um zu tippen. Ich halte mich kurz. Mama hat Papa rausgeschmissen, weil er sie betrogen hat. Er ist hier. Mama sagt, sie braucht Zeit für sich.“ Ben zögert für einen Moment. Atmet durch. „Fühlt sich ziemlich scheiße an, das auszusprechen. Als ob es das wahrer macht. Lass uns morgen reden. Vielleicht am Nachmittag? Morgens hab ich einen Workshop. Schlaf gut.“

Er lässt den Daumen los und gleich darauf erscheint der zweite Haken an der Sprachnachricht. Noch bevor Ben im Bad ist, vibriert sein Handy. Er lässt den Kopf hängen und kehrt zurück ins Wohnzimmer.

„Hej Salome. Sorry, ich wollte dich nicht wecken.“

„Verarschst du mich?“

„Ist nicht meine Art von Witz, oder?“

„Leider nicht.“

Er hört das Klicken und sieht den Kugelschreiber vor sich, den Salome mit dem freien Daumen aus- und einfahren lässt. Als sie noch in den Kinderzimmern nebeneinander gewohnt haben, hat er das Geräusch durch die Wand gehört, dann wusste er, irgendwas macht ihr richtig zu schaffen. Scheint sich nicht geändert zu haben. Salome atmet hörbar ein und der Stift wird still.

„Erzähl mir alles.“

Ben schließt die Augen und erzählt, was er weiß. Versucht, die Informationen nicht zu nah an sein Herz zu lassen. Eine distanzierte Tatsachenbeschreibung. Haha.

„Und dann stand er vor meiner Tür.“

Salome schnaubt verächtlich.

„Und was sagt er?“

„Ich hab ihn nicht gefragt.“

„Warum nicht? Gib ihn mir.“

„Er schläft."
„Ach, Ben ..."
Auch das ein Überbleibsel aus ihrer Jugend. Ben hatte es geliebt, eine große Schwester zu haben. Aber irgendwann war es Salome zu anstrengend, die große Schwester zu sein. Mit 16 gab es spannendere Dinge. Wichtigere Sachen, für die Salome sich einsetzen konnte. Dann saß sie in ihrem Zimmer und beschriftete Pappschilder mit Parolen und hörte zu, wenn Ben neben ihr saß und von seinen Problemen erzählte. Aber immer öfter seufzte sie dann und sagte: Ach, Ben. Und Ben kam sich klein vor und nicht ernstgenommen und konnte nicht mehr sagen, ob seine Probleme groß genug waren für diese riesige ungerechte Welt, in der seine Schwester kämpfte.

Seit 20 Jahren wohnen sie nicht mehr im gleichen Haus, deshalb scheinen all seine Erinnerungen mit Salome aus dieser Zeit zu stammen. Die Worte haben immer noch den gleichen Effekt und Ben spürt, wie ihn das wütend macht.

„Nix: ach, Ben. Der stand da vor mir, mit seinem alten Aktenkoffer und dieser Tasche, die ich noch nie gesehen habe. Und hat schon angesetzt. Und in mir hat sich alles gewehrt."

Salome klickt ein-, zwei-, dreimal mit dem Kugelschreiber.

„Ich hab morgen Nachmittag noch einen Flug, aber ich kann Sonntagmittag da sein."

„Mama hat gesagt, das ist nicht nötig."

„Sie hat keine Ahnung, was sie redet."

„Deine Mutter hat keine Ahnung."

Salome stockt, das Klicken hört auf. Dann lacht sie laut und auch Ben muss grinsen.

„Das ist so kindisch, Ben."

Ben zuckt mit den Schultern und fährt mit den Fingern den Reißverschluss des Schlafsacks nach. Er hat es geliebt, in ihm einzuschlafen, den Stoff ganz eng um seinen Körper zu haben. Das hat ihm immer das Gefühl von Zuhause gegeben, egal, wo er war. Hoffentlich klappt das auch diese Nacht.

„Naklar. Kindisch ist einfach."

„Du redest wie deine Tochter."

„Sie ist die Beste."

„Wie geht's ihr mit dem allen?"

Wenn er das wüsste.

„Das weißt du ja noch gar nicht. Die Polizei hat sie nach Hause gebracht. Sie wollte nach Hamburg. Zu Orna."

Ein, zwei, drei Klicke.

„Scheiße."

„Ziemlich viel davon für einen Tag. Ich lege mich jetzt auf die Couch. Papa liegt in meinem Bett."

„Die Couch ist superunbequem."

„Jaja. Schlaf gut."

***

Links über seiner Hüfte drückt ihm die Feder in den Rücken, die lose ist, seit er als Sechsjähriger mit Anna und Rita versucht hat, von der Tür bis zur Küche zu kommen, ohne den Boden zu berühren. Und der Schlafsack ist zu warm und zu eng. Aber wenn er ihn nur als Decke verwendet, guckt immer ein Fuß heraus, der dann auskühlt. Und bei der kleinsten Bewegung flammt das Licht an der Treppe auf.

Ben war nicht klar, dass die Uhr in der Küche überhaupt ein Geräusch macht. Jetzt hört er jede Sekunde und er kann einfach nicht weghören. Und einmal die Stunde gluckert etwas im Kühlschrank. Seine Gedanken springen von seinen Eltern zu seiner Tochter, und wenn er sie aktiv in die Box für die Sachen steckt, um die er sich morgen kümmert, sind sie zwei Atemzüge später wieder herausgekrochen und sitzen ihm im Nacken.

17

Ben hat sich in dem Dorf, in dem er groß wurde, eigentlich ganz wohl gefühlt. Das Pflichtpraktikum in Hamburg war für ihn schon eine Herausforderung und urlaubstechnisch hatte er es bisher nicht weiter geschafft als nach Frankreich, Österreich und Italien, mit der Schule einmal kurz in die Niederlande. Und jede Sommerferien Verwandte besuchen in Polen. Was man eben so macht, wenn man in Süddeutschland aufgewachsen ist.

Orna dagegen war wild auf Leben, wollte jeden Trampelpfad bis zum Ende gehen, ihren Daumen auf den kleinsten Straßen ausgestreckt haben und auf der Zunge den Geschmack einer fremden Küche. Sie hatte genügend Energie für sie beide. Gegen jedes seiner Aber hatte sie ihn ins Flugzeug gezerrt und sie waren nach Israel geflogen, verbrachten jeden Tag woanders, aber immer bei Verwandten, und von all den Sorgen, die Ben sich machte, traten die wenigsten ein.

Drei Wochen später saßen sie bei seinen Eltern, zum ersten Mal zusammen. Der Wohnzimmertisch im Garten, das flirrende Schattenspiel der Bäume auf der Tischdecke, das Tablet vor seiner Mutter. Orna wischte von Bild zu Bild und erzählte, während sein Vater danebensaß und mehr an diesem neuen technischen Gerät interessiert war als an der Reise. Und Orna konnte ihm auch darüber viel erzählen. Bisher hatten seine Eltern nur von ihr gehört, jetzt waren sie begeistert. Als seine Mutter ihn zum Abschied umarmte, strahlte sie.

„Sie ist toll, Ben. Pass gut auf sie auf."

„Vielleicht muss ich auch auf ihn aufpassen."

Orna zwinkerte seiner Mutter zu und sie konnte nicht anders, als begeistert zu lachen. Sein Vater schmunzelte und Ben ahnte, dass auch das ein gutes Zeichen war.

***

Im Auto winkte Orna Bens Eltern zu, bis sie um die Ecke verschwunden waren, dann drehte sie sich zu Ben.

„Sie lieben mich. Kaum zu glauben."

Ben hatte bisher nicht verstanden, wie nah ihr der Bruch mit ihrem Vater ging, aber jetzt spürte er, dass sie das wirklich kaum glauben konnte. Für ihn dagegen war es ein Leichtes.

„Sie haben eine Tochter, die mit 17 für ein halbes Jahr in Kanada war, Menschen auf Charterflügen zeigt, wo die Notausgänge sind, und Postkarten von überallher schickt. Und sie haben mich, der mit 23 noch in seinem Kinderzimmer gewohnt hat. Und dann kommst du. Natürlich lieben sie dich. Also, meine Mum zumindest. Hier links."

Sie nickte und fuhr in die Kurve, ohne langsamer zu werden. Ben hielt sich an dem Haltegriff über sich fest und Orna warf ihm einen irritierten Blick zu. Ben zuckte mit den Schultern.

„Askan hat in genau dieser Kurve seinen nagelneuen Smart in den Graben gesetzt. An seinem 18. Geburtstag."

Orna lachte über die Vorstellung und warf einen Blick in den Rückspiegel.

„So fühlt sich das also an. Daran kann ich mich gewöhnen."

Er blickte sie für einen Moment an, diese Frau, die er für ihre Stärke und Energie, ihren Kopf und ihr stetiges Streben nach vorne liebte, und war erstaunt über die Verletzlichkeit, die sie gerade zeigte. Die sie nur noch größer machte. Er küsste ihre Wange.

„Ey, nicht während der Fahrt die Fahrerin belästigen!"

„Ich liebe dich auch, weißt du das?"

Sie nickte und schaltete noch einen Gang hoch.

„Das fühlt sich auch sehr gut an."

18

Warmer Atem streicht über Bens Wangen. Vorsichtig öffnet er ein Auge und sieht das Gesicht seiner Tochter, viel zu nah an seinem, wie sie ihn mit großen Augen anguckt.

„Bist du wach?“

„Nein. Ich spreche im Schlaf.“

„Naklar.“

Ben öffnet das zweite Auge und zieht die Brauen zusammen. Bevor Mia zurückweichen kann, hält er sie an der Schulter fest und starrt auf ihre Stirn, die er noch nie von Haaren bedeckt gesehen hat. Ein schief geschnittener Pony hängt ihr bis über die Augenbrauen und an den Rand ihrer Brille.

„Was ist mit deinen Haaren passiert?“

„Opa sagt, meine Mama hat so eine Frisur.“

Sie zieht sich aus seinem Griff, verschränkt die Arme und sieht ihn trotzig an.

Ben setzt sich auf. Sein Nacken schmerzt und die Müdigkeit sitzt ihm so tief in den Augen, dass er sich anstrengen muss, alles richtig zu sehen. Ornas Pony war ausgefranst, immer wie zufällig dort hingefallen. Mia dagegen muss mit ihrer Bastelschere so lange herumprobiert haben, bis alle Haare kurz waren. Ben spürt den automatischen Drang, böse zu sein, laut zu werden und zu fragen, was das soll. Aber Ben kann gut genug in die Zukunft sehen, um zu wissen, dass sie dann wohl den Rest des Tages nicht mehr miteinander reden werden. Er seufzt und streicht Mia die kurzen Haare ein wenig zur Seite. Sie fallen direkt zurück.

„Stimmt. Sie hatte eine ähnliche Frisur. Gefällt’s dir?“

Mia runzelt die Stirn, zuckt dann mit den Schultern und hebt Daumen und Zeigefinger nah aneinander.

Ein bisschen.

„Sieht anders aus."

Ben muss grinsen.

„Stimmt. Fragst du Rita bitte, ob sie ihn dir ein bisschen gerader schneiden kann?"

Mia strahlt ihn an und nickt, dann verschwindet sie aus Bens Sichtfeld. Kurz darauf dröhnt *Anne Kaffeekanne* durch das Wohnzimmer, Mia springt umher und singt lautstark mit. Ben versucht, sich den Schlafsack übers Gesicht zu ziehen, aber dafür ist er zu kurz. Er schläft schon seit einer ganzen Weile nicht mehr wirklich. Vor gefühlten zwei Stunden ist sein Vater die Treppe heruntergekommen und hat versucht, leise Kaffee zu machen. So leise man eben ganz hinten in den Schränken die alte Kaffeemühle hervorkramen, Bohnen mahlen und Wasser zum Kochen bringen kann.

Ben drückt sich aus dem Sofa nach oben und blickt in die Küche. Emil steht dort, beide Hände um die große Tasse gelegt, er beobachtet seine Enkelin, die von Sofa zu Sessel und wieder zurück springt. Dann bleiben seine Augen bei Ben hängen, er nickt ihm zu und zeigt fragend auf die Tasse. Ben schüttelt den Kopf und lässt sich wieder auf das Sofa fallen. Seinen einzigen Kaffee hat er als Jugendlicher getrunken und er musste irre viel Zucker reinmachen, um ihn runterzubekommen. Seitdem lehnt er jeden Kaffee ab, was seinen Vater nicht davon abhält, immer wieder zu fragen.

„Mia!"

Sie stockt kurz und sieht ihn an, die Musik immer noch viel zu laut. Er setzt sich auf, damit seine Hände frei sind.

Können wir reden? Ich will mich entschuldigen.

Aber sie dreht sich weg und springt weiter. Ben schält sich aus dem Schlafsack, schlurft in die Küche, füllt ein Glas mit Wasser. Anne ist gerade mit Hansi davongeflogen und das Lied beginnt von vorne. Mia formt mit ihren Händen einen Trichter, wenn Anne im Lied auf der Kaffeekanne Trompete spielt. Für ein paar Wochen war Mia von der Trompete begeistert gewesen und wollte wirklich eine spielen, damals. Bis sie in der ersten Probestunde keinen Ton rausbekommen hat und Ben nicht traurig darüber war.

Sein Vater lehnt neben ihm, schlürft Kaffee und hat den Blick zwar ins Zimmer gerichtet, aber guckt nirgendwo so richtig hin. Seine Mutter hätte schon längst ein Gespräch angefangen.

Sie hatte ihn immer gefragt, wie es in der Schule war oder wie es ihm ging. Wenn er im Wohnzimmer saß und Nintendo spielte oder las, während sie noch das Mittagessen vorbereitete, hatte sie sich fast immer irgendwann umgedreht, ihm eine Weile zugesehen und ihn dann gefragt, was er tun würde, wenn er an Bastians Stelle in Phantásien wäre. Oder ob er nicht selbst so ein Go-Kart haben wollte. Und Ben hatte den Controller sinken lassen und sie mit leuchtenden Augen angesehen. Zwei wirklich lange Wochen später stieg er zum ersten Mal auf das gelbe Kettcar.

Nachdem Ben ausgezogen war, hatte er regelmäßig mit seinen Eltern telefoniert, was aber eigentlich bedeutete, dass er mit seiner Mutter redete. Und so, wie sie mit ihm geredet hatte, hatte er mit ihr geredet. Fragen gestellt und Gedanken geteilt. Sie wusste von seinem Liebeskummer, als Anna weg war, und von seinen Sorgen, ob er Mia geben konnte, was sie brauchte, auch alleine. Sie wusste, dass er sich immer wieder fragte, ob er wirklich vom Holzschnitzen leben konnte und auch wollte.

Papa wusste nur, wie das Auto wieder TÜV bekam und wie Ben die Steuer machen sollte.

Mia bleibt mit dem Fuß am Polster hängen und schlägt mit den Knien auf dem Boden auf. Für einen Moment verharrt sie in der Position und Ben spürt den Drang seines Körpers, zu ihr zu eilen, aber Mia springt schon auf und hüpft weiter. Er sieht wieder seinen Vater an.

„Waren wir damals genauso?“

Emil pustet in den Kaffee, nimmt einen Schluck und legt die Stirn in Falten, als müsse er diese Erinnerung erst hervorkramen.

„Ihr wart zu zweit. Aber zumindest musste manchmal jemand die Kassette umdrehen. Und meistens war ich ja schon in der Arbeit.“

Eine Strophe von Anne Kaffeekanne lang sagen beide nichts, Ben trinkt in langsamen Schlucken und fragt sich, ob sein Vater auch darüber nachdenkt, dass er wirklich oft nicht da war. Emil dreht den Kopf und Ben hat die fixe Hoffnung, dass er genau das ansprechen wird. Seine Mutter hätte es getan.

„Wie hast du geschlafen?“

Wenigstens eine Frage.

„Das Sofa ist echt unbequem und jedes Mal, wenn ich mich ein bisschen bewege, geht das Licht an.“

Emil schmunzelt und zuckt dann mit den Schultern.

„Wenn ihr damals nicht immer eine Festbeleuchtung angelassen hättet, hätte ich das nicht installieren müssen. Wir können tauschen, wenn du willst.“

„Nein, schon okay.“

Es klingelt, und bevor Ben realisiert, dass er nur in Shirt und Boxershorts dasteht, hat Mia die Tür aufgerissen. Tamay steht davor. Die blonden Haare fliegen ihm um den Kopf, er atmet schwer und hält sich mit ausgestreckten Armen am Türrahmen fest. Die Strecke zwischen den beiden Häusern ist nicht weit, aber aus irgendeinem Grund muss Tamay sie immer rennen.

Mia reißt die Hände nach oben.

„Tamay! Wollen wir Kettcar fahren?“

Tamay nickt erst begeistert und schüttelt dann schnell den Kopf.

„Mama hat gesagt, ich soll erst gucken, ob dein Papa schon wach ist. Weil doch gleich die Klasse kommt."

Ben winkt hinter der Kücheninsel hervor, Mia schüttelt den Kopf.

„Ne, der träumt gerade mit offenen Augen. Komm!"

Sie packt Tamays Hand und zieht ihn hinter sich her, aber er hält sich fest.

„Mama sagt, du sollst nicht zu spät kommen!"

Dann ist er weg. Ben stellt sein Glas ab.

„Er hat Recht. Ich muss rüber."

„Solltest du nicht etwas frühstücken?"

„Mach ich später."

„Ich kann dir was machen."

„Schon okay. Ich ess später umso besser. Wir machen Pizza mit der Klasse."

19

Es war mitten in der Nacht, Orna lehnte im Türrahmen und Ben saß auf dem Bett, mit dem Rücken zu ihr. In ihren Ohren hallte der Streit noch nach und jetzt, in der Stille, spürte sie das Kratzen im Hals und ihre geschwollenen Augen. Worum es diesmal ging, war längst nicht mehr wichtig.

„Ich hab einfach nicht die Kraft, Ben."

Sie legte den Kopf gegen das Holz, hörte ihre Haare daran reiben, eingeklemmt zwischen Rahmen und Kopf. Spürte ihre Erschöpfung.

„Du bist ein toller Kerl und vieles von dem, was wir machen, ist großartig. Aber bis wir dahin kommen, etwas zu machen, muss ich jedes Mal Energie für uns beide aufbringen. Weil du zwar immer erstmal ja sagst, aber dann doch zu viel Angst oder keine Zeit hast oder sonst irgendwas ist. Und diese Energie hab ich nicht mehr. Ich hab wirklich genug mit mir selbst zu tun. Ich kann mich nicht auch noch um jemand anderes kümmern."

Auch er hatte geschrien und geweint, jetzt schniefte er immer wieder. Sie wusste, dass er zuhörte. Aber er sagte nichts.

Sie nickte, nur für sich selbst.

„Ich schlafe auf dem Sofa. Kannst du ab morgen irgendwo anders unterkommen?"

Ben stand auf, zog noch einmal die Nase hoch, wischte sich die Tränen aus dem Gesicht und schluckte hörbar.

„Du kannst hierbleiben. Ich geh jetzt."

Sie hielt ihn nicht auf. Sie war ihm dankbar dafür. Und sosehr er das gerade nur aus Trotz und Übertreibung machte, sie hatte seine Fähigkeit, Dinge durchzuziehen, schon immer bemerkenswert gefunden.

Vielleicht war es nur eine Frage der Zeit gewesen, bis das Band zwischen ihren beiden sturen Köpfen riss. Reißen musste, weil sie immer gezogen und er immer dagegengehalten hatte.

20

Als Ben aus dem Haus eilt, fährt oben gerade der Bus um die Ecke und kommt zeitgleich mit ihm am Schotterplatz an, wo Rita wartet.

„Gerade so. Musste Tami dich wecken?"

„Ich bin wach, seit mein Vater versucht hat, leise Kaffee zu kochen. Vor zwei Stunden."

Rita lacht laut auf.

„Und dann ist Mia durchs Wohnzimmer getanzt."

Sie zuckt mit den Schultern.

„Das ist ja nicht neu."

„Stimmt, aber im Schlafzimmer hört man das eher gedämpft."

„Konntest du mit ihr reden?"

„Sie wollte nicht. Und dann stand dein Sohn auf der Matte."

„Ein Glück."

Die vordere Tür des Busses geht auf und ein Lehrer steigt aus, gefolgt von einer Oberstufenklasse, die so müde aussieht, wie Ben sich fühlt. Rita begrüßt den Mann, Ben drückt kurz seine Hand, dann hören sie alle das Geschrei und drehen die Köpfe.

Das gelbe Kettcar schießt um die Ecke, die der Bus gerade genommen hat. Mia sitzt vorne und lenkt, Tamay steht wie auf einem Hundeschlitten auf dem Trittbrett dahinter, das Ben vor ein paar Jahren montiert hat. Das Brett hängt gefährlich nah am Boden, kratzt manchmal über den rissigen Asphalt und den Schotter. Ben muss das unbedingt reparieren, bevor die beiden einen Unfall bauen.

Beide schreien aus vollem Hals, als sie ungebremst an der Gruppe vorbeirasen und Mia das Kettcar so nah an die Leute heranlenkt, dass sie die Hand ausstrecken kann. Viele weichen zurück, aber zwei, drei Leute klatschen sie ab. Mia jauchzt und einen Moment später sind sie um die nächste Ecke verschwunden. Kurz darauf knirscht weiter unten der Schotter, als sie auf dem Marktplatz zum Stehen kommen.

Rita dreht sich zur Klasse.

„Guten Morgen und herzlich willkommen in Immenau. Das waren Mia und Tami, ignoriert sie einfach. Ich bin Rita, das ist Ben. Schön, dass ihr da seid. Die Hälfte von euch kommt mit mir zu den Alpakas."

Sie zeigt den Berg hoch und tatsächlich sind am Zaun zwei flauschige Köpfe zu sehen. Ein paar Jugendliche machen *Aaaw* und Ben muss grinsen, weil das wirklich jedes Mal passiert. Rita zwinkert ihm zu, bevor sie wieder nach oben guckt. Er liebt es, dass sie dieses gemeinsame Wissen haben, ein kleiner Geheimbund sind.

„Die Braune ist Ada und der Weiße daneben Konrad. Das sind die beiden Neugierigen, aber wo die herkommen, gibt's noch einen ganzen Haufen. Die andere Hälfte von euch folgt Ben in seine Werkstatt. Holzlöffel schnitzen. Wer ist bei mir? Teilt euch mal auf. Sehr gut. Wer freut sich auf die Alpakas?"

Alle Hände in ihrer Gruppe gehen hoch.

Ben sieht die Leute an, die auf seiner Seite stehen.

„Und wer freut sich auf das Schnitzen?"

Die meisten Hände gehen hoch. Ein Typ nickt zu den Alpakas. Er trägt einen grellen neonfarbenen Pulli, die Kapuze überm Kopf, die Hände in den Taschen. Er ist fast einen Kopf größer als die anderen.

„Immer noch besser als Tiere."

Ben nickt so ernst, dass alle merken, dass er es nicht so meint.

„Ja, das dürfen glücklicherweise alle selbst entscheiden."

Der Typ schüttelt den Kopf, verschränkt die Arme vor der Brust und schnalzt mit der Zunge.

„Bin nicht freiwillig hier. Es ist Samstag."

„Ey du! Mit dem dicken gelben Pulli! Hilf mal!"

Hinter Ben und Rita sind Mia und Tamay aufgetaucht. Mia tut so, als würde sie in die Pedale treten, und Tamay schiebt sie samt Kettcar den Berg hoch.

Der Typ sieht die beiden prüfend an, schnalzt dann wieder.

„Deine Mum hat gesagt, ich soll dich ignorieren."

Mia braucht einen Moment, bis sie versteht, dass er von Rita redet.

„Sie ist nicht meine Mama. Komm schon. Du darfst auch mal mitfahren!"

Sie drückt die Hände bittend zusammen, macht einen Schmollmund und das Kettcar dreht ab. Der Typ wirft einen Blick zu Ben, der mit den Schultern zuckt und zum Haus zeigt.

„Wir gehen schon mal in die Werkstatt."

Der Typ nickt einem Jungen neben sich zu und gemeinsam schieben sie das Kettcar den Berg hoch, voller Schwung und schneller, als Mia und Tamay das jemals geschafft hätten. Mia jubelt und winkt den anderen, Tamay läuft hinterher, bis die Jungs ihn aufsteigen lassen. Dann steht er mit weit ausgebreiteten Armen und wehenden Haaren auf dem Brett und die Klasse kichert.

„Dann wollen wir mal. Folgt mir!"

Rita stapft den Pfad nach oben, und ein Dutzend Menschen trottet hinterher.

Ben geht zurück zum Haus und nimmt die andere Hälfte mit. Sein Handy vibriert.

Viel Spaß mit dem Neonpulli.

Warum landen Arschlochkinder immer bei mir.

So schlimm ist er nicht, hat ja gleich Mia geholfen.

Niemand kann Mia was abschlagen.

Als Antwort kommt ein GIF mit Spock, der seine Augenbrauen hochzieht und ungläubig guckt. Ben lacht, öffnet die Tür und lässt die Gruppe in die Werkstatt.

***

Es dauert immer ein bisschen, aber wenn Ben ein paar seiner Löffel durchreicht, ihnen die Rohlinge, die Messer und die Axt in die Hand drückt und die Sicherheitseinweisung durch hat, dann verstehen die meisten, warum Ben es so liebt, aus einem Stück Holz genau den Löffel herauszuarbeiten, der schon immer darin zu schlummern schien.

Der Typ mit dem Neonpulli heißt Viktor, und er sitzt ganz vorne, weil kein anderer Platz mehr frei war, als er reingekommen ist.

„Mia sagt, ich soll dir sagen, dass du auch mit ihr fahren sollst."

Ben zeigt ihm den Vogel und Viktor lacht. Er betrachtet sein Holz ein ganzes Stück länger als die anderen, dann zeichnet er zwei Löffel, die ineinander verschlungen sind, und beginnt, mit der Axt das überflüssige Holz zu entfernen.

Ben liebt diese konzentrierte Stille einer Gruppe, in der alle für sich arbeiten und gleichzeitig immer für die anderen da sind. Sich beim Arbeiten helfen, sich gegenseitig Dinge fragen und anspornen. Er liebt es, wie schnell diese Stunden vergehen.

Er beobachtet Viktor eine Weile, dann beugt er sich zu ihm.

„Du dachtest auch, das muss gleich eine Challenge werden, oder? Gleich zwei Löffel."

Viktor schenkt ihm ein höfliches Lächeln und arbeitet weiter.

„Was hättest du gemacht, wenn du nicht hier wärst? Fortnite?“

Viktor schnalzt mit der Zunge.

„Ne, Mann. Meine Mum kann ’ne Extraschicht machen, wenn ich auf meine Schwestern aufpasse. Die sind noch zu klein, um allein zu bleiben.“

Zwischen den Sätzen lässt er sich Zeit. Ben merkt, wie er rot wird. Und schon knarzt die Schublade, in die Ben ihn automatisch gesteckt hat. Cooler Junge mit Hoody. Viktor schaut ihn nicht an, bleibt mit Blick und Konzentration beim Holz.

Ben nickt trotzdem.

„Ich hatte glücklicherweise meine Eltern. Und Rita, sie hat auf Mia aufgepasst, wenn es sein musste. Dafür hab ich dann bei Tamay geholfen. Beziehungsweise, Mia und ich haben geholfen. Ist wie ein kleiner Bruder für sie. Sie liebt ihn über alles.“

Viktor sieht auf und in seinem Blick löst sich etwas. Als ob nicht nur Ben Vorurteile hatte.

„Ich liebe die Kleinen auch. Zwillinge. Der Vater ist genau so ’n Wichser wie meiner. Zahlen alle kein Unterhalt.“

Viktor hat das Holz zwischen den beiden Löffeln geteilt und hält sie hoch.

„Ich will die für die Kleinen machen. Einen für jede.“

Jetzt sieht er Ben erwartungsvoll an, der den Kloß in seinem Hals runterschluckt.

„Schöne Idee. Aber zwei Löffel in der Zeit, das wird knapp. Gib mir mal den einen.“

Viktor zögert kurz, dann reicht er ein Holz rüber.

„Danke, Mann.“

Ben weiß nicht, was er sagen soll, schüttelt nur den Kopf und nimmt sich sein Opinel.

21

Eine Stunde und einen Rucksack mit dem Wichtigsten später drückte Ben einen Klingelknopf und ein junger Mann in Boxershorts und ausgeblichenem Shirt öffnete die Tür, wischte sich den Schlaf aus den Augen.

„Alex, oder? Sorry für den Überfall."

Alex winkte ab und trat zur Seite, damit Ben reinkommen konnte.

„Nenn es nicht Überfall. Ist gar kein Problem. Bene sagt, du sollst bleiben, solange du willst. Sein Zimmer steht eh leer, solange er in Indien ist. Ich zeig dir das Wichtigste und den Rest machen wir morgen, okay?"

22

„Wer noch nicht fertig ist, kann natürlich auch daheim weitermachen. Vergesst nur nicht, euren Löffel ganz am Ende in Öl einzulassen. Am besten Leinöl. Und grobe Stellen lieber nochmal nachschnitzen, kein Schleifpapier verwenden. Sonst raut ihr die Fasern auf."

Er schiebt seinen Löffel zu Viktor, der noch am anderen arbeitet. Fast alle sind noch beschäftigt, niemand springt auf und verlässt direkt die Werkstatt. Manchmal bekommt er am Ende von Gruppen Applaus, aber für ihn ist es das größte Lob, wenn die Leute einfach weitermachen wollen, obwohl sie seit mehr als vier Stunden nur an einem Stück Holz herumschnitzen.

„Ich weiß, es ist immer zu wenig Zeit. Aber ich freue mich, wenn ihr Spaß hattet und ein bisschen was nach Hause nehmen könnt."

Ein Mädchen hebt ihren Löffel hoch. Alle lachen, auch Ben, obwohl er weiß, dass immer jemand so auf seinen Satz reagiert.

„Sehr gut. Dann …"

Die Tür poltert auf und Mia steht da. Greift die Brille mit beiden Händen und setzt sie enger an die Nasenwurzel, betrachtet die über ihre Löffel gebeugten Leute und nickt denen zu, die sie ansehen.

„Wer noch nicht fertig ist, kann natürlich auch daheim weitermachen. Vergesst nur nicht, euren Löffel ganz am Ende in Öl einzulassen. Am besten Leinöl."

Die Klasse kichert und Mia hebt eine Augenbraue, grinst kurz zu Ben und er spürt Stolz, wie er warm durch die Brust nach oben steigt, bis auch seine Mundwinkel sich heben. Als ob sie darauf gewartet hat, auf diesen kleinen Moment, den sie teilen. Er weiß, dass sie das genauso liebt wie er. Sie sieht wieder zur Klasse.

„Hat er schon gesagt? Auch das mit dem Schleifpapier? Sehr gut. Dann kommt mal mit, jetzt gibt's Pizza."

Ben zeigt auf Mia.

„Was sie sagt. Mia zeigt euch, wo's langgeht. Schön, dass ihr da wart."

Die Ersten stehen auf, dann beginnt jemand zu applaudieren und alle steigen mit ein. Nur Viktor fährt nochmal mit dem Messer über seinen Löffel. Die anderen sind schon weg, als Ben ihm den Löffel abnimmt, ihn mit schnellen Bewegungen an den anderen anpasst, sich ein wenig Öl in die Kuhle seiner rechten Hand gießt und die Löffel einreibt. Als er sie zusammenlegt und sie ineinandergreifen, nickt Viktor anerkennend.

„Die werden sich freuen. Danke für die Hilfe. Ich hätte das nicht hingekriegt."

„Klar, mit mehr Übung und Geduld geht das gut."

Viktor zuckt mit den Achseln.

„Vielleicht irgendwann mal."

Er packt seine Sachen zusammen und hält inne, als Ben ihm einen weiteren Löffel hinhält. Einen von den vielen fertigen, die auf den Regalen liegen, größer als die anderen, fast schon eine Kelle.

„Was ist damit?"

„Nimm ihn. Ich schenk ihn dir."

Viktor wirft ihm einen Blick aus den Augenwinkeln zu, unsicher, was gerade passiert.

„Bin ich der Suppenkasper oder was?"

Und Ben ist wieder 16, erinnert sich an dieses Gefühl von Unsicherheit, mit der er sich auch durch diese Welt bewegt hat. Als ob jeden Moment jemand kommt und ihn enttarnt, als Hochstapler, als Narr, als jemand, der niemals cool sein wird. Das leichte Glühen, schwache Reste dieses Gefühls sind bis heute da. Er schüttelt den Kopf, hält den Löffel ein wenig näher.

„Er ist aus dem gleichen Holz.“

Viktor starrt zwischen seinen Löffeln und dem anderen hin und her, dann versteht er. Er richtet sich auf, nimmt Ben den Löffel ab, fährt die Maserung nach.

„Das ist richtig gut. Hätt ich nicht gedacht, als ich heute aufgestanden bin.“

Ich auch nicht, denkt Ben. Viktor sieht auf und Ben mag diesen Blick. Offen, nah, verbunden.

„Danke, Mann.“

„Klar. Alles Gute dir.“

Viktor ist eigentlich schon weg und steht dann nochmal in der Tür, nickt nach draußen.

„Übrigens, deine Tochter. Die ist toll.“

„Ja, danke. Leider weiß sie das auch.“

Er sagt das immer, aber Viktor hört es zum ersten Mal und muss grinsen. Ben scheucht ihn mit der Hand nach draußen.

„Geh mal und kümmer dich um deine Pizza. Ich komm gleich nach.“

23

Abends saß Ben oft mit Lisa und Alex zusammen auf dem schmalen Balkon, die beiden teilten sich einen der beiden Stühle und Ben versuchte, sich nicht anmerken zu lassen, wie weh ihm ihre Nähe tat. Ansonsten versuchte er irgendwie, die Tage zu füllen.

28 Tage, in denen er andauernd auf sein Handy starrte und bei jeder Vibration neue Hoffnung und noch mehr Schmerzen hatte. Bis:

Wo bist du? Wir müssen reden.

Und dann stand sie da, von draußen peitschte der Regen gegen die dünne Fensterscheibe im Treppenhaus, Orna war nass bis auf die Haut und Ben sah ihr an, dass irgendwas so richtig nicht in Ordnung war. Der Blick gehetzt und ihre Bewegungen fahrig, sie zuckte, als er die Tür geöffnet hatte, dann drängte sie ihn zurück in den Flur, folgte ihm ins Zimmer und setzte sich auf das Bett. Ben holte ein Handtuch aus dem Bad und sah ihr zu, wie sie sich das Wasser aus den Haaren und dem Gesicht rubbelte. Er vermisste das Gefühl dieser Haut und dieser Haare unter seinen Fingern, an seinen Lippen.

Immer noch war da dieser Funken Hoffnung. Irgendetwas musste passiert sein. Nicht nur der Regen. Vielleicht etwas mit der Familie? Mit jemandem aus ihrem riesigen Freundeskreis? Und vielleicht, auch wenn er sich ein wenig für diesen Gedanken schämte, konnte er dann für sie da sein. Er setzte sich ihr gegenüber, beugte sich nach vorne, bereit, sie aufzufangen, sie zu umarmen, sie festzuhalten, ganz egal, wie nass sie war.

„Was ist los?“

Orna drückte sich das Handtuch nochmal ins Gesicht, ließ die Hände sinken, starrte auf den Stoff zwischen ihren Fingern.

„Ich bin schwanger."

Wie im verwirrten Aufwachen nach einem Traum, der sich komplett echt angefühlt hat, arbeitete Ben sich durch diese drei Worte. Betastete sie in Gedanken, spürte, dass sein Herz sie verstanden hatte, bevor sein Kopf hinterherkam, und erst weit und groß wurde, bis es sich schneidend zusammenzog. Er fiel in den Sessel zurück.

Jahrelang hatte er sich ausgemalt, dass die Frau an seiner Seite das zu ihm sagte, und nach Jahren hatte er die Wahrheit akzeptiert, dass das nicht passieren würde. Jetzt also flackerten Liebe und Hoffnung und Freude auf und zerstoben sofort, als die Wut nach oben kroch, sein Hals rau wurde und er Druck hinter den Augen spürte. Es konnte nicht sein Kind sein. Das wusste er.

Er verschränkte die Arme und nickte langsam.

„Also hast du mit einem anderen geschlafen, während wir noch zusammen waren? Oder direkt danach?"

Ornas Augen verengten sich, die Augenbrauen schoben sich zusammen und sie ließ sich nach hinten auf das Bett fallen. Ben konnte nicht anders, er musste an den Fleck denken, den ihr nasser Körper hinterlassen würde.

„Wirklich? Das ist deine Reaktion? Was bist du für ein Arschloch."

Sie schnaubte, griff sich in die Locken und zog sich die Haare über die Augen. Als Ben das zum ersten Mal gesehen hatte, hatte er die Geste geliebt. Mittlerweile war sie aufgeladen mit jedem Streit, den sie ausgefochten hatten. Ihr Zeichen der Erschöpfung. Das Zeichen, dass sie genug hatte von ihm.

„Ist das dein Bild von mir? Dass ich dich betrüge? Oder nach der Trennung direkt zum Nächsten renne und der mich so umhaut, dass ich nicht verhüte?"

„Was denn sonst?"

Orna zog die Augenbrauen hoch und sah Ben ungläubig an. Aber was Orna andeutete, konnte Ben nicht glauben.

Durfte er nicht glauben. Zu lange hatte er damit verbracht, die Hoffnung auf ein eigenes Kind endlich zu verlieren. Er schüttelte den Kopf.

„Niemals."

Orna wollte etwas sagen, etwas Direktes und Hartes, etwas Schmerzhaftes. Er konnte es spüren. Als sie noch zusammen waren, war das an diesem Punkt eines Streits immer passiert. Sie hatten sich so oft gezofft, dass Ben gar nicht wusste, ob es anders ging. Diesmal aber stockte sie und die Züge um ihren Mund wurden weich.

Ben zuckte erst zurück, als sie ihn sanft an der Schulter berührte, dann spürte er seine Tränen und ließ den Kopf nach vorne sacken, auf ihre Knie. Ihre Hände in seinen Haaren, ihr Atem in seinem Nacken. Scheiße, er hatte sie wirklich vermisst.

Vor seinem inneren Auge lief eine Version seines Lebens mit einem Kind im Schnelldurchlauf ab, ein Leben voller Glück und Dankbarkeit, wenn er dieses kleine Wesen halten durfte, wenn es laufen lernte, wenn er ihm zeigte, wie man Holz schnitzte, wie sie einander umarmten. Und so viel gemeinsames Lachen. Dann verblasste es. Ben richtete sich langsam wieder auf und schüttelte den Kopf.

„Ich kann's nicht glauben. So gern ich das würde."

Auch Orna hatte geweint, Spuren ihres Make-ups zogen sich über die Wangen und ihre Augen waren gerötet, aber jetzt schnaubte sie und schüttelte den Kopf, schob ihn von sich und lächelte auf diese wissende Art, die ihn immer klein und wütend gemacht hatte.

„Auch egal. Ich wollte so fair sein und dir Bescheid sagen. Ich werd's eh abtreiben."

24

Die Hocker sind gestapelt, die Späne zusammengefegt, sein Werkzeug ist wieder sortiert. Ebenso wie die konzentrierte Stille beim Arbeiten liebt Ben auch die Ordnung danach. Als ob der Raum gut gelaunt nachschwingt und Ben daran erinnert, wie er gerade noch voller Leben war und nächsten Samstag wieder sein wird. Er zieht die Tür hinter sich zu und spaziert zum Marktplatz.

Die Luft ist voller Pizzaduft und das ist komisch, weil Ben für das Backen zuständig ist. Er wird schneller, bis er die Kuppel des riesigen Ofens sieht, die mitten auf dem Platz steht. Früher musste er mit Holz angefeuert werden, aber vor ein paar Jahren haben Rita und Ben ihn auf Gas umgerüstet, damit sie große Gruppen schnell versorgen können. Sein Platz ist immer am Ofen. Er kümmert sich um die Pizzen, alle vier Minuten sind zehn Stück fertig und die nächsten sollten schon belegt sein, damit er sie in den Ofen schieben kann.

Jetzt aber steht sein Vater da, trägt seine alte Schürze und sein Gesicht ist rot von der Hitze.

Rita stellt sich neben Ben, mit ihrem Brett in der Hand. Ananas und Spinat. Sie nennt es vegetarische Hawaii und Ben findet's richtig eklig. Sie nickt in Richtung Ofen.

„Wie früher, oder?"

Seit Ben Pizza essen konnte, stand sein Vater dort. Bevor die anderen kamen, heizte er den Ofen ein und verließ diesen Platz für den Rest des Tages nicht mehr. Dieses Bild gibt es in seiner Erinnerung in verschiedenen Variationen, in denen sein Vater scheinbar nie älter oder jünger wird, Ben selbst aber sieben, 16, 25 und offensichtlich auch 34 ist und immer noch artig danke sagt, wenn er nach etwa zehn Minuten seine heiße Pizza in der Hand hält. Mit Peperoni und Mais.

Als ob die letzten acht Jahre, in denen seine Eltern schon nicht mehr hier wohnen, nie passiert sind. Oder nicht wichtig genug.

Als sein Vater ihn sieht, winkt er ihn zu sich und holt eine Pizza aus dem Warmhaltebereich über dem eigentlichen Ofen. Käse, Peperoni, Mais.

„Lass es dir schmecken."

„Danke, Papa."

„Ich dachte, ich nehme dir ein bisschen Arbeit ab, wenn ich schon hier bin."

„Wäre nicht nötig gewesen, ich mach das gern."

„Verbrenn dich nicht, ist noch heiß."

Sein Vater dreht sich um, ist schon bei den nächsten Pizzen und irgendwie würde es sich falsch anfühlen, jetzt zu sagen, dass das eigentlich sein Platz ist, da am Ofen. Ben pustet über seine Pizza und sieht sich um, sieht Mia mit Tamay und Viktor am Kettcar. Sie diskutieren über irgendwas, und als Ben Mias Blick fängt und sie sieht, wie er näher kommt, dreht sie sich demonstrativ weg, bevor er etwas sagen kann. Er lässt sich auf die Bank neben Rita fallen.

„Immer noch kein Glück?"

„Sie hasst mich."

„Sie hasst dich nicht. Sie will ihre Mutter kennenlernen und das kann sie nicht."

Ben sieht Rita schuldbewusst an, weil auch sie nicht die ganze Wahrheit weiß.

Sie sieht seinen Blick und schüttelt den Kopf.

„Aber du bist nicht schuld daran, dass Orna sich nie wieder gemeldet hat."

Ben starrt wieder zu seiner Tochter, dann zuckt er mit den Schultern.

25

Sieben Tage, nachdem Orna Ben in dieser fremden Wohnung hatte stehen lassen, klingelte es an ihrer Tür und sie wusste, dass er es war.

Es war nett, dass er eine Flasche ihrer liebsten Spezi mitgebracht hatte, aber Ben sah verletzt und verzweifelt aus, die Ränder um seine Augen dunkel und gerötet. Sie wusste, dass sie zusammen keine Zukunft hatten, aber sie mochte ihn immer noch, für all seine Eigenheiten, seine Fürsorge und seine kindliche Art, die Welt zu sehen. Es schmerzte sie, wenn er litt.

Ben blieb an der Tür stehen, zwischen den Schuhen und der überfüllten Garderobe, bis sie mit einer Hand ins Wohnzimmer zeigte.

„Komm, bitte."

Wie unwirklich, dass er sich vor knapp einem Monat noch ganz selbstverständlich in dieser Wohnung bewegt hatte.

Zwei Gläser, die Flasche einmal sanft drehen – nicht schütteln! – und eine Gewohnheit in Orna wollte mit Ben anstoßen. Aber da war nichts, worauf sie hätten anstoßen können. Also nahm sie einen Schluck. Er leerte das Glas in einem Zug, setzte zum Sprechen an und atmete dann nochmal aus.

„Ganz komisch, hier zu sitzen. Entschuldige, dass ich dich störe."

„Zu spät. Ein Glück, hast du Wegzoll mitgebracht."

Sie machte sein Glas wieder voll.

„Ja. Spezi geht bei dir immer."

Für einen Moment sah er verschmitzt zu ihr und es fühlte sich an, als wäre die Schallplatte ihres Lebens ein paar Rillen zurückgesprungen, in ihre beste Zeit. In der Ben überwunden hatte, dass eine Frau wie sie – was das bedeuten sollte, hatte sie bis heute nicht verstanden – wirklich mit ihm das Leben teilen wollte. Er hatte schon hier gewohnt, hatte diesen Ort „Zuhause“ genannt, und zu einer Selbstsicherheit gefunden, die sie vorher an ihm nur erahnt hatte. Er hatte sie zum Lachen gebracht, sie überrascht, sie verführt, sie regelmäßig herausgefordert. Und für ein paar Umdrehungen hätte es ewig so weitergehen können.

Sie wusste selbst nicht, was sich dann verändert hatte, aber irgendwann war ihr klar geworden, dass diese ihre gemeinsame Platte sich ausgespielt hatte. Bens Lächeln verschwand.

„Ich hab mich scheiße verhalten, als du mich besucht hast. Das tut mir leid. Entschuldigung.“

Orna richtete sich auf, hob überrascht eine Braue.

„Bist du dafür hergekommen?“

Ben fuhr mit dem Finger über den Rand seines Glases, dann schüttelte er den Kopf.

„Das allein wäre es wert gewesen, aber nein.“

Er lehnte sich zurück, betrachtete den Tisch, berührte die Stelle, an der vor Jahren ein zu heißer Topf Flecken verursacht hatte. Er hatte ihr versprochen, die Platte abzuschleifen und neu einzuölen, aber irgendwie hatte er dafür nie Zeit gefunden.

„Ich war gestern beim Urologen. Also, ich war da schon direkt, nachdem du aus der Wohnung bist und ich wieder klar denken konnte. Ich hab ihm erklärt, dass du schwanger bist und dass du sagst, dass das Kind von mir ist.“

Orna schnaubte.

„Ja, ist keine Wahrheit, sind nur meine Worte.“

Ben stockte.

„Entschuldigung, so meinte ich das nicht. Jedenfalls war das Anlass für einen neuen Versuch. Also hab ich fünf Tage nicht masturbiert und wir haben wieder ein Spermiogramm gemacht.“

„Und?“

Ben legte das leere Glas an die Lippen, wartete, bis die letzten Tropfen sich sammelten und herunterliefen, und schüttelte dann den Kopf.

„Sieht so schlecht aus wie all die Jahre zuvor.“ Er schob sein Glas zur Seite und beugte sich so weit nach vorne, wie es der Tisch ihm erlaubte. „Aber die Sache ist die.“

Orna widerstand dem Drang, sich genauso nach vorne zu lehnen. Bens Augen leuchteten.

„Der Arzt sagt, dass es zwar nicht gut aussieht, aber da immer dieser Hauch einer Wahrscheinlichkeit war, dass es klappt.“

Er zeigte mit beiden Händen auf Orna. Ein lautloses Tadaa. Orna schauderte, zuckte mit den Schultern.

„Ganz großartig, dass du diesen Hauch einer Möglichkeit bei einer Frau verschossen hast, die keine Kinder will.“

Noch bevor sie es ganz ausgesprochen hatte, sah Orna, wie Ben in sich zusammenfiel. Ihre Hand griff über den Tisch, legte sich sanft auf seine und Orna sah ihr fast verwundert dabei zu, als ob es nicht ihre eigene sei.

„Sorry. Das war härter, als es sein sollte.“

Ben nickte und schüttelte den Kopf und zuckte mit den Schultern, den Blick irgendwo zwischen ihnen beiden verloren. Er zog seine Hand unter ihrer hervor und fuhr sich über die Augen. Sie konnte sehen, wie er etwas sagen wollte und an sich selbst scheiterte.

„Was ist los?“

Nun griff er nach ihrer Hand, die sie auf dem Tisch hatte liegen lassen. Aber kurz, bevor er sie berührte, zögerte er. Zog sie zurück und faltete seine Hände.

„Du willst keine Kinder. Das weiß ich und das ist vollkommen legitim.“ Ben schloss kurz die Augen, seine Lippen bewegten sich leicht. Als ob er das, was er sagen wollte, einmal lautlos testen wollte. „Für mich dagegen wäre es das Größte, ein Kind großziehen zu können.“

Orna wusste nicht, ob Ben stockte oder diese Pause ganz bewusst setzte. Sie sah ihm an den Rändern seiner Augen an, wie sehr er meinte, was er sagte.

„Ich werde dich auf keinen Fall dazu drängen, eine Mutter zu sein. Nicht für mich, nicht für irgendein Kind. Aber vielleicht ist das meine einzige Chance, Vater zu sein."

Orna wusste genau, was er meinte, und sie wusste, dass das in diesem Moment nicht fair war. Aber sie konnte es nicht zurückhalten.

„Es gibt andere Wege, Vater zu werden, Ben. Und noch viel mehr, Vater zu sein."

Ben sackte zurück in den Stuhl und für einen Moment dachte sie, er würde aufstehen und gehen. Zu oft war das schon passiert. Stattdessen aber fühlte es sich an, als würde Ben sich selbst zurückhalten, gegen das Muster kämpfen, das sie sich in der gemeinsamen Zeit angeeignet hatten.

„Du hast Recht. Aber erinnerst du dich an die Nacht auf dem Dach?"

26

Den ganzen Nachmittag über versucht Ben, mit Mia zu reden. Bringt ihr und Tamay Pizza, steht eine Weile neben ihnen, wartet und fühlt sich ausgeschlossen, unzulänglich, überflüssig, während Mia irgendwas Wichtiges erzählt und ihn ignoriert. Viktor und Tamay schauen immer wieder peinlich berührt zu ihm rüber. Bis Mia verstummt, demonstrativ durch ihn durchsieht und die Stirn runzelt.

„Hier ist eine ganz komische Stimmung. Los, gehen wir."

Ben sieht ihnen mit glühenden Wangen nach. Er liebt ihre Offenheit und ihre Stärke, ihren sturen Kopf, mit dem sie sich so krass durchsetzt. Nur tut das richtig weh, wenn es ihn trifft. Aber sie jetzt zu irgendwas zu zwingen, macht es auch nicht besser. Also dreht er sich um und übernimmt das Abspülen.

Dann, nachdem die Klasse wieder in den Bus gestiegen ist und Ben seinen Vater fast schon ins Haus schieben musste, damit er den Ofen selbst reinigen kann, sitzt Mia plötzlich neben ihm. Auf dem Stapel zusammengeklappter Biertischgarnituren, so wackelig, dass Ben ihr am liebsten sagen würde, dass sie da runter soll. Aber nicht jetzt. So nah war sie ihm den ganzen Tag nicht, aber er macht erstmal weiter. Soll sie doch ungeduldig werden. Aber sie schaut ihm nur zu, bis er am Ende noch ein letztes Mal über den Stein wischt, überprüft, ob der Gashahn abgedreht ist, Pizzaschaufeln und Schneider an ihren Platz legt und abschließt. Dann nimmt er die übrigen Pizzen und sieht Mia an.

„Sollen wir nach Hause? Noch ein bisschen essen?"

„Naklar. Pizza geht immer." Mit Schwung springt sie von den Bänken und läuft neben Ben her, als ob nichts ist. „Und ich muss sagen, die von Opa ist echt gut. Ich weiß noch nicht, ob sie besser ist als deine. Aber echt gut."

Mia schmatzt, als würde sie sich durch ihre Erinnerung schmecken. „Aber deine ist auch gut. Ich kann's wirklich nicht sagen."

Jeder Satz eine Keule voller Emotionen. Ben bleibt stehen, Mia geht noch zwei Schritte weiter und schaut dann irritiert zurück.

„Mia, es tut mir leid."

„Was genau?"

„Das mit Orna."

Er hat schon immer gewusst, dass er irgendwann nicht mehr darum herumkommt, Mia von ihrer Mutter zu erzählen. Aber Hoffnung und so. Und jetzt wird es richtig schwer.

„Ich verstehe, dass du sie kennenlernen willst." Er stockt. „Ich kann dir gern was über sie erzählen."

Mia schüttelt irritiert den Kopf.

„Du hast mir noch nie was von Orna erzählt! Und wenn ich dich gefragt hätte, hättest du mich fahren lassen?"

Ben verzieht das Gesicht. Sie weiß, was er antworten wird. Aber er kann nichts anderes sagen.

„Ich kann dich doch nicht alleine nach Hamburg fahren lassen!"

Mia verschränkt die Arme und sieht ihn herausfordernd an.

„Fahren wir dann gemeinsam?"

„Ach Mia. Du musst am Montag in die Schule und ich muss arbeiten. Wir können sowas nicht einfach machen."

„Naklar. Immer nur, was du willst."

Mia wendet sich ab und stapft weiter.

„Hej, du weißt, dass ich dich liebe?"

Sie dreht sich um, starrt ihn an und wirft die Arme in die Luft, in einer Bewegung, die bis nach Hamburg reicht und alles einschließt.

„Das sagst du immer. Aber was hab ich davon? Hä?"

Ben kann nicht antworten, also zuckt Mia mit den Achseln und verschwindet im Haus.

Als Ben ins Haus tritt, hört er, wie Mia ihre Zimmertür zuknallen lässt. Sein Vater steht am Fuß der Treppe, den Schlafsack in der Hand.

„Sie sagt, du sollst nicht zu ihr kommen und sie holt sich später selbst Pizza."

Emil sieht ihn mit diesem schiefen Blick an, mit dem er ihn vor knapp zwölf Jahren an der Tür begrüßt hat. Bevor seine Eltern ihm das Haus überlassen haben und in die Stadt gezogen sind, hat er diesen Blick häufig zu sehen bekommen. Wenn Mia heulend unter dem Esstisch saß und nicht ins Bett wollte. Oder in die Schule. Oder egal wohin. Wenn Ben eine Frau mit nach Hause brachte und Mia fragte, ob das ihre Mutter sei. Oder wenn Ben sich von seiner Mutter Geld lieh. Ben hasst diesen Blick. Wenn Emil so guckt, dann kann Ben nicht genug sein.

„Was machst du mit dem Schlafsack?"

Emil sieht runter, als ob ihm der Schlafsack erst jetzt wieder einfällt.

„Komm."

Er dreht sich um und steigt die Treppen hoch, Ben folgt ihm. Vielleicht täuscht er sich, aber früher ist sein Vater die Treppe schneller hochgekommen. Sie gehen an Mias geschlossener Tür vorbei zum nächsten Zimmer.

„Während du den Workshop gemacht hast, habe ich hier aufgeräumt."

Emil schiebt die Tür auf, bis sie gegen einen Karton knallt.

„Die Kartons waren fast alle leer, was machst du denn mit denen?"

„Die Stücke verschicken, die ich verkaufe."

„Achso. Ja, ein paar habe ich noch aufgehoben. Und bei dem Zeug in den anderen Kisten solltest du mal gucken, was du noch brauchst. Jetzt ist wenigstens Platz für das

Bett. War gar nicht so leicht, das alleine aufzubauen. Aber so musst du nicht auf dem Sofa schlafen."

Ben schweigt einen Moment, weil er nicht weiß, was angebracht ist.

„Danke."

Emil nickt, legt ihm im Vorbeigehen kurz eine Hand auf die Schulter und geht Stufe für Stufe wieder nach unten. Lässt Ben im Zimmer stehen, seinem alten Kinderzimmer. An den Wänden noch die hellen Flecken und Reißzwecke, wo früher Poster hingen. Auf dem Boden zwischen Kartons gerade so viel Platz, dass sein altes Bett dort steht, wo es rund 25 Jahre lang gestanden hat.

Mit Orna und den paar anderen Freundinnen vor ihr hatte er es geliebt, auf diesen 90 Zentimetern zu liegen, eng aneinandergedrängt, die ganze Nacht über nur im verliebten Halbschlaf, immer nah an der Kante. Und mit Mia, die schon immer gern quer im Bett lag, mit ausgestreckten Armen und Beinen. Das war eine ganz andere Art von Liebe. Die Vorstellung, jetzt wieder allein darin zu liegen, erinnert ihn an ganz früher. Als das Leben noch einfach und die größten Sorgen klein waren.

Seine Eltern hatten gerade den Hof gekauft und Ben hatte endlich ein Zimmer bekommen, das er sich nicht mit Salome teilen musste. In der ersten Nacht stand das Bett genauso im Zimmer, alles war voller Kisten und die Wände leer, aber Ben hatte schon Anna und Rita kennengelernt, er lag auf dem Rücken, die Hände links und rechts an den Rand seiner Matratze gelegt, und lächelte in die Dunkelheit, voller Vorfreude auf den Morgen und alle Tage danach.

Jetzt hört er durch die viel zu dünne Wand, wie Mia das Intro von Bibi und Tina mitsingt. Dann klingelt es an der Tür.

27

Orna hatte Ben auf die Vernissage einer Freundin mitgenommen. Sie waren nach Hildesheim gefahren und hingen am Abend in einer kleinen Galerie rum. Marie-Antonia hatte durchweg ihr Baby auf dem Arm, während sie die Leute begrüßte, sie an der Wand mit den Gipsabdrücken ihrer Vulva vor, während und nach der Geburt vorbeiführte und dem Kind immer wieder mitten in den Gesprächen die Brust gab. Ein alter Fernseher zeigte die Geburt des Babys im Zeitraffer und in Endlosschleife, daneben hing ein Plakat im Stil des damaligen Stern-Covers, diesmal aber mit dem gelb-schwarzen Schriftzug „Wir wollen keine Mütter sein!“. Drei Dutzend Frauen, die selbstbewusst in die Kamera sahen, unter jedem Bild ein Name.

Marie-Antonia hatte auch Orna dafür fotografiert. Sie sah sich im Raum um und erkannte ein paar Gesichter wieder. Manche noch aus dem Studium, andere von dem Nachmittag, als Marie-Antonia die Bilder geschossen hatte. Es war ein komischer Nachmittag gewesen, in diesem Atelier. Von manchen Frauen wusste sie überhaupt nichts, außer eben, dass auch sie keine Mütter sein wollten. Was so gesehen eine größere Gemeinsamkeit war, als sie mit vielen anderen Menschen hatte.

Ben stand vor einem sehr langen Kassenzettel, der die Kosten für das Kind detailliert auflistete, inklusive aller Versuche im Kinderwunschzentrum. Mit gerunzelter Stirn fuhr er mit dem Finger den Zettel ab, wie manche Menschen direkt nach dem Einkauf, um zu sehen, ob alles seine Richtigkeit hat. Jemand drückte sich an ihm vorbei und Ben zuckte zurück, entschuldigte sich fahrig für etwas, das er nicht getan hatte.

Orna sah seine Überforderung und liebte ihn für die Offenheit, hier zu sein. Oder wenigstens für seinen Willen, sie zu begleiten. Sie stellte sich neben ihn und seine Augen leuchteten auf, als ob er sie schon seit Tagen nicht gesehen hätte. Dann zeigte er auf den Zettel, relativ weit unten. Während oben Voruntersuchungen, Medikamente und Vorbereitungskurse standen, waren weiter unten Babynahrung, Windeln und Brustwarzensalbe aufgeführt. Und die Rechnung war noch lange nicht komplett.

„Sie meint keine echten Surfbretter, oder?"

Er sprach leise, fast zögerlich, als sei er sich nicht sicher, wie naiv die Frage war und ob er die Antwort wirklich hören wollte.

Orna musste lachen und schüttelte den Kopf. Wie schön Unwissenheit manchmal war. Und wie gut, dass er trotzdem fragte. Sie hielt ihre Hände ein ganzes Stück auseinander, auf etwa die Länge ihres Unterarms.

„Das sind Wochenbett-Binden. So lang etwa. Damit das Blut, das nach der Geburt noch wochenlang aus dir rausläuft, nicht alles vollsaut."

Er sah sie mit offenem Mund an, sie nahm seinen Kopf in ihre Hände und küsste ihn.

***

Als sie sich verabschiedeten, stand Marie-Antonia vor dem Podest mit der vergoldeten Spritze, mit der ihre Frau ihr das Sperma in die Vagina gedrückt hatte. Der irritierend leichte, endlich erfolgreiche Weg nach all den anderen Versuchen. Orna umarmte sie und Ben stand zögernd vor ihr, bis Marie-Antonia ihm die Faust hinhielt, damit er seine dagegen schlagen konnte.

„Umarmung bekommst du das nächste Mal."

Sie warf einen Blick in den Raum und schaute dann wieder Ben an.

„Hast du was gelernt?"

Ben nickte langsam und mit großen Augen und Orna und Marie-Antonia mussten grinsen.

„So viel, dass ich es erstmal verarbeiten muss."

„Sehr gut. Kommt gut heim, ihr beiden."

Orna hakte sich bei Ben unter und Marie-Antonia schüttelte den Kopf, rief ihnen hinterher.

„Wirklich? Muss er dich beschützen? Ich dachte, wir sind weiter!"

Als Orna sich von Ben auch noch die Tür öffnen ließ, seufzte Marie-Antonia und Orna winkte ihrer alten Freundin ein letztes Mal zu.

Ben sah sie unsicher an.

„Ist sie wirklich böse?"

Orna drückte ihm einen Kuss auf den Kopf und zuckte mit den Schultern.

„Aus Prinzip ja, aber eigentlich nein. Dafür mögen wir uns viel zu sehr."

Auf dem Weg zum Auto blieb sie abrupt stehen, hob einen Finger.

„Idee!" Sie wartete, bis Ben ihr aufmerksam gegenüberstand. „Wenn wir jetzt heimfahren, sind wir mitten in der Nacht da und richtig fertig. Wir könnten die Nacht auch hier verbringen, morgen früh noch Pancakes frühstücken und dann fahren. Was hältst du davon?"

Sie schaute ihn erwartungsvoll an, Ben war sichtlich irritiert.

„Wo, hier?"

Im Nachhinein musste sie Ben zugutehalten, wie widerstandslos er ihr gefolgt war, zwei Viertel weiter in die schmale Gasse, bis zu dem Bauzaun, der schon stand, als sie hier studiert hatte. Die Hecke war weiter gewuchert, aber sie fand die richtige Stelle und hob ein Ende des Zauns aus dem Betonsockel, sodass der Durchgang frei wurde.

„Hier rein."

Ben starrte sie an und schüttelte den Kopf.

„Komm schon! Ich pass auf dich auf."

Ben schwieg. Sein Gesicht sagte: Auf keinen Fall.

Orna hob die Hände.

„Ey, deine Entscheidung. Eine Nacht im kalten Auto oder eine Nacht, die du nicht vergessen wirst."

„Ich werde den Abend schon jetzt nicht mehr vergessen."

„Dann kann's ja nur noch besser werden."

Sie packte ihn an der Schulter und schob ihn in die Lücke, zwängte sich hinterher und setzte den Zaun wieder in den Sockel. Ben stand da, wo sie ihn hingeschoben hatte. Sie ging an ihm vorbei, nahm seine Hand und zog ihn mit sich, durch das Gebüsch und die überwucherte Steintreppe nach unten, gebückt durch das Loch in der Kellertür. Sie tastete sich an der Wand entlang – es war Jahre her, aber die Erinnerung lag in ihren Fingerspitzen. Je weniger sie darüber nachdachte, desto sicherer bewegte sie sich vorwärts. Die Kellertreppe nach oben in den Eingangsbereich, links über die Treppe, ein, zwei, drei Stockwerke nach oben, bis sie an der Leiter ankamen, die aufs Dach führte. Manche Traditionen wurden offensichtlich noch gelebt, neben der Leiter standen mehrere Kerzen, Feuerzeuge und Gläser auf einem alten Tisch. Auf den Sofas daneben lagen Decken. Die Menschen, die hier studierten, kamen immer noch regelmäßig her.

Orna nahm sich zwei der Kerzen und eine Decke, schob die Luke auf und zeigte nach oben.

„Bitte sehr."

„Vergiss es."

Bens Stimme war so vehement, dass Orna lachen musste. Sie legte ihm eine Hand auf die Schulter und zeigte mit der anderen nach oben.

„Ich geh da jetzt hoch. Du kannst hierbleiben, wenn du magst."

Noch bevor sie auf dem kleinen Podest aus alten Paletten saß, erschien Bens Kopf in der Luke. Sie hob die Decke und ließ ihn zu sich schlüpfen. Er schob sich an sie, erschrak, als die Bretter unter ihnen knarrten. Erst nach ein paar Atemzügen spürte sie, wie er sich ein wenig entspannte. Sie spürte die Wärme seines Körpers an ihrem, die Bewegungen seines Atems, wie er sich an ihren anpasste. Er hob den Kopf und sah über die Dächer.

„Hier hast du also studiert."

Sie zeigte in die Dunkelheit.

„Da drüben irgendwo. Hier habe ich viele andere Dinge gemacht. Gefeiert, diskutiert, geschlafen."

„Und der Polizei ist das egal?"

„Sagen wir mal, sie hat im Laufe der Zeit eine hohe Toleranz entwickelt. Ganz egal ist es ihr nicht."

Ben sah nicht überzeugt aus. Orna hielt ihm ihre Hand hin.

„Vertrau mir. Weißt du, wie Aladdin."

Ben zuckte mit den Schultern.

„Nie gesehen."

Orna hielt ihre Hand so lange vor ihn, bis er seine hineinlegte. Sie führte sie zum Mund und küsste sie. Ben lehnte sich nach hinten, ließ den Blick in den Himmel wandern. Wolkenlos klar. Es würde kalt werden.

„Das ist eine ganz schön krasse Ausstellung."

„Marie legt es auch drauf an. Aber sie hat Recht."

Orna setzte sich auf und rückte so, dass sie ihn ansehen konnte.

„Die Grundannahme über Kinder ist, dass alle Frauen welche wollen. Und dann sagen die Paare, vor allem die heterosexuellen, wir haben irgendwann die Verhütung weggelassen und dann ging's ganz schnell. Und neun Monate später ist da ein gesunder, fröhlicher kleiner Mensch."

Wie viele solcher kleiner Menschen sie schon in diesem Leben begrüßt hatte. Wie oft sie in Häusern und Wohnungen, manchmal auch Krankenhauszimmern gestanden hatte, und dann war da so viel Liebe und Freude und „willst du sie auch mal halten"? Und dann sah sie Max vor sich, im dunklen Anzug und mit der schreienden Lua auf dem Arm, die ihre Mutter niemals kennenlernen würde. Und den Pfarrer, der versucht, bei all dieser Scheiße tröstende Worte zu finden.

Orna zog die Beine an, umgriff sie mit ihren Armen.

„Klar kommen in der Erzählung auch Schmerzen und unzählige schlaflose Nächte vor, aber nur in so einer kruden, romantisierten Form. Das ist ja auch nicht falsch, sie lässt nur links und rechts extrem viel weg. Fehlgeburten. Abtreibungen. Depressionen. Frauen, die nicht schwanger werden, sosehr sie es auch wollen. Männer mit Hodenkrebs. Oder Erektionsproblemen. Statistisch gesehen gibt es extrem viel mehr, das genauso normal ist wie ‚und dann hat's gleich geklappt'. Aber darüber reden wir nicht. Und deshalb finden wir es nicht normal."

Bens Blick hatte sich über den Dächern verloren, aber als sie verstummte, sah er sie an.

„Frauen, die keine Kinder bekommen wollen."

Orna nickte.

„Auch das. Seit das mit dir und mir läuft, fragen mich Freunde immer wieder, ob oder wann da ein Kind kommt. Mittlerweile benutze ich dein Sperma als Ausrede."

Ben grinste, zumindest schwach, und Orna war erleichtert, dass er es so aufnahm. Sie kannte seinen Blick, wenn ein Vater einen Kinderwagen schob oder auf einer Party jemand von einer Schwangerschaft erzählte. Sehnsucht und Trauer.

„Ich bin gern dein Weg des geringsten Widerstandes."

„Eher meine Geschichte des geringsten Widerstandes. Aber ja."

Orna drehte sich wieder und legte sich hin, die Arme hinter dem Kopf. Unter sich spürte sie die Palette und das Dach, raues Holz und Schindeln. Nicht wirklich bequem, aber sie hatte Ben neben sich. Sie mochte die Wärme seines Körpers. Mochte seine Aufmerksamkeit, mit der er darauf achtete, dass er ihr nicht zu viel Decke wegnahm. Liebte es, wie er versuchte, ruhig zu liegen, damit sie schlafen konnte, obwohl er selbst wahrscheinlich die ganze Nacht höchstens dämmern und nie so richtig einschlafen würde. Weil Polizei oder jemand anders. Oder die Paletten lösen sich und sie rutschen in den Tod. Weil Sorgen, generell. Sie drehte den Kopf zu ihm und er öffnete die Augen so schnell, dass sie lächeln musste. Sie rutschte mit der Schulter zwischen das Holz und sie wusste, dass sie nicht lange so liegen konnte.

„Weißt du, ich kann das sogar verstehen. Diese normale Erzählung vom Kinderkriegen ist auch der Weg ohne Widerstand. Natürlich wollen wir erstmal diesen einfachen Weg gehen. Aber warum fühlen wir uns, als würden wir scheitern oder unnormale Sachen machen, wenn wir einen der anderen Wege wählen? Manchmal sogar wählen müssen."

„Weil wir darüber eben nicht so oft reden."

Sie nickte. Die Gespräche über Fehlgeburten hatte sie mit ihren Freundinnen fast immer flüsternd geführt. In geschlossenen Räumen.

„Zumindest nicht öffentlich."

„Na, dann lass uns daran arbeiten." Bens Lider waren geschlossen, seine Stimme schläfrig. „Aber nicht jetzt."

Vielleicht war er gar nicht so voller Sorgen, wie sie immer dachte. Oder einfach extrem müde.

28

„Ich geh schon."

„Das ist nicht mehr dein Haus, Papa."

Emil ignoriert den Einwand, öffnet die Tür und prallt überrascht zurück.

„Salome!"

Ben verharrt auf der Treppe, als er seine Schwester sieht. Der Reisekoffer, ihr Hosenanzug und ihre zurückgebundenen Haare verleihen Salome eine distanzierte Härte. Sie drängt ihren Vater ins Wohnzimmer, dann geht sie an ihm vorbei und stellt den Koffer in der Mitte des Raumes ab. Sie hatte ihn gekauft, als sie den Ausbildungsplatz bei der Lufthansa bekommen hat, zwei Monatsgehälter. Das Aluminium ist mittlerweile voller kleiner Kratzer und Dellen, die Rillen mit Dutzenden Stickern überklebt, aber selbst jetzt, rund 25 Jahre später, begleitet er sie jeden Tag. Sie wirft einen kurzen Blick zu Ben, dann wendet sie sich ihrem Vater zu.

„Papa. Was für eine Scheiße!?"

„Was ..."

„Du schläfst mit 'ner anderen?"

***

Ben war gerade in die fünfte Klasse gekommen und das war das Beste: eine Schwester zu haben, die in der Oberstufe war. Er hatte sich mit einigen anderen um die Tischtennisplatten verteilt. Wenn man beim Rundlauf an der einen Platte ausschied, konnte man kurz darauf bei der anderen Platte einsteigen. Sie hatten keine Schläger, nur ihre Handflächen und einen Tennisball, aber mehr brauchte es nicht. Und Anna warf ihm manchmal das schönste Lächeln zu.

Aber plötzlich zog etwas am anderen Ende des Schulhofes alle Aufmerksamkeit auf sich. Der Ball rollte auf den Boden und niemand beachtete ihn, weil sie lieber zugucken wollten, wie Salome und der Sportlehrer sich anschrien.

Ben stellte sich neben Bene, der mit ihm in der Schach-AG war und irgendwie immer über alles Bescheid wusste, was in der Schule so passierte.

„Deine Schwester will, dass der Meinradt sich entschuldigt. Der hat den Ole fett genannt."

„Der ist ja auch fett."

Bene nickte nur in Richtung Salome. Sie stand vor dem Sportlehrer, der selbst schon lange nicht mehr mitrannte, wenn er die Klasse Runden laufen ließ. Ole selbst stand in der ersten Reihe der Meute, die sich versammelt hatte, halb abgewandt. Er sah aus, als wäre er gern irgendwo weit weg.

„Wie können Sie es wagen, besonders als Lehrer, einen Ihrer Schüler als fett zu bezeichnen?"

„Ich habe ihn nicht fett genannt."

„Sie haben gesagt, dass er sich beim Weitsprung ruhig trauen soll, weil er ja weich fällt. Und dann haben Sie sich über die Lacher gefreut, die Sie kassiert haben."

Salome trat auf den Lehrer zu, der wich zurück. Der Meinradt hatte Angst vor seiner Schwester!

„Was sind Sie, zwölf? Ist das Ihre Art, erwachsen zu sein?"

Ein Raunen ging durch die Menge und der Sportlehrer schien nicht genau zu wissen, wie er reagieren sollte. Er schüttelte den Kopf, auf diese wegwerfende Art, als ob alles, was Salome sagte, lächerlich sei.

„Salome, jetzt beruhige dich bitte. Ist ja schön, dass du dich für Ole einsetzt. Das ist aber kein Grund, mich zu beleidigen."

Salome schnaubte.

„Hätte ich Sie beleidigen wollen, hätte ich ein Gedicht über die Atemzüge geschrieben, die Sie brauchen, um die Treppen in die Turnhalle runterzuwatscheln. Aber mach ich nicht. Weil meine Eltern mir beigebracht haben, besonders denjenigen gegenüber respektvoll zu sein, die nichts für mich tun können.“

Mama und Papa saßen einen Tag später im Büro der Rektorin und Salomes schulische Laufbahn endete in dieser Woche. Sie weigerte sich, sich zu entschuldigen, solange der Meinradt das nicht bei Ole tat. Und sie weigerte sich, weiter auf einer Schule zu sein, die nichts gegen solche Lehrkräfte tat.

Drei Monate später hatte sie den Ausbildungsplatz als Flugbegleiterin bei der Lufthansa. Zumindest für die ersten sechs Monate, danach wechselte sie zu einer kleineren Gesellschaft, weil der Ausbildungsleiter ihre Kollegen nach Fähigkeit bewertete, ihre Kolleginnen aber nach dem Aussehen.

***

Ben weiß nicht mehr, wann ihm diese Stärke und dieses Streben nach Gerechtigkeit bei Salome zum ersten Mal aufgefallen sind, aber immer, wenn er sie erlebt, ist er wieder der kleine Bruder, der seine große Schwester richtig feiert.

Emils Gesicht dagegen verhärtet sich, er schüttelt den Kopf.

„Ich freue mich auch, dich zu sehen, Tochter. Und schön, dass du fragst, ist gerade keine leichte Zeit. Deine Mutter und ich ... ich denke, du wirst das irgendwann verstehen, wenn du alt genug bist.“

„Knapp 40 reicht also nicht?“

„Vielleicht, wenn du selbst mal Kinder hast. Es ist nicht immer alles einfach zu erklären."

Salome zuckt kurz zusammen, ein Aufflammen von Schmerz und Unglauben, sie wendet den Blick ab, aber dann sieht sie ihrem Vater wieder ins Gesicht.

„Ist das dein Niveau?"

Sie weicht seinem Blick nicht aus und Emils Kaumuskeln spannen sich an. Ben spürt seine Hände, die sich an das Geländer krallen.

***

Vor vielen Jahren hatte es diesen einen Moment gegeben, in dem die ganze Familie sich über Emil lustig gemacht hatte. Ben weiß schon lange nicht mehr, worum es eigentlich ging. Er erinnert sich nur daran, wie sein Vater wegen etwas verärgert war, seine Mutter, Salome und er aber darüber gelacht hatten. Weil es eine Kleinigkeit war, zumindest für sie drei. Und es fühlte sich auch irgendwie gut an, mit Mama und Salome über Papa zu kichern. Normalerweise winkte Emil irgendwann ab und lachte mit. Diesmal aber knallte es plötzlich an der Wand neben dem Tisch und die Scherben von Emils Teller fielen auf den Boden und das Klirren in das schockierte Schweigen. Sein Vater schrie etwas, Ben kann sich auch daran nicht mehr erinnern. Nur an dieses einengende, erstarrte Gefühl in seiner Brust, an das gefrorene Lachen im Hals. Bis Emil aufstand und in die Werkstatt ging, damals noch seine.

Sie saßen für eine Ewigkeit da, Ben wusste nicht, ob er sich jemals wieder bewegen können würde. Dann schob seine Mutter ihren Stuhl zurück, holte steif die Kehrschaufel und den Besen, und sie räumten schweigend die Scherben auf.

Nachts hörte er die beiden streiten. Niemand hatte jemals drüber geredet und es war auch nie wieder etwas Ähnliches passiert. Aber dieses eine Mal reichte, dass der Moment in Bens Kopf immer wieder passieren konnte.

***

Emil atmet nur hörbar aus und zuckt mit den Schultern.

„Ich kann es dir nicht erklären. Ich weiß auch nicht genau, wie es dazu kommen konnte. Hast du Hunger? Es ist noch Pizza da."

29

Salome starrt ihren Vater fassungslos an und sagt noch etwas, doch Emil hört sie nicht. Der aufgeregte Schlag seines Herzens pocht in seinen Ohren und er wendet seinen Blick ab, aber er spürt die Enttäuschung, die sich in seinen Nacken frisst. Er wünscht eine gute Nacht, geht an Ben vorbei die Treppe nach oben, schließt vorsichtig die Tür hinter sich und lässt sich auf das Bett sinken. Es ist noch viel zu früh, aber Emil muss jetzt alleine sein. Und eigentlich ist egal, wie spät es ist. Schon letzte Nacht konnte er nicht schlafen, konnte sich nur erinnern und an früher denken.

An die Zeit, als das hier wirklich noch sein Zuhause gewesen ist, die Kinder noch klein waren und ihre Freude und ihre Anwesenheit die Risse zwischen ihm und Milena gekittet haben. Oder wenigstens überdeckt.

Seine Brust ist eng, aber da sind auch Stellen, an denen sich alte Knoten endlich lösen. Beides schmerzt. Das Leben ist niemals eindeutig, die Wahrheit liegt nie in der Mitte und jede Entscheidung schlägt ein Loch in die Wand, durch das sowohl Regen als auch Sonne kommen.

Er zieht sich den Schlafanzug an, den Milena ihm ausgesucht hat, und legt sich ins Bett. Es ist eigentlich zu weich, aber um Welten besser als das Sofa. Also liegt er auf dem Rücken, den Kopf überall, nur nicht beim Schlaf, und starrt in die Dunkelheit, während ihm Tränen aus den Rändern seiner Augen laufen.

30

Orna selbst war immer wieder wach geworden und hatte es geliebt, den Sonnenaufgang zu sehen. Das war auf diesem Dach immer mal wieder passiert, als sie noch studiert hatte. Und diese alte schöne Erfahrung mit Ben neu zu erleben, hatte sie auf eine tiefe Art glücklich gemacht. Natürlich erinnerte sie sich.

„Ich dachte erst, du schläfst, aber du hast die ganze Nacht kein Auge zugemacht und auf der Heimfahrt im Auto neben mir die ganze Zeit geschnarcht."

„Ja, auch das. Aber das Gespräch davor. Dass du verstehst, wenn Menschen es erst auf dem einfachen Weg versuchen."

„Der bei dir nicht einfach ist."

„Ja. Aber da ist ja trotzdem immer die Hoffnung."

„Worauf willst du hinaus?"

Ben fuhr sich über den Mund, legte seine Finger aneinander und sah sie fest an.

„Ich glaube, ich bin nicht der Typ, der in dieser Welt ein Vorreiter ist. Ich kann nicht helfen, Adoption zu normalisieren. Oder Pflegevater sein. Vielleicht noch Stiefvater, aber mehr wird's nicht. Und ob das was wird, wer weiß. Deshalb habe ich mich damals ja damit abgefunden, dass diese Version meines Lebens niemals passieren wird." Er legte den Kopf zur Seite, als er ihren Blick sah. „Zumindest einigermaßen. Aber jetzt kommst du und erzählst mir von einem Kind, das wir gezeugt haben."

Sie sah ihm seine Anspannung an, an den Kiefermuskeln und an seinen weißen Fingerknöcheln. Ein tiefer Atemzug und Konzentration auf die Tischplatte, dann schaute er wieder zu ihr.

„Das hier fühlt sich an, als könnte es meine einzige Chance sein. Dieses eine fast unmögliche Mal, dass die

Münze beim Kopf- oder Zahl-Werfen mit dem Rand auf dem Rand einer anderen Münze landet."

Er schüttelte den Kopf und hob den Zeigefinger der linken Hand, bevor Orna etwas hätte sagen können. Also wartete sie, obwohl in ihr Gefühle und Fragen aufstiegen.

„Mir geht es auch nicht um uns. Oder darum, dich zu einer Mutter zu machen. Ich würde das Kind allein großziehen und du musst nichts mit ihm zu tun haben. Es sei denn, du willst."

Er redete schnell, versuchte, diesen ganzen Berg an Gedanken unterzubekommen, immer mit der Ahnung, dass Orna ihm ins Wort fallen könnte.

„Das ist dein Körper und deine Entscheidung, die ich vollkommen respektiere. Aber gibt es irgendeine Möglichkeit, dass du dieses Kind für mich bekommst?"

Ben sprach noch weiter, aber sie hörte immer weniger zu. Er entschuldigte sich erneut und wiederholte immer und immer wieder, dass Orna nichts mit dem Kind zu tun haben müsste. Was vollkommener Blödsinn war, und in irgendeiner Ecke seines Bewusstseins musste Ben das klar sein. Sie würde immer mit diesem Kind zu tun haben, mit ihm verbunden sein, und sei es nur in einer Erinnerung. Neben all den anderen Dingen, die sie erlebt hatte. Für einen kurzen, unfairen Moment musste sie bei der Vorstellung schmunzeln, neben einem Fallschirmsprung und dem gepflanzten Baum dann auch das Kind auf ihrer Bucket List abzuhaken.

Und dann war da noch das Kind selbst, das vielleicht irgendwann von sich aus mit ihr Kontakt aufnehmen würde. Wenn es nur ein kleines bisschen von Orna hatte, dann würde es auf jeden Fall versuchen, seine Wurzeln zu finden.

Orna selbst war in ihrer Jugend immer wieder in Israel gewesen, um noch mehr über ihre Familie herauszufinden.

Weil sie wissen wollte, woher sie kam, und damit vielleicht auch, wer sie war. Ja, dieses Kind würde höchstwahrscheinlich nach ihr suchen. Irgendwo im Hintergrund beschäftigte sie die Frage, ob es ein Mädchen oder ein Junge werden würde. Und noch eine Ebene tiefer strebte irgendetwas in ihr danach, dem Kind einen Namen zu geben. Orna schüttelte den Kopf, erst langsam, dann immer schneller und vehementer, bis Ben verstummte.

„Das kann ich nicht machen, Ben. Es geht nicht nur um das Danach. Ich will nicht nur mein Leben, sondern auch meinen Körper behalten."

31

Salome folgt Ben den schmalen Pfad hoch zur Bank. Als sie noch Kinder waren, haben sie von Ritas Eltern immer Ärger bekommen, weil sie quer über die Wiese getrampelt sind. Aber ein paar Jahre später hat Ritas Vater dann geholfen, an den steilen Stellen Stufen in den Berg zu graben und die Erde mit Planken zu sichern. Der Weg ist immer noch rutschig und uneben, aber Ben kann ihn im Schlaf laufen.

Rita wartet oben und reißt die Arme hoch, als sie Salome sieht.

„Sally!“

Salome schüttelt den Kopf und umarmt sie.

„Ein Glück, hat sich dieser Spitzname nie durchgesetzt. Pizza?“

Rita schüttelt den Kopf und beißt in ihre Karotte.

„Ich find's superlustig.“

„Du fandest schon immer seltsame Sachen lustig.“

Salome wirft einen langen Blick in die Dunkelheit hinter der Bank und beißt in die Pizza. Rita zuckt mit den Schultern.

„Wenn da immer noch Kühe stehen würden, hätten wir keine Busse voller Leute hier.“

Sie klopft neben sich auf die Bank und meint Salome, aber Ben ist schneller. Salome lässt sich neben ihn fallen, das Brett mit der Pizza hält sie mit beiden Händen fest.

„Bist du wegen eures Vaters hier? Lass es dir schmecken.“

Salome kaut und nickt und schluckt.

„Wie krass ist das bitte, dass ich noch nie irgendwo bessere Pizza gegessen habe als die von Papa? Drecksfremdgeher, aber kochen und backen kann er.“

Ritas Möhren knacken und der dünne Boden der Pizza kracht, wenn Salome ein Stück abbeißt. Ben sitzt zwischen ihnen und ist froh, dass sie da sind.

„Ich finde ja schon den Gedanken komisch, dass unsere Eltern miteinander schlafen. Aber müssen sie ja, zumindest irgendwann mal. Aber dass er mit einer anderen Frau schläft? Sobald ich das zu nah an mich ranlasse, dreht sich mir der Magen um."

Rita boxt ihn auf die Schulter.

„Jetzt tu doch nicht so heilig. Du hast doch auch schon mit anderen geschlafen, obwohl Mia da ist."

„Keine Ahnung. Irgendwas daran stört das Kind in mir."

„Dann frag mal dein echtes Kind, wie es ihr damit geht."

Salome nickt zustimmend und verschluckt sich an der Pizza. Sie keucht und hustet und Rita beugt sich rüber, schlägt ihr mit der flachen Hand auf das Brustbein. Für einen Moment ist es still, dann atmet Salome tief ein. Rita lacht laut los und Salome und Ben steigen mit ein.

Irgendwann verebbt das Lachen und Ben starrt zu seinem Schlafzimmerfenster.

„Es ist echt komisch, Mama war irgendwie immer da, ganz selbstverständlich. Aber meine schönste Erinnerung habe ich mit Papa."

Salome sieht zu ihm, den Mund immer noch voll Pizza.

„Das Motorrad?"

„Das Motorrad. Das war so krass."

***

Ben war 14 oder 15, als der Nachbar aus dem kleinen Haus über ihrem Hof auszog. Marek war Fotograf und Maler und Bastler, die Scheune an seinem Haus quoll über von Leinwänden, Farben, Großdrucken und allem möglichen Zeugs, das Ben nicht kannte. Fast eine Woche lang half Ben ihm immer wieder, den kleinen Transporter zu beladen, damit Marek ihn am Tag darauf leer wiederbringen konnte. Bis sie fast fertig waren und in der dunkelsten Ecke der

Scheune diese Enduro fanden. Eine Yamaha DT-80 in ausgeblichenem Rot, die Reifen mit großen Noppen und riesige Federgabeln, damit man so richtig durch den Dreck fahren konnte. Ben stand begeistert vor der Maschine, streckte vorsichtig die Hand aus und zog eine Linie durch den Staub auf dem schwarzen Sitz. Altes, rissiges Kunstleder, das sich unter seinen Fingern rau anfühlte. Sie war echt. Ein paar Jungs in seiner Klasse hatten manchmal Zeitschriften dabei, in denen Männer mit spitz zulaufenden Motorradhelmen ziemlich krasse Sprünge auf solchen Maschinen machten. Aber er hatte noch nie eine in echt gesehen.

„Wow."

Marek stellte sich neben Ben, nickte.

„Ach, stimmt ja. Die ist auch noch da. Ist gar nicht meine, aber der Typ, dem sie gehört, den hab ich seit Jahren nicht gesehen."

Marek nahm sich eine der Kisten daneben und sah noch einmal zu Ben, der immer noch das Motorrad anstarrte. Er schmunzelte.

„Guck mal, der Schlüssel steckt. Wenn du sie aus der Scheune schiebst, kannst du sie behalten."

***

Die nächsten Wochen verbrachte Ben die Zeit nach der Schule in der Garage und bastelte am Motorrad. Schraubte ab, was sich abschrauben ließ. Putzte, was sich putzen ließ. Aber so richtig brachte das alles nichts, die Maschine sprang nicht an. Bis er entdeckte, dass der ganze Motor vollgelaufen war, eine schmierige Mischung, die nach Öl und Benzin roch. Also nahm er den Auspuff ab, damit das Gemisch ablaufen konnte. Bei jeder Drehung des Motors schwappte ein wenig heraus. Er schob die Maschine aus der Garage, die Auffahrt entlang, und ließ die Kupplung kommen. Er rollte ein paar Meter und hinterließ eine ölige Spur, bis es plötzlich unter ihm explodierte. Ben blieb erschrocken stehen und sah seinen Vater an, der die Tür aufgemacht hatte.

„Was war das?"

Ben zog die Schultern hoch.

„Ich wollte das Zeug aus dem Motor holen und plötzlich ist das passiert."

„Fehlzündung. Moment."

Kurz darauf stand er neben Ben und griff nach dem Lenker.

„Wir brauchen mehr Anlauf."

Gemeinsam schoben sie die Maschine nach oben bis zur Kurve und drehten sie um. Sein Vater blickte ihn an.

„Darf ich?"

Aufgeregt sah Ben zu, wie sein Vater sich auf die Yamaha schwang und den Berg runterrollte. Nach ein paar Umdrehungen keuchte der Motor laut auf und sprang an. Ein dreckiges Stottern voller Qualm, in dem sein Vater verschwand. Ben war hinter ihm hergerannt, viel zu große Schritte, viel zu schnell den Berg hinunter, aber er wollte dabei sein. Als Emil wieder aus der Wolke auftauchte, strahlte er seinen Sohn an, zeigte auf ihn, schrie über den Lärm.

„Gut gemacht!"

Das Motorrad ruckelte und qualmte aus jeder Ritze, es stank nach verbranntem Öl und Benzin. Und Ben lachte, wie er noch nie in seinem Leben gelacht hatte.

***

„Ich hab das Ding bald verkauft. Ich hätte echt noch eine Menge reparieren müssen, damit ich wirklich hätte fahren dürfen. Ich hatte auch kein Geld für den Führerschein. Und als der Mann von der Versicherung mir sagte, was ich pro Jahr zahlen müsste, wusste ich, dass das niemals was wird.“ Ben zuckt mit den Schultern. „Ist okay. Hat trotzdem ziemlich viel Spaß gemacht.“

Mia hasst laute Motorräder, hält sich die Ohren zu und schimpft ihnen hinterher. Er muss dann jedes Mal an diesen Tag denken.

„Wie unfair eigentlich, oder? Mama war immer da, hat alles mitgemacht und uns wahrscheinlich zu den Menschen geformt, die wir sind. Aber in meiner Erinnerung sind die Dinge mit Papa präsenter. Mama war selbstverständlich, Papa war besonders. Dabei kann er sich wahrscheinlich gar nicht erinnern. Aber für mich, der Moment, als er das Motorrad zum ersten Mal zum Laufen gebracht hat. Wie er mich angesehen hat, während er auf der Maschine saß, an der ich seit Wochen rumgebastelt habe. Ich hatte niemals mehr so sehr das Gefühl, vor Glück zu platzen.“

„Noch nicht mal mit Mia?“

Salome schiebt sich das letzte Stück Pizza in den Mund. Ben sieht eine Weile zum Fenster seines alten Zimmers. Bei Mia brennt noch Licht. Schon der zweite Abend ohne Gute-Nacht-Kuss. Was für ein Vater ist er eigentlich?

Er schüttelt langsam den Kopf.

„In dem Moment, in dem mir die Hebamme Mia in die Hand gedrückt hat und ich sie gehalten habe, war da natürlich unfassbar viel Glück und Liebe und so. Aber vom ersten Moment an war da auch Vorsicht. Und die Angst vor Fehlern. Nicht nur meine, auch ihre eigenen. Und die der Welt. Dass sie mit dem Schnitzmesser ausrutscht. Oder sich das Rad vom Kettcar löst. Dass jemand sie übersieht, wenn sie über die Straße geht. Dass ihr Herz vielleicht doch nicht stark genug ist.“

Ben spürt erst eine, dann zwei Hände auf seinem Rücken. Er zuckt verschämt mit den Achseln.

„Ich weiß, was du meinst.“ Ritas Stimme ist ernst. „Ich hab echt Schiss davor, dass unsere Kids in die Pubertät kommen. Also, so richtig. Oder den Führerschein machen dürfen."

„Verbiet ich ihr einfach. Darf sie nie machen."

Für einen kurzen Moment sieht Salome ihn erschrocken an, dann lacht sie.

„Ich weiß, das war ein Witz, aber überleg dir mal, irgend so ein Kerl oder ein Mädchen muss sie dann nach Hause bringen."

Salome sieht die beiden mit großen Augen an und alle schütteln den Kopf. Ben zeigt ihnen die Gänsehaut auf seinem Arm und grinst, bevor er ernst wird.

„Ich weiß, das hört sich irgendwie falsch an, und ich hab das auch noch nie laut ausgesprochen. Aber manchmal, wenn ich nachts wachliege und an all die Dinge denke, die Mia passieren könnten, dann denke ich, ich kann erst dann wieder wirklich ruhig schlafen, wenn sie tot ist. Oder ich."

Ben betrachtet seine Hände, traut sich nicht, hochzuschauen.

Salome seufzt.

„Ich weiß nicht, ob ich bei der Aussicht jemals Kinder haben will. Und ob dich das zum schlechtesten oder zum besten Vater macht."

Ben denkt an die Polizei vor der Tür, an Mias enttäuschten Blick, an Orna und ihre Wut.

Salome schüttelt den Kopf.

„Jaja, ne, sag jetzt nichts. Mias Wunsch, ihre Mutter kennenzulernen, sagt nichts über dich als Vater aus."

Ben schaut seine Schwester mit offenem Mund an. Sie sehen sich viel zu selten, aber sie weiß ganz genau, wie er denkt und fühlt und fürchtet. Aber alles weiß sie nicht.

„Bisschen gruselig, wie gut du mich kennst."

Salome strubbelt ihm durch die Haare, bis er den Kopf wegzieht. Er wird immer der kleine Bruder bleiben. Und er liebt es.

„Übrigens, ich wollte dich noch vorwarnen. Mama kommt morgen zum Essen. Ich hab sie eingeladen. Damit wir das als Familie klären können."

„Ist das nicht eine Sache, die sie als Paar klären müssen? Was hat das mit uns zu tun?"

Salome denkt für einen Moment darüber nach, zuckt mit den Schultern und schüttelt den Kopf.

„Einerseits ja. Andererseits ist er eben nicht nur ein Partner. Er ist auch ein Vater, der uns ziemlich viele Werte mitgegeben hat und sich ganz offensichtlich selbst nicht daran hält. Und das ist eine Sache, die uns sehr wohl betrifft, als Familie."

Ben scheitert an der Vorstellung, wie sie morgen als Familie zusammensitzen. Als ob der Seitensprung seines Vaters einen Riss in seiner Fantasie verursacht hat. Er kriegt das Bild seiner Familie nicht mehr zusammengesetzt.

„Weiß Papa das schon?"

„Natürlich nicht."

Ben nickt und steht auf.

„Ich geh ins Bett. Und guck nochmal kurz bei Mia rein."

Salome hebt die Hand.

„Apropos Bett. Wo kann ich denn schlafen?"

Ben kratzt sich am Kopf. Gibt nicht so viele Möglichkeiten.

„Na ja, das Sofa ist frei."

Salome verzieht das Gesicht und Rita lacht.

„Du kannst auch bei mir pennen. Pyjamaparty. Wie früher. Ben wollte nicht."

„Ne, ich will auch im Haus sein, sorry. Aber das Sofa? Wirklich?"

„Schon gut. Leg dich in mein altes Zimmer."

32

Orna hatte genügend Geschichten gehört, nicht ganz so schlimme wie von den Pro-Life-Leuten in den USA, aber doch schlimm genug, dass sich Frauen einschüchtern ließen. Und wenn der Name nur ein wenig Programm war, dann wusste sie, dass sie ihre Beratung zum Schwangerschaftsabbruch nicht bei Pro Familia machen sollte.

Ihr Handy leuchtete auf. Marie-Antonia hatte geantwortet.

Scheiße, das tut mir leid. Das ist unnötiger Stress. Hier. Geh zu den beiden. Der eine macht das Gespräch, der andere die Arbeit. Die zwölf anderen, die ich bisher hingeschickt habe, waren zufrieden.

Zwölf andere? Wie oft passiert das denn?

Glaub mir, wäre eine Ausstellung für sich.

Eine unscheinbare Praxis mitten in der Stadt, ein ganz normaler Frauenarzt, der mit schnellen Schritten ins Zimmer kam, kurz und fest ihre Hand schüttelte, seine Brille aufsetzte und das Papier überflog, das ihm die Assistentin bereitgelegt hatte. Orna wappnete sich innerlich gegen unangenehme Fragen.

„Sie wollen also Ihre Schwangerschaft abbrechen."

Orna nickte, sie war bereit, ihre Entscheidung zu verteidigen.

„Kein Geld? Kein Partner? Keine Zeit?"

Er sah nur kurz hoch, dann schüttelte er den Kopf, bevor sie antworten konnte.

„Ich kreuze alles drei an. Leerlassen darf ich es nicht. Sie wissen selbst am besten, warum Sie das tun."

Er hatte seine Haken gemacht und das Blatt unterschrieben, dann warf er einen Blick auf den Kalender an der Wand.

„Wenn Sie wollen, können Sie den Termin Anfang nächster Woche vereinbaren. Es müssen nur ab heute mindestens drei volle Tage vergangen sein."

Er tippte auf den Kalender und sah sie dann zum ersten Mal ein wenig länger an.

„Haben Sie einen Arzt? Gut. Stellen Sie sich darauf ein, dass Sie die Kosten selbst tragen müssen."

Er stand auf, reichte ihr wieder die Hand und öffnete ihr die Tür. Orna hatte das Gefühl, hinauszustolpern, so schnell ging alles.

33

Ben legt Salome das Bettzeug bereit und greift sich seinen Schlafsack. Vor Mias Tür bleibt er stehen und lauscht. Leise Musik, die nicht bedeuten muss, dass Mia immer noch wach ist. Irgendwas schimmert unter der Tür. Als er sie öffnet, sieht er das kleine Nachtlicht in Mondform und seine Tochter, die da liegt, die Kopfhörer immer noch auf den Ohren, nur ein wenig verrutscht, weil der Kopf aufs Kissen gesackt ist. Er drückt auf Stopp und zieht ihr die Hörer ab. Mia runzelt kurz die Stirn und wälzt den Körper auf die andere Seite. Am liebsten würde er sie umarmen und ihr Gesicht mit Schmatzern bedecken, bis sie sich abwendet und ihn mit den Händen genervt abwehrt. Aber mehr Ablehnung kann er gerade nicht ertragen. Also küsst er seinen Daumen, legt ihn auf ihre Stirn und dreht ihn sanft gegen den Uhrzeigersinn, bis sie tief ausatmet und im Schlaf lächelt.

Vier Minuten später liegt er im Schlafsack auf der Couch und drückt sich gegen die Lehne. Sucht den Widerstand, irgendeine Form von Kontakt, während er versucht, ruhig zu liegen, damit es dunkel bleibt.

34

Emil schreckt auf, als die Schlafzimmertür sich knarrend öffnet. Es muss mitten in der Nacht sein, die Welt hinter dem Fenster ist noch dunkel. Für einen Moment ist er zurückkatapultiert in die Zeit, als das hier noch sein Schlafzimmer war, und er sieht Milena, wie sie durch die Tür kommt. Dann erst erkennt er die Umrisse seiner Enkelin, die schlaftrunken ins Zimmer tapst und die Tür hinter sich zudrückt.

„Mia? Alles in Ordnung?"

Sie stockt, dann schlägt sie sich mit der flachen Hand gegen die Stirn.

„Naklar. Papa schläft ja auf der Couch. Egal."

Sie tapst zum Bett.

„Kann ich bei dir schlafen?"

Emil zögert. Er hatte damals darauf bestanden, dass die Kinder immer in den eigenen Zimmern schliefen. Milena und er hatten viele Diskussionen darüber geführt und sich auch öfter gestritten. Aber hier ist er nur zu Gast. Ihr altes Haus, ja. Aber schon lange nicht mehr seine Regeln. Und er kann Mia auch irgendwie weniger abschlagen, als er es bei Salome und Ben noch konnte.

Wird er alt und inkonsequent? Oder hat er sich über Jahre dazu durchgerungen, Änderungen zu akzeptieren? Manchmal zumindest? Er rückt zur Seite, Mia legt sich daneben und schlingt ihre Arme um ihn.

„Nicht traurig sein, Opa. Die Pizza war super."

„Ist nicht wegen der Pizza."

„War trotzdem super. Hoffentlich gibt's morgen noch was."

„Ich weiß nicht, ob Salome was übriggelassen hat."

„Salome ist da. Cool."

Mias Stimme ist schläfrig. Sie schmatzt einmal, atmet tief ein und drückt Emil nochmal fest.

Wieder laufen Tränen über sein Gesicht und Mias Arm unter seinem Körper ist unbequem. Aber das ist okay.

35

Die Haustür war offen. Orna sammelte sich und klingelte direkt an der Wohnungstür. Eine Frau mit langen roten Locken hatte die Tür aufgemacht, das musste Lisa sein. Und irgendwas musste Ben erzählt haben. Lisa sah Orna irritiert an, dann huschte für einen Moment Überraschung über ihr Gesicht und sie wusste sofort, wer Orna war. Lächelnd ließ Lisa sie eintreten, aber sie wirkte verhalten und zögerte. Orna hasste es, aufgrund von Dingen, die andere über sie erzählten, bewertet zu werden. Sie wusste, wie sympathisch Ben war, besonders, wenn er traurig war. Sie wusste auch, dass er niemals schlecht über sie reden würde, aber leider änderte das nichts. Er war der nette Kerl und sie die Frau, die ihn verlassen hatte. Und ihm seine Chance auf ein Kind versaute. Wie konnte sie nur. All das sah sie in der Art, wie Lisa dastand und vermied, sie anzuschauen.

Orna wollte an ihr vorbei, aber Lisa hob die Hand.

„Entschuldige, warte bitte kurz."

Sie schloss die Tür, fuhr sich durch die Haare und sah Orna zögernd an.

„Ich weiß, dass ich mehr über dich weiß, als ich sollte, und dass das übergriffig ist." Sie stockte, holte nochmal Luft. „Aber ich will dir sagen, dass das vollkommen deine Entscheidung ist und ich hinter dir stehe. Das ist dein Körper. Und wenn du kein Kind willst, dann ist das dein Recht." Sie hob eine Hand, als ob sie zu einer Geste ansetzen wollte, dann ließ sie sie wieder fallen. „Dafür darf dir niemand böse sein. Es tut mir nur leid, dass du all das durchmachen musst. Ja. Das wollte ich gesagt haben."

Orna runzelte die Stirn und spürte welche Göttin auch immer im Nacken, die sich darüber freute, dass sie ihre Vorurteile so schön vorgeführt bekam. Sie sah in dieses

Gesicht mit den Sommersprossen und den roten Locken und konnte nicht anders, als sie zu umarmen. Lisa zögerte einen Moment, dann spürte Orna, wie auch sie gehalten wurde. Arme an ihrem Rücken, ein Kopf, der sich an ihren drückte.

„Danke."

„Klar."

Orna ließ sie los und fuhr sich durch die kurzen Haare, verzog ihr Gesicht. Wischte sich über die Augen und sah Lisa an.

„Wirklich, danke."

Lisa legte den Kopf schief.

„Die beiden sitzen auf dem Balkon."

Sie zeigte in eines der Zimmer, aber Orna zögerte. Sie hatte es nicht gewusst, aber jetzt, wo Lisa vor ihr stand, war Orna klar, dass sie jemanden wie sie an ihrer Seite brauchte.

„Bei dem Gespräch gleich. Ich würde mich freuen, wenn du dabei bist."

Lisa zog die Brauen hoch und für einen Moment dachte Orna, sie würde den Kopf schütteln. Aber sie nickte.

Kurz darauf waren sie in der Küche, Alex hatte sich nicht davon abhalten lassen, allen etwas zu trinken zu geben. Er lehnte sich mit seinem Malzbier in den Türrahmen, Lisa saß neben ihm auf der Arbeitsplatte. Orna hielt eine warme Tasse mit beiden Händen, saß Ben gegenüber am Tisch.

„Mittwoch hatte ich mein Beratungsgespräch. War 'ne Sache von zwei Minuten und ich bin ganz froh, dass der Arzt mich nicht überzeugen oder überreden wollte. Kein einziger Satz über den Schutz ungeborenen Lebens oder so." Sie malte mit dem Finger drei Kreuze auf die Tischplatte. „Hat drei Kreuze gemacht, das Blatt unterschrieben und mir gegeben."

Alle schwiegen. Ben nickte, starrte auf den Tisch, seine Hände lagen in seinem Schoß, aber Orna spürte, wie nervös er war und wie sehr er sich zusammenriss. Keine Wut, kein Flehen, keine Tränen. Das Papier steckte in der Tasche, aber es ihm jetzt zu zeigen, kam ihr grausam vor. Orna legte die Hände auf den Tisch. Sie sprach langsam, nahm sich vor, nichts zu sagen, das sie nicht auch so meinte.

„Ich hab die letzten paar Tage viel darüber nachgedacht. Wie auch nicht." Sie sah kurz und dankbar zu Lisa. „Ich bin zwar von tollen Menschen umgeben, die mich unterstützen und mich in meiner Entscheidung bestärken. Und trotzdem bin ich in dieser Welt aufgewachsen, die mir quasi nebenbei eingetrichtert hat, dass ich es bereuen werde, wenn ich ein Kind abtreibe. Und dann kommst auch noch du um die Ecke und fragst mich, ob ich es für dich bekomme."

Bens Kopf sackte ein wenig nach unten, er schluckte. Lisa hob eine Augenbraue, richtete sich auf und verschränkte die Arme. Wartete darauf, was Orna sagen würde. Sie schien zu ahnen, wohin das führte.

Orna konzentrierte sich wieder auf Ben.

„Ich bin mir immer noch sicher, dass ich kein Kind haben will." Sie beugte sich vor und bis zu diesem Moment gab es einen Teil in ihr, der nicht wusste, ob sie es wirklich aussprechen würde. „Aber." Sie wartete, bis Ben sie anschaute, und ließ seinen Blick nicht mehr los. „Ich kann jede Frau verstehen, die alles versucht, um ein Kind zu bekommen. Und ich würde sie unterstützen und in ihrer Entscheidung bestärken. Ihr helfen, wo ich kann. Könnte ich einer Frau, die keine Kinder bekommen kann, meinen Uterus geben, würde ich das tun. Und in den letzten Tagen hab ich mich gefragt, was das ist, dass ich jeder Frau sofort helfen würde, zu dir aber sofort nein gesagt habe. Warum?"

„Ich bin keine Frau.“

„Aber wer bin ich, dich deshalb anders zu behandeln?“

Alle sahen sie an. Lisa beugte sich nach vorne und nahm Ornas Hand. In Bens Augen flackerte Hoffnung auf, gleichzeitig spannte er die Schultern an, als ob er einen möglichen Schlag abwehren wollte.

„Orna, was wird das hier?“

„Im besten Fall der glücklichste Tag deines Lebens. Und hoffentlich einer, den ich nicht bereuen werde.“ Sie spürte Lisas Finger in ihrer Hand zucken, drückte sie und sah Ben an. „Ich bekomme das Kind. Aber du wirst es alleine großziehen. Oder zumindest ohne mich. Du wirst dich ohne mich um alles kümmern.“

Ben flossen Tränen über die Wangen, er starrte sie an und nickte, nickte, nickte. Orna hatte das Echo ihrer eigenen Sätze im Ohr und hoffte, dass sie die richtige Entscheidung getroffen hatte.

„Morgen um 14 Uhr habe ich den Termin für die Abtreibung. Schlaf die Nacht drüber. Melde dich morgen, wenn du dir sicher bist.“

Ben richtete sich auf und wollte sie über den Tisch hinweg umarmen, aber das konnte Orna gerade nicht. Dafür musste sie noch zu sehr mit sich selbst kämpfen. Ben verstand und setzte sich wieder, wischte sich mit dem Handrücken die Tränen aus dem Gesicht.

„Ich bin mir jetzt schon sicher.“

Sie schüttelte den Kopf.

„Melde dich morgen. Bleib sitzen.“

Orna stand auf und ging in den Flur, sie spürte das Adrenalin in ihren Adern, ihr Herz, wie es pumpte, und ihre Hände, wie sie zitterten. Sie schüttelte sich, atmete ein paar Mal tief ein.

Lisa kam in den Flur, sah besorgt aus.

„Alles in Ordnung?“

Orna grinste sie verlegen an, legte den Kopf zur Seite.

„Ganz krasse körperliche Reaktion auf diese Entscheidung."

„Ist ja auch eine krasse Sache, die du für ihn machst. Und eine heftige Aufgabe für dich."

Orna presste die Lippen zusammen, griff nach ihrer Jacke.

„Ich hoffe, ich bereue es nicht."

Lisa verschränkte die Arme.

„Darf ich fragen, warum du es machst?"

Orna zuckte mit den Schultern und strich sich über die Haut, versuchte, das Kribbeln loszuwerden.

„Weil das Universum diese Tür für Ben aufgestoßen hat. Diese Chance, doch noch leiblicher Vater zu werden. Ich weiß, was ihm das bedeutet. Und ich will diese Tür nicht zuschlagen." Sie presste die Lippen zusammen, fühlte sich nackt und verletzlich, sah Lisa aus den Augenwinkeln an. „Dafür war er mir zu wichtig. Ist es irgendwo immer noch."

Lisa warf einen Blick zurück, nickte abwesend. Orna ahnte, dass sie dieses Gefühl kannte. Was wir nicht alles für Menschen tun, die uns nahe und wichtig sind.

Orna schmunzelte.

„Und so einen Schwangerschafts-Hormonflash, den will ich gern mal erleben."

Lisa verzog das Gesicht.

„Die Geburt finden ziemlich viele ziemlich schmerzhaft."

Orna kannte auch genügend Geschichten.

„Meine Mum hat fünf Kinder auf die Welt gebracht und jede Schwangerschaft genossen. Wenn ich ein bisschen was von ihr habe, dann wird das schon."

Lisa blies die Backen auf, zuckte mit den Schultern.

„Immer noch. Was auch immer deine Entscheidung ist, ich steh hinter dir."

Orna streckte wieder die Arme aus und diesmal war Lisa vorbereitet, umfasste sie direkt und erwiderte ihre Umarmung.

„Wir brauchen mehr Menschen wie dich. Du kennst mich nicht, aber du kümmerst dich. Danke, Lisa."

„Ich bin ganz gut im Kümmern."

Orna ließ los und fuhr sich durch die Haare.

„Schon scheiße, bei all der Aufgeklärtheit und Freiheit unserer Generation hängt das ziemlich tief drin, dieses ‚Aber du musst doch Mutter werden'. Ich weiß, dass ich das nicht muss, aber es fühlt sich trotzdem so an, als könnte ich so irgendeine *Schuld* begleichen." Sie setzte das Wort mit ihren Fingern in Gänsefüßchen. Dann warf sie einen Blick zur Küche, spürte immer noch Bens Dankbarkeit und die Freude und wartete darauf, dass sie sich irgendwie anstecken würde. „Und nebenbei einem anderen Menschen die Freude seines Lebens machen."

36

Bens Bewusstsein liegt noch im schläfrigen Zwielicht, nur sehr langsam dringt das Klappern aus der Küche an die Oberfläche. Genervt stöhnt er auf. Die Bohnen in der Mühle zerbersten krachend und das Wasser im Kocher wird blubbernd heißer, bis es heftig brodelt.

„Papa! Kannst du nicht mal am Sonntag ein bisschen später aufstehen?"

„Sorry, Ben! Ich versuche wirklich, leise zu sein. Bin schon seit Stunden wach."

Ben drückt sich aus dem Sofa und sieht Salome, die ihn zerknirscht anschaut. Er lässt sich wieder fallen.

„Ach so, ich dachte, du bist Papa. Er hat das gestern auch versucht. Du bist ihm ziemlich ähnlich."

„Hey! Sag sowas nicht."

Ben hört ihr Schmunzeln und kichert. Er strampelt den Schlafsack weg und holt sich ein Glas Wasser, während Salome den Kaffee aufgießt. Schweigend starren sie auf die Kanne, bis Salome langsam den Filter der French Press nach unten drückt. Sie gießt sich ein und lehnt sich Ben gegenüber an die Küchenplatte, beide Hände um die Tasse gelegt. Ihre alte mit Tabaluga, der grüne Drache ist kaum noch zu erkennen. Früher hat sie aus ihr jeden Abend Kaba getrunken. Ben hatte eine Tasse mit dem blauen Elefanten, aber er hat sie schon ewig nicht mehr gesehen. Salome runzelt die Stirn.

„Findest du es nicht erstaunlich ruhig? Zu ruhig?"

Sie hat Recht. Keine Mia, die durch das Wohnzimmer hüpft, aber auch keine Musik oder ein Hörspiel, das von oben runterschallt. Stille ist selten in diesem Haus. Ben geht nach oben und klopft vorsichtig an Mias Tür, bevor er sie öffnet. Das Zimmer ist leer, die Decke zur Seite geworfen. Aber ihr Rucksack ist da und auch ihre Lieblingsjacke.

Trotzdem kriecht Panik Bens Nacken hoch. Er zieht sein Handy aus der Tasche.

Ist Mia bei euch?

Guten Morgen. Nein, hier ist sie nicht. Tamay weiß auch nichts. Brauchst du Hilfe?

Ich melde mich gleich nochmal.

Salome sieht Ben aufmerksam an, als er die Treppe wieder runterkommt. Er fährt sich über die Augen und schüttelt den Kopf.

„Oben ist sie nicht und bei Rita auch nicht."

Salome schürzt die Lippen und Ben sieht Mia vor seinem inneren Auge, wie sie nachts aus dem Fenster steigt und über das Dach des Schuppens nach unten klettert. Wie sie den Daumen ausstreckt und jemand sie mitnimmt. Wie sie durch den Wald stolpert und irgendwo hängenbleibt. Wie sie ... aber dann stocken die Bilder, weil Salome einen Finger hebt und den Kopf leicht dreht.

Dann hört auch er es, gedämpft, aber eindeutig. Das kehlige Lachen seiner Tochter, das sich immer so anhört, als hätte sie alle Jahre ihres Lebens Zigarre geraucht. Erleichterung und Zorn hämmern in seinen Schläfen, als Ben mit Salome im Schlepptau die Tür der Werkstatt aufreißt.

Die Morgensonne strahlt durch die verstaubten Fenster, in ihrem Licht tanzen kleinste Holzpartikel. Die Hocker sind alle zur Seite geschoben und in der Mitte steht das Kettcar. Mia steht hinten auf dem Trittbrett, sie lacht immer noch und hüpft ein wenig, um die Stabilität zu testen. Es ist ein neues Brett. Ben riecht frisch gesägtes Holz, sieht die Holzreste, die Schrauben, das Werkzeug und seinen Vater, der grinsend neben Mia und dem Fahrzeug steht. Beide sehen auf, offensichtlich gut gelaunt, und Ben wünscht sich augenblicklich an die Stelle seines Vaters.

„Salome! Guck mal, Papa! Opa hat das Brett repariert. Tamay kann jetzt viel besser draufstehen."

Emil zuckt mit den Schultern.

„Mia meinte, du kommst nie dazu, das zu reparieren. Auch wenn du mit Holz viel besser umgehen kannst als ich."

„Und Opa fährt später mit mir eine Runde!"

„Auf keinen Fall!"

Aber Bens Gedanken sind schon woanders.

***

Ben schnitzt, seit er ein Messer in der Hand halten kann. Als sie noch in der Stadt gewohnt haben, dritter Stock, drei Zimmer, musste er sich eines mit Salome teilen. Er saß dann oft auf dem schmalen Balkon, beobachtete die Leute auf der Straße und schnitzte Schachfiguren, die aussahen wie sie. Der Mann, der immer einen großen Hut aufhatte, war ein Turm. Der kleine kläffende Terrier ein Springer. Und die alte Frau mit dem Rollator, die immer nur zwei Haustüren weit kam, bevor sie Luft holen musste, war eine Dame. Das Brett hatte er aus kleinen Quadern selbst zusammengeklebt, jedes Quadrat auf einer anderen Höhe. Sein Vater wollte ihm helfen, es abzuschleifen, aber Ben mochte es, weil es aussah wie das Kopfsteinpflaster. Er arbeitete mehrere Wochen daran, und nachdem er die Figuren fertig hatte, wartete er auf den Abend, an dem sein Vater ihm beibrachte, wie Schach wirklich ging. So hatte er das gesagt. Nicht nur die Spielregeln, sondern „wie es wirklich ging". Er wusste nicht genau, was sein Vater damit meinte, weiß es bis heute nicht, aber er fühlte sich wie ein Padawan, ein Schüler eines geheimen Ordens, der bald in die Macht eingeführt werden würde.

Sein Vater kam wochenlang nach Hause, wenn Ben schon im Bett war. Er wartete zwar immer noch, aber er hatte das Schachbrett und die Figuren in den Schrank gestellt. Von da an hatte er immer ein Stück Holz und sein Opinel dabei und schnitzte einfach weiter. Viele Löffel, aber auch Druckplatten, Ohrringe, Schüsseln und Figuren, teils aus anderthalb Meter hohen Stämmen.

Irgendwann waren sie dann nach Immenau gezogen, Ben hatte die Werkstatt entdeckt und mit zehn beschlossen, dass es seine war. Wenn er nicht mit Rita und Anna unterwegs war, war er hier. Kurz nach seinem Abitur fand seine erste Ausstellung statt. Salome hatte das eingefädelt und Ben war sich erst nicht sicher gewesen, aber lag dann die ganze Nacht wach, allein wegen der Vorstellung, dass Menschen sich seine Sachen angucken würden. Oder es wenigstens könnten. Zwar nur in der kleinen Bücherei im nächsten Ort, aber trotzdem! Er stand viel zu lange vor dem auf farbigem Papier kopierten Plakat, auf dem sein Name stand und ein Foto von ein paar Stücken abgebildet war. Schwarzweiß, der Kontrast viel zu stark, man konnte kaum etwas erkennen. Anna und Rita hatten ihm eines davon eingerahmt und in die Werkstatt gehängt, und sosehr er auch Angst davor hatte, was die Leute sagen würden, er konnte es kaum erwarten, bis es so weit war.

Am Abend vor der Vernissage arbeitete er bis in die Nacht. Machte ein paar Stücke fertig, arrangierte sie in der Bücherei und brachte ganz am Ende noch kleine Schildchen mit Namen, Holzart und Datum an, alles von Hand geschrieben.

***

Am nächsten Nachmittag stand er neben der alten Bibliothekarin, die ihn mit Lesestoff versorgt hatte, seit er sechs war, und hörte fast ungläubig zu, wie sie über ihn und seine Werke sprach. Werke. So nannte sie seine Sachen. Bens Finger an seinem Sektglas waren so angespannt, dass er Angst hatte, es könnte zerspringen.

Er kannte fast alle Menschen, die gekommen waren. Nur ein paar Ältere waren wirklich fremd, sie mussten die kurze Ankündigung im Gemeindeblatt gelesen haben oder sie gehörten zu den Menschen, die sich die kopierten Plakate am Aushang der Bücherei tatsächlich ansahen. Alle applaudierten, hoben die Gläser und strömten in den Raum.

Nicken und Lächeln, das diffuse Gefühl von Dankbarkeit, die er gar nicht richtig zeigen konnte, und ein Orangensaft nach dem anderen, weil so ein Sektglas viel zu klein ist. Bis sein Vater zu ihm rüberkam, in diese Ecke, in der Ben den Raum überblicken und zuschauen konnte, wie Menschen sich seine Hölzer ansahen, die er stundenlang bearbeitet hatte. Ein paar Stücke hatten sogar schon diesen kleinen roten Aufkleber neben dem Schild. Frau Kämmerlein hatte die Idee gehabt, falls jemand etwas kaufen wollte. Ben hatte gelacht, wer sollte schon eine seiner Sachen kaufen? Bis sie plötzlich neben ihm stand und fragte, was er denn für die überdimensionale Legofigur haben wolle.

Emil stieß sein Glas an das von Ben und stellte sich neben ihn, sodass sie beide den Leuten zusehen konnten.

„Du hättest dir mit den Schildern ein bisschen mehr Mühe geben können. Ein paar sind wirklich kaum lesbar.“

Ben lächelte immer noch, weil er das schon den ganzen Abend über tat, aber dahinter erstarrten seine Muskeln und die Kälte zog sich durch die Kehle bis in den Magen.

„Ich bin immer noch Linkshänder, so ist meine Schrift eben.“

„Das wissen die Leute ja nicht. Die kommen für dich her und dann sehen die Schilder aus, als ob du dir keine Mühe gegeben hast."

Ben spürte, wie seine Wangen rot wurden.

„Ich hab die halbe Nacht an den Schildern gesessen."

„Sieht man leider nicht."

„Bisher hat sich niemand beschwert."

Emil legte den Kopf ein wenig schief und schüttelte ihn leicht.

„Es sind deine Kunden. Dafür sind sie zu höflich."

Jemand berührte Ben am Arm und riss ihn aus der Wut, die an den Rändern seines Blickfeldes waberte. Frau Kämmerlein stand neben ihm, so still und freundlich, wie sie es immer war.

„Ben, entschuldige, ich wollte euch nicht stören. Aber eine Dame hätte Interesse an dem tanzenden Bären."

Ben folgte ihr, ohne seinen Vater noch einmal anzusehen.

37

Natürlich hatte Ben sich gemeldet. Also sagte Orna den Termin beim Frauenarzt ab und öffnete ihm kurz darauf die Tür. Er streifte sich die Schuhe ab, folgte ihr durch den Flur und blieb dort plötzlich stehen. Sie war schon fast im Wohnzimmer und sah ihm zu, wie er das Bild an der Wand betrachtete. Sie beide in Israel, kurz vor dem Rückflug. Ben braungebrannt und bärtig wie sonst nie. Er hatte sich gegen Ende der Reise den Magen verdorben und sah auf dem Foto erschöpft und ausgezehrt aus, aber auch vollkommen zufrieden und erfüllt.

Ben erinnerte sie auf diesem Bild an Christopher McCandless, dieser Typ, der in den Neunzigern das kapitalistisch moderne Amerika hinter sich gelassen hatte und nach Alaska in die Wildnis gegangen war. Sie mochte nicht, dass die Geschichte eines jungen Mannes, der ein paar Kilometer neben einer Straße wahrscheinlich verhungert war, von so vielen als romantisches Vorbild gesehen wurde. Aber der Soundtrack von Eddie Vedder war ziemlich gut. Und dieses Bild, auf dem Christopher an diesen alten Bus gelehnt in die Kamera lachte, ja, da sah er so erschöpft und glücklich aus wie Ben.

Er tippte gegen das Bild.

„Schön, dass das noch hängt. Hatte schon Angst, dass ich hier gar nicht mehr vorkomme."

Orna schüttelte spöttisch den Kopf.

„Hätte das dein Ego nicht verkraftet?" Sie zuckte mit den Schultern. „Klar kommst du noch vor. Ist ja viel Gutes an dir. Und in dir."

„Nur eben nicht genug für eine Beziehung."

„Nur für mich und nur in diesem Moment. Komm."

***

Sie schob ihm die Kalebasse mit dem Mate-Tee rüber. Sie hatte nie verstanden, was er an diesem Tabakgeschmack so toll fand.

„Ich hab das Gefühl, dass ich verlangen kann, was ich will, und du wirst zu allem ja sagen."

„Stimmt."

„Dann reden wir Tachles. Du ziehst wieder hier ein. Zweckgemeinschaft. Beziehungsweise Hilfsgemeinschaft. Wir werden das so gleichberechtigt wie möglich machen und du wirst mich unterstützen, wo es geht. Das wird dein Kind. Deine Verantwortung beginnt jetzt."

Erst dachte sie, er hatte ihr nicht zugehört, wie er da erstarrt saß und auf einen Punkt an der Wand hinter ihr blickte. Dann verstand sie, dass er einen Moment brauchte, um zu verdauen, was sie gesagt hatte.

Ben schüttelte die Starre ab und sog am Trinkhalm aus Metall. Sie hatte auch nie verstanden, was der Bohei mit diesem Röhrchen sollte. Es verstopfte immer und es kam nie wirklich viel raus. Er schluckte und nickte.

„Und was erzählen wir den Leuten?"

„Das ist das Nächste. Ich hab keine Lust, mich andauernd erklären und verteidigen zu müssen. Also kommen wir offiziell einfach wieder zusammen und sind schwanger und alles ist so, wie es soll. Geschichte des geringsten Widerstandes, weißt du noch?"

Ben legte den Kopf schief und presste die Lippen zusammen, er sah ein wenig beschämt aus.

„Es ist sogar noch einfacher. Nur Lisa und Alex und Bene wissen, dass wir kein Paar mehr sind."

„Du hast es deinen Eltern nie erzählt?"

„Meine Mum liebt dich. Ich wollte sie nicht enttäuschen."

Orna schauderte, als sie verstand, was er sagte.

„Du bist zu feige, es ihnen zu sagen. Du machst es dir einfach.“ Sie schüttelte den Kopf. „Das kannst du jetzt nicht mehr machen. Nach der Geburt, sobald es geht, wirst du hier ausziehen und das Kind mitnehmen. Und dann.“ Sie beugte sich nach vorne und tippte gegen Bens Brust. „Gehst du zu deiner Familie und erzählst ihnen die Wahrheit. Ben, das ist wichtig. All das hier passiert, weil du es willst. Also steh dafür ein. Versprich mir das.“

38

Das ganze Haus riecht nach Pfannkuchen. Ben stellt einen großen Stapel auf den Tisch und sieht zu seinem Vater, bis er bemerkt, dass der alleine gekommen ist. Am Fenster rollt das Kettcar vorbei, Mia ruft nach Tamay. Ben lässt den Kopf nach unten sinken, dann sieht er seinen Vater an.

„Ich hoffe, sie schmecken wenigstens dir."

Emil sieht den Schmerz in Bens Augen und in seinen Schultern, er hört ihn in seiner Stimme und geht zur Haustür, öffnet sie.

„Mia! Erstmal frühstücken! Dein Vater hat Pfannkuchen gemacht. Doch, wenigstens drei. Ja, okay, versprochen."

Er lässt die Haustür offen und setzt sich neben Salome.

„Sie kommt gleich."

Salome schüttelt den Kopf.

„So hast du uns früher auch immer gerufen."

***

Nach dem Schulabschluss hatte Emil mit ein paar Freunden ein Haus besetzt, auf den Frieden geschworen und sich davor gedrückt, die Ausbildung bei der Bank anzufangen, in der auch sein Vater arbeitete. Er hatte viel zu spät in diesem Land Fuß gefasst und wollte seinem Sohn mehr Möglichkeiten eröffnen, als er selbst gehabt hatte. Diese Ausbildung wäre ein guter Anfang, fand sein Vater, aber Emil hatte immer schon lieber in der Küche gestanden.

Nach diesem einen großen Streit kam Emil für ein paar Monate nicht mehr nach Hause, ließ sich die Haare wachsen und kümmerte sich in ihrer Gemeinschaft um das Essen. Irgendwann tauchte dort Milena auf. Sie sprachen noch nicht die gleiche Sprache, aber er wusste, dass er mit dieser Frau sein Leben verbringen wollte. Sah sein Restaurant vor sich und ein gemeinsames Leben voller Reisen, um neue Gewürze und Gerichte und Eindrücke zu gewinnen. Ein Sommer mit Milena im kleinen Volvo war wie ein Vorgeschmack auf das, was kommen würde. Bernhard, der Chefkoch in der *Goldküste,* bot ihm eine Ausbildung an. Kaum bezahlt zwar, aber er würde lernen, was er liebte, und wer brauchte schon Geld, wenn er Liebe hatte?

Dann wurde Milena schwanger. Dass sie das Kind bekommen würden, stand nie in Frage. Emil freute sich auf dieses neue Leben, freute sich, Vater zu werden und Menschen Dinge beibringen zu können. Aber wie sollte das gehen, Familie, wenn kein Geld da war. Also entschuldigte er sich bei Bernhard und sagte die Stelle in der Küche ab. Stellte seinen Eltern Milena vor, ließ sich von ihr die Haare schneiden und begann zwei Wochen später seine Ausbildung in der Bank.

Seitdem spürte er neben der Freude am Kochen immer die verpasste Möglichkeit eines anderen Lebens. Mit eigenem Restaurant und Menschen, die wegen seiner Fähigkeiten kamen. Die nicht meckerten, weil es keine Pommes gab. Die nicht immer viel zu viel übrig ließen. Die nicht immer erst gerufen werden mussten, damit sie sich widerwillig an den Tisch setzten.

***

Emil zuckt mit den Schultern, versucht, die Erinnerungen abzuschütteln, und will sich eigentlich nicht verteidigen, aber irgendwie fühlt es sich so an.

„So rufe ich eben Menschen zum Essen."

Ben setzt sich zu ihnen an den Tisch.

„Was hast du ihr versprochen?"

Emil kann ihm nicht lange in die Augen sehen.

„Dass sie gehen kann, sobald sie gegessen hat."

Mia stürmt durch die Tür, bleibt im Wohnzimmer stehen, reckt die Nase in die Luft und zieht hörbar die Luft ein.

„Papa! Pfannkuchen! Das ist toll."

Dann drückt sie Salome fest an sich und bleibt neben ihr stehen, zieht den Teller zu sich und greift nach dem obersten Pfannkuchen. Die Apfelscheiben im Teig sind angebräunt und der Geruch von Weihnachten liegt in der Luft.

„Mia, setzt du dich bitte?"

Mia lässt die Schultern hängen und sieht Ben mit zerknirschtem Gesicht an.

„Muss das sein?"

Erst, als Salome ihr den Teller vor der Nase wegzieht, trottet Mia zu ihrem Stuhl und lässt sich plumpsen. Sie reißt die Pfannkuchen mit den Händen in kleine Stücke und schlingt diese hinunter, ohne wirklich zu kauen. Dann stockt sie in der Bewegung.

„Scheiß Stimmung hier."

Emil spürt den Blick von Salome auf sich ruhen und vermeidet es, sie anzusehen. Ben schaut Mia an, die genauso demonstrativ wegsieht. Sie zuckt mit den Schultern und nimmt sich den nächsten Pfannkuchen. Stopft ihn als Ganzes in den Mund, wischt sich mit der Hand darüber und die dann an der Hose ab.

„Daffif Nummer drei!"

Und bevor sie jemand aufhalten kann, ist sie aus der Tür.

Ben und Emil sehen ihr hinterher, holen gleichzeitig Luft.

„Tür zu!"

Salome sieht ihren Bruder und ihren Vater abwechselnd an.

„Sieht so aus, als ob sich wirklich nichts geändert hat."

Ben starrt auf seine Pfannkuchen und Emil weiß auch nicht, was er dazu sagen soll. Weil innerlich hofft er, dass sich vieles geändert hat. Auch wenn es gerade nicht den Anschein macht. Salome nickt, schnalzt mit der Zunge.

„Und sie hat Recht, die Stimmung ist wirklich scheiße."

Sie schmiert Schokocreme auf einen weiteren Pfannkuchen, steht auf und geht Richtung Tür. Sie wirft einen Blick über die Schulter.

„Ach ja, Papa, damit du Bescheid weißt, Mama kommt später. Wir besprechen das alles als Familie."

Bevor er etwas erwidern kann, ist auch sie aus der Tür.

Das Aber liegt Emil auf der Zunge und er wendet sich Ben zu, der zuckt mit den Schultern.

„Ist deine Erziehung, die du da gerade zu spüren bekommst."

Und irgendwo zwischen der Trauer, der Scham und all den anderen unausgesprochenen Dingen flackert in Emil etwas auf, das er als Stolz erkennt.

39

Orna hatte sich mit ihrem Körper auseinandergesetzt. Sie hatte sich ihr ganzes Leben von allen Seiten im Spiegel betrachtet und betastet, sie wusste, wie sie aussah, wie sie sich anfühlte, wie ihr Körper funktionierte, was ihr gefiel, womit sie sich zufriedengeben musste und wie sie sich befriedigen konnte. Es hatte Spaß gemacht, auch Ben das beizubringen. Sie kannte sich selbst, liebte es, ihren Körper zu bewegen. Besonders beim Tanzen, auch in jedem anderen Lebensbereich. Sie war sich ihrer selbst bewusst.

Aber jetzt wuchs da etwas in ihrem Bauch, das sie nicht kontrollieren konnte und eine ganze Weile auch nicht spürte. Sie musste an Parasiten denken, an Aliens, und obwohl sie das niemals aussprach, schämte sie sich dafür. Zugleich liebte sie dieses Geheimnis der Schwangerschaft, das sie mit Ben teilte, bevor es für andere sichtbar wurde.

Er konnte ihr die Übelkeit und das Kotzen nicht abnehmen, aber wenn sie morgens aufs Klo rannte, kam er ihr nach, immer mit dem nassen Lappen in der Hand. Anfangs hatte sie darum gebeten, damit er verstand, was ihr Körper gerade durchmachte. Natürlich konnte sie den Lappen auch einfach am Wasserhahn im Klo befeuchten. Aber selbst, als sie Ben das gesagt hatte, kam er mit. Und tatsächlich war es ein gutes Gefühl, zu wissen, dass er da war. Dass er versuchte, dabei zu sein.

Sie beschlossen außerdem, dass er mit ihr auf all die Dinge verzichten würde, die sie nicht mehr essen oder trinken sollte. Als sie darüber sprachen, hatte Orna den Kopf auf ihre Hand gestützt und fuhr mit dem Finger die Liste ab.

„Ha, du wirst auch keinen Mate-Tee mehr trinken in den nächsten Monaten.“

„Da steht, in Maßen.“

„Ne, ich verzichte auf den grünen Tee, du auf Mate."
Ben zuckte mit den Schultern.
„In Ordnung."
„Wir werden ab jetzt noch öfter frisch und selbst kochen. Also, du."
„In Ordnung."
„Und es gibt keine Lakritze mehr."
„Ach Scheiße."

***

Sie besuchten seine Eltern, als auch Salome gerade da war. Saßen alle am Wohnzimmertisch im Hof und Orna und Salome schienen sofort eine Verbindung zu haben. Sie lachten über eine gemeinsame Vergangenheit als *Take-That*-Fangirls und Milena schnitt den Käsekuchen auf, den Emil gebacken hatte, als Ben sich nicht mehr zurückhalten konnte.

„Orna ist schwanger. Wir bekommen ein Kind."

Alles stockte, verstummte und niemand stellte die Fragen, die in der Luft lagen. Ben konnte sich das Grinsen nicht verkneifen. Er lehnte sich zurück und genoss die Aufmerksamkeit.

„Also."

Orna beobachtete die Gesichter der drei, während Ben redete. Dieser Übergang von Unverständnis zu Unglauben zu unbändiger Freude. Alle waren sie gerührt und irgendwann stand Milena auf, riss Orna aus ihren Gedanken und umarmte sie. Sie drückte sie an sich und hielt sie fest, den Kopf in der Senke von Ornas Hals, die Tränen an ihrem Shirt.

„Danke."

Und Ornas Leichtigkeit war verschwunden. Würde Milena sich genauso freuen, wenn sie die ganze Geschichte kennen würde? Wäre sie ihr genauso dankbar? Milena wandte sich Ben zu, küsste ihn auf den Kopf und drückte ihn ebenso. Er sah über den Kopf seiner Mutter zu Orna, sie zwinkerte ihm zu. Vielleicht war das die moderne Version von Pferdestehlen. Mit einem Menschen, mit dem man nicht das Leben teilte, ein Kind zu bekommen. Und Ben war der Richtige dafür.

Dann stand Emil vor ihr und umarmte sie auch, zumindest für einen kurzen Moment.

„Ich freue mich für euch."

„Und freust du dich für dich? Du wirst Opa."

Emil kratzte sich am Kopf und grinste verschmitzt.

„Stimmt. Das passiert dann ja auch."

Orna lachte und drehte sich zu Salome, die gerade ihren Bruder umarmte. Beide hatten sie Tränen in den Augen, Ben nickte in Richtung Orna.

„Ich hoffe, das ist okay, dass ich vor dir ein Kind bekomme."

Salome lachte kurz auf, schüttelte den Kopf und zuckte mit den Schultern. Und Orna hatte das Gefühl, dass sie diese Reaktion ziemlich gut einstudiert hatte. Die Trauer darunter konnte sie trotzdem spüren.

„Mach dir um mich keine Sorgen." Sie betrachtete Ornas noch flachen Bauch. „Ich wünsche dir, dass alles gut läuft."

Orna breitete instinktiv die Arme aus und Salome drückte sie an sich.

„Tut mir leid, dass du das durchmachen musstest."

Salome nickte, für einen Moment flatterten ihre Augenlider.

„Manchmal ist die Natur einfach unfair."

Sagt die Frau, die das Kind verloren hat, zu der Schwangeren, die keines will, dachte Orna. Sie griff nach ihrer Hand und drückte sie.

„Ist sie das nicht irgendwie immer? Sie strebt nach Balance, nicht nach Fairness. Die ist unser Job."

„Ich hab mich dafür nie gemeldet."
„Niemand, oder?"

***

Sie redeten auch noch über andere Dinge und Orna vergaß immer wieder für ein paar Momente, dass sie schwanger war. Aber dann lag Milenas Blick auf ihrem Bauch oder sie starrte ihren Sohn voller Erstaunen an. Orna musste immer wieder neu begreifen, dass es um das kleine Wesen in ihr ging. Sie alle hatten mit Ben gelitten, wie sie wahrscheinlich auch mit Salome gelitten hatten. Nur war es bei Ben scheinbar endgültig gewesen und jetzt hatte Orna das Gefühl, für diese Familie ein Wunder zu sein. Oder zumindest die Mutter eines Wunders. Ein unangenehmes Gefühl, das sich jedes Mal in ihre Haut brannte, wenn Milena oder Ben oder Salome sie auf diese Weise ansahen.

Sie hatte nichts für diese Schwangerschaft getan, und wenn es nach ihr gegangen wäre, wäre sie nie passiert. Wie sollte sie jemals die Erwartungen erfüllen, die so ein Wunder mit sich brachte? Und jetzt, wo es zu spät und eine Abtreibung nicht mehr möglich war, zog ihr Kopf sie in manchen Nächten in eine Gedankenspirale, ob sie wirklich die richtige Entscheidung getroffen hatte. In anderen Momenten dagegen sah sie Ben in all seiner Freude und Leichtigkeit und glaubte, dass sich all das lohnte.

Beim Abschied nahm Salome den Kopf ihres Bruders zwischen ihre Hände.

„Kümmer dich um sie. Sie macht gerade die Drecksarbeit und die kannst du ihr nicht abnehmen. Achte also darauf, dass sie es so einfach wie möglich hat." Sie sah zu Orna. „Wenn er nicht spurt, ruf mich an."

Orna nickte und wusste, dass das nicht passieren würde.

40

Milena betrachtet Ben und Emil, bevor sie sanft an den Rahmen der offenen Haustür klopft und beide aufsehen. Ben überragt seinen Vater um ein Stück und die Haare sind noch lange nicht so grau, aber er hat die gleiche aufrechte Haltung, die gleiche Art, sich am Tisch abzustützen, wenn er aufsteht, und das gleiche sanfte Lächeln, in das sie sich vor mehr als 40 Jahren verliebt hat. Eine Freundin aus dem Durchgangslager hatte sie mitgenommen, ihr das besetzte Haus gezeigt und sie Emil vorgestellt. Er war jünger als ihr Sohn jetzt, hatte lange Haare damals, als er da in der Küche stand, die Salami konzentriert in feine Scheiben schnitt, aufsah und stockte, irgendwas sagte, das sie nicht verstand, und dann auf diese Art lächelte. Sie war noch keine zwei Monate in diesem Land und ihr Herz hing schmerzhaft in ihrer Heimat fest, das würde es noch jahrelang tun. Aber sie ahnte, dass sie mit diesem Mann eine Form von Familie haben könnte, die sie bisher nie gehabt hatte. Diese Hoffnung hatte sie ewig getragen.

Ben kommt zu ihr, in wenigen großen Schritten quer durch den Raum, und umarmt sie. Er geht dabei ein wenig in die Knie und hält sie fest. So macht er das immer und sie muss jedes Mal lachen.

Emil hat die Teller zusammengestellt und ist Ben gefolgt. Als er Anstalten macht, sie ebenfalls zu umarmen, schüttelt sie den Kopf.

„Viel zu früh, Emil."

Salome hat darum gebeten. Für die Familie, hatte sie gesagt. Also hat sie sich zusammengerissen und ist hergekommen. Sie hat die letzten beiden Nächte auf dem Sofa verbracht, weil der Gedanke an das Bett, in dem sie jahrelang gemeinsam gelegen sind, ihr das Herz zerreißt.

Sie hätte nicht gedacht, dass jetzt noch Tränen in ihr sein könnten, aber gerade hat sie sich im Auto die Wangen getrocknet. Sie weiß nicht, was passiert, wenn er sie jetzt berührt.

Emil steht für einen Moment vor ihr, dann nickt er und geht wieder in die Küche, nimmt die Teller vom Tisch mit. Der gleiche Mann, den sie über all die Jahre geliebt hat, mit dem sie dieses Leben geteilt und zwei Kinder bekommen hat. Nur, dass sie sich all das jetzt nicht mehr vorstellen kann. Die Hoffnung des jungen Mädchens aus der Lützowerstraße 10 gibt es nicht mehr. Als ob er ein Fremder ist, in der Haut ihres Mannes. Und in der linken oberen Ecke ihres Bewusstseins leuchtet die traurige Erkenntnis auf, dass dieser Aspekt kein neuer für sie ist.

Sie dreht den Kopf zu Ben, der sie voller Mitleid und mit müden Augen ansieht. Sie fährt ihm über die Wange, spürt sein Zittern.

„Alles in Ordnung?"

Ben hebt die Arme, lässt sie gegen seinen Körper fallen.

„Wie kann alles in Ordnung sein?"

Er wirft zwei Blicke zwischen ihr und Emil hin und her, dann starrt er auf den Boden.

„Weißt du das von Mia?"

„Salome hat es mir erzählt."

Sie lässt den Mantel an ihren Armen heruntergleiten und hängt ihn an die Garderobe. Eines der ersten Stücke von Ben. Er selbst findet sie hässlich und hat immer wieder angeboten, eine neue zu machen. Aber sie sieht darin die Konzentration und Leidenschaft eines Zwölfjährigen, der den Wunsch seiner Mutter nach einer Garderobe, die aussieht wie ein Baum, unbedingt erfüllen will. Mittlerweile sagt Mia Nein, wenn er laut darüber nachdenkt, sie zu ersetzen. Nur eines der Dinge, wofür sie die Kleine liebt.

„Mia hat mir irgendwas entgegengerufen, als sie mit dem Kettcar an mir vorbeigerast ist. Ganz schön schnell, die beiden."

Sie haben das Kettcar damals gebraucht gekauft und es in einem Hochhaus in der Stadt abgeholt. Sobald sich die Wohnungstür geschlossen hatte, saß Ben auf dem Sitz und fuhr über den Flur zum Aufzug, und wenn es nach ihm gegangen wäre, hätte er die Heimfahrt auf dem Kettcar im Kofferraum verbracht. Er liebte es.

Milena dagegen stand am Fenster und sah besorgt zu, wenn Ben den Berg herunterschoss. War das wirklich eine gute Idee gewesen? Was, wenn ihm etwas passierte? Aber Emil hatte abgewinkt. Der Junge musste seine Grenzen kennenlernen und testen, und das lieber draußen als vor dem Fernseher. Und jetzt macht das seine Tochter. Sie legt eine Hand auf Bens Schulter.

„Das tut mir alles leid, Benni."

„Naklar."

Milena muss lachen, seufzt auf und drückt Ben nochmal an sich. Seit mehr als zwei Jahrzehnten ist er größer als sie, aber in solchen Momenten ist er immer noch ihr kleines Kind, und wenn sie könnte, würde sie seinen Schmerz auf sich nehmen. Alles ist besser, als ihn leiden zu sehen. Sie lässt ihn los, aber Ben bleibt still stehen, als ob die Umarmung in ihm noch nachhallt. Milena nickt Richtung Küche, in der Emil ein Geschirrtuch in der Hand hält und die Teller abtrocknet. Er hat nie gern die Spülmaschine verwendet.

„Wie waren die letzten Tage mit ihm?"

„Wenn ich nicht wüsste, dass was ist, würde ich sagen, wie immer." Ben beißt sich auf die Lippe. „Weißt du was? Ich glaube, ich habe immer, wenn ich ‚mit meinen Eltern geredet habe', nur mit dir geredet. Und in den letzten Tagen hab ich gemerkt, dass ich gar nicht weiß, wie ich mit Papa reden soll.“ Er fährt sich durch die Haare, kratzt sich am Hinterkopf. „Ich weiß noch nicht mal, was ich fragen soll, um herauszufinden, wie es ihm geht. Also, so, dass als Antwort nicht nur ‚gut‘ kommt.“ Bens Augen werden groß, als ob er gerade etwas realisiert. „Vielleicht habe ich einfach nie gewusst, wie es ihm geht.“

Milena spürt die Gänsehaut. Die Erinnerung in ihrem Hinterkopf pocht immer lauter. Sie nickt langsam, fast gegen ihren Willen.

„So geht's mir auch manchmal.“

Und dann bricht irgendwas in ihr. Das alte Gefühl von Familie, das sie über all die Jahre aufgebaut hatten, bekommt Risse. Jetzt, wo sie ernsthaft daran zweifelt, ob sie diesen Mann wirklich jemals richtig gekannt hat. Bens Blick flackert. Als ob er sehen kann, was in ihr vorgeht.

„Kann ich dir irgendwas Gutes tun? Soll ich ihn verhauen?“

Milena schüttelt beschwichtigend den Kopf.

„Hab das bisher auch alleine hinbekommen.“

„Das bedeutet nicht, dass es gut ist.“

Wenn Milena ganz ehrlich zu sich ist, dann weiß sie noch nicht einmal, ob sie es wirklich hinbekommen hat. Sie sehen beide zu Emil, der in der Küche und in seiner ganz eigenen Welt zu sein scheint. Er bewegt den Kopf zu einer stillen Melodie. Ben seufzt.

„Ich bin in der Werkstatt. Falls du was brauchst, sag Bescheid.“

Er wartet auf ihr Nicken, dann ist er an ihr vorbei, verschwindet im Flur und die Tür klappert. Sie muss dem Drang widerstehen, ihm hinterherzulaufen und ihn zu trösten. Sie hat es nie aushalten können, ihre Kinder leiden zu sehen. Ganz egal, wie schlecht es ihr selbst gerade ging. Aber wenn er allein sein will, muss sie das akzeptieren.

Sie dreht sich um, nähert sich der Küche, sieht Emil zu, wie er Zwiebeln schneidet, so dünn, dass sie durch die Scheiben sehen kann. Sie runzelt die Stirn.

„Habt ihr nicht gerade gefrühstückt?"

Er sieht nicht auf.

„Ist schon lange her, dass wir alle gemeinsam gegessen haben. Ich will, dass es gut wird."

Eine Zeitlang beobachtet sie ihn. Seine konzentrierten Bewegungen, die Sorgfalt und die fast tanzende Art, mit der er sich durch die Küche bewegt. Im besetzten Haus hatte sie manchmal auf der Küchenplatte gesessen und ihm zugesehen, wie er diese Leidenschaft lebte. Manchmal machte sie Musik an und wollte mit ihm wirklich tanzen, aber er drehte sich immer wieder aus der Umarmung. Wenn er kochte, dann kochte er. Und wollte nicht gestört werden.

„Wie geht's dir, Emil?"

„Gut, wieso?"

Er wirft ihr einen kurzen Blick zu, als sie nicht antwortet, sieht ihre Überraschung und schüttelt dann den Kopf.

„Ich will da jetzt nicht drüber reden."

„Das hast du nicht zu entscheiden. Ich werde nicht so tun, als wäre alles in Ordnung."

Emil zuckt mit den Schultern, schaut wieder zu den Zwiebeln und dem Messer, das sich nah an seinen Fingern bewegt.

„Ich habe mich die letzten beiden Nächte in den Schlaf geweint. Und es fühlt sich nicht richtig an, wieder in diesem Schlafzimmer zu liegen. Ohne dich."

Er schafft es, dass sie für einen Herzschlag Mitleid mit ihm hat, dann kommt ihr Schmerz mit Wucht zurück.

„Tja, das hast du dir selbst eingebrockt."

Emil legt das Messer auf das Brett, nimmt sich das Geschirrtuch und wendet sich ihr zu. Er spricht zögernd, als ob er selbst nicht sicher ist, ob er es aussprechen möchte.

„Es gibt aber auch diesen kleinen Anteil, der sich erleichtert fühlt. Ein bisschen Hoffnung für die Zukunft ist dabei. Und gleichzeitig ein richtig schlechtes Gewissen."

Schon vor Jahren hat Milena erkannt, dass es niemanden gibt, zu dem der Ausdruck „zerknirscht" besser passt. Wenn Emil lacht oder sich freut, spielt sich das in der oberen Gesichtshälfte ab. Seine Brauen tanzen, und die Augen werden groß. Wut, Trauer und ehrliches Bedauern dagegen passieren in der unteren Hälfte. Pulsierende Muskeln, bebende Lippen, ein mahlender Kiefer. Ein Wunder, dass er nie mit den Zähnen geknirscht hat.

Milena nickt. Emil will sich wieder dem Essen widmen. Sie hat nicht gedacht, dass sie Kraft für die Antwort hat, aber jetzt drückt die Frage sich heraus.

„Wird das was Festes zwischen euch?"

Seine Schultern sacken herunter und Milena spürt seinen Widerstand, darüber zu reden. Er winkt ab.

„Ach was. Das war nur Spielerei."

Ein Schauer läuft ihren Rücken hinab und sie muss die Wut zurückhalten, ihre Worte kontrolliert aussprechen.

„Diese Spielerei hat mich ziemlich verletzt."

Emil legt das Geschirrtuch weg, steht mit leeren Händen vor ihr, sieht sie an.

„Das tut mir leid. Das hätte nicht passieren dürfen."

Sie weiß, dass er es ernst meint. Sie spürt, dass er noch nicht fertig ist.

„Aber?"

Emil schüttelt den Kopf. Es fällt ihm schwer.

„Das war wie ein Fenster in eine andere Welt. Ich hab nicht gedacht, dass das noch möglich ist."

Er streckt die Hand nach Milena aus, aber sie weicht zurück. Emil zuckt mit den Schultern.

„Ich dachte, ich bin zu alt für so eine Veränderung. Aber da hat es sich danach angefühlt, als wären noch Dinge möglich."

Durch all den Schmerz spürt Milena seine Verzweiflung, seine Verwirrung und seine Hoffnung.

„Ich will dich wirklich nicht verletzen. Aber ich würde das gern ausprobieren." Er schüttelt den Kopf und sieht sie traurig an. Lange Pausen zwischen den Sätzen. „Nicht mit ihr. Aber eben auch ohne dich."

Gänsehaut, die sich über ihre Arme zieht, ihre Kopfhaut kribbelt. Sie schließt die Augen für einen Moment, bekommt keine Luft mehr. Emil greift wieder nach dem Geschirrtuch, hält es mit beiden Händen.

„Es muss sich gar nicht so viel ändern, weißt du?"

Milena versucht zu schlucken, schüttelt den Kopf und ihre Stimme ist so leise, dass sie sich selbst kaum hört.

„Es ändert sich alles."

41

Als sie gerade beim Einkaufen waren und Obst und Gemüse aufs Band legten, spürte Orna das Kind zum ersten Mal. Eine ganz leichte Bewegung, sie konnte nicht sagen, ob es sich anfühlte wie Blähungen oder wie der Flügelschlag eines Schmetterlings, aber eindeutig in ihrem Bauch. Sie stockte und Ben sah sie erschrocken an.

„Alles in Ordnung?“

Und sie konnte nicht anders, als zu grinsen.

***

Ben bemühte sich tatsächlich. Für 32 Wochen war er der beste Verbündete, den Orna sich vorstellen konnte. Er schlief im Wohnzimmer und blieb für sich. Er machte keine Annäherungsversuche, keine zweideutigen Witze und er respektierte den Raum, den sie brauchte, ohne dass sie ihn einfordern musste.

Sie genoss die Aufmerksamkeit und tatsächlich auch seine Anwesenheit. Er begleitete sie zu den Untersuchungen und zum Geburtsvorbereitungskurs, er machte die Einkäufe und Besorgungen. Und abends, wenn sie ihn dazu aufforderte, lag er mit dem Kopf auf ihrem Bauch. Spürte und lauschte, flüsterte dem Wesen in ihrem Bauch etwas zu oder brummte mit den Lippen auf ihrer Haut, sodass sie die Vibrationen spürten.

Eines Abends klopfte Ben gegen den Türrahmen ihres Zimmers, sein Telefon in der Hand. Orna hatte ihm einen Link geschickt.

„Was ist das genau?“

„Ein Online-Kurs für Hypnose. Wir lernen gemeinsam, mich in Trance zu versetzen. Keine Schmerzen, mehr Kontrolle, mehr Ruhe.“

Ben kratzte sich am Kopf, sah sie zweifelnd an.

„Du weißt, dass ich deine Fähigkeiten nicht in Frage stelle. Aber glaubst du, das funktioniert? Die Kontrolle behalten?“

Orna hatte schon zu viele Geschichten gehört und war nächtelang wach gelegen, den Kopf voller Komplikationen mit Blutungen und Thrombosen und Embolien und Herzstillständen. Sie musste sich zwingen, ihre Finger immer wieder zu entspannen und alle dunklen Versionen einer Geburt in die kleine Box zu packen, in der auch die anderen Sorgen lauerten. Aber immer wieder öffnete sich die Box von alleine und Orna fand keine Position, in der sie schlafen konnte.

Sie schüttelte den Kopf.

„Ich weiß, dass es nicht funktionieren wird. Aber ich will so gut wie möglich vorbereitet sein. Am liebsten wär's mir, dass ich dieses Kind theoretisch – ich sitze hier im Schneesturm fest und du bist irgendwo – allein auf die Welt bringen kann.“

„Du wirst nicht allein sein.“

„Dann lern du so viel wie ich.“

Ben nickte langsam und betrachtete das Display wieder.

„Mein Vater hat ein paar Mal versucht, durch Hypnose mit dem Rauchen aufzuhören. War total teuer und hat nichts gebracht, sagt er. Er musste erst mit Infarkt im Krankenhaus landen, bis er auf seinen Körper gehört hat.“

Orna sah ihn mit hochgezogenen Brauen an, Ben zuckte mit den Schultern.

„Wenn du glaubst, dass dir das hilft, dann bin ich gern dabei.“

„Cool. Du zahlst die Hälfte.“

„Ich kann's auch komplett bezahlen.“

„Nein. Die Hälfte kannst du übernehmen.“

***

Zehn Wochen lang saßen sie jeden Dienstag vor dem Rechner und der jeweiligen Einheit, sahen sich das Video an und machten die Übungen. Atmeten gemeinsam, kamen zur Ruhe, verknüpften Berührungen und Gesten, Wörter und Töne, selbst Gerüche mit einem entspannten Zustand, sodass Orna sich selbst, aber eben im Zweifelsfall auch Ben, helfen konnte, sich zu erden. Manchmal merkte sie, dass er dem Ganzen gegenüber skeptisch war, aber er strengte sich wirklich an. Und eines Mittwochmorgens stand er plötzlich neben ihr an ihrem Schreibtisch und streckte seine Hand nach ihrer aus.

„Darf ich?“ Er fuhr mit dem Daumen einen Kreis auf ihrem Handrücken, gegen den Uhrzeigersinn. „Wenn ich nicht schlafen konnte, früher, dann hat mein Vater meine Hand genommen und das gemacht. Wie wenn man die Welt leiser dreht. Ich musste heute Nacht daran denken. Was hältst du davon? Wäre das nicht eine gute Geste?“

Sie schmunzelte und nickte. Es war eine großartig passende Geste. Aber selbst, wenn sie es nicht gewesen wäre. Sie fand es wunderbar, dass er mitdachte, sich einbrachte, da war. Dieses Kind würde einen großartigen Vater bekommen, der hoffentlich ausgleichen konnte, dass da keine Mutter war. Zumindest keine leibliche.

Orna weigerte sich, das Geschlecht zu erfahren, aber alles in ihr fühlte sich an, als würde es ein Mädchen werden. Eigentlich hatte Orna darauf bestanden, dass Ben sich einen Namen aussuchte. Er würde ihn sehr oft sagen, rufen, schreien müssen, also sollte er entscheiden. Aber jetzt betrachtete sie den Kreis, den der Daumen zog, und plötzlich war da eine alte Erinnerung, ein trauriger Blick und eine unerfüllte Sehnsucht. Sie sah zu Ben.

„Was hältst du von Mia?“

Er verharrte und schaute sie interessiert an.

„Kennst du eine Mia? Was bedeutet der Name?“

Sie wich seinem Blick für einen Moment aus, dann zuckte sie mit den Schultern.

„Jeder Name bedeutet, was immer du willst. Mia ist eine Kurzform von Maria, also Geschenk Gottes. Es bedeutet aber auch die Widerspenstige. Und das finde ich großartig."

Ben betrachtete seine Hände.

„Meine Großeltern konnten meinen Vater nie unterstützen. Sie sind gerade erst nach Westdeutschland gekommen, als er geboren wurde. Sie mussten sich alles selbst erarbeiten. Also haben sie ihm diesen Namen gegeben, der ihm helfen sollte. Emil. Der Eifrige. Er hat das gehasst. Wie stolz seine Eltern darauf waren, dass er der Eifrige war. Dabei wollte er doch selbst entscheiden, was er war. Als meine Mum dann mit Salome schwanger war, wollte er ihr einen ganz anderen Namen geben, so abwegig, dass niemand erwarten würde, dass er Programm war."

„Was bedeutet Salome?"

„Geht nicht darum, was der Name bedeutet. Sie ist die Tochter von Herodes, die so wundervoll tanzen kann und den Kopf von Johannes dem Täufer fordert. Auf Ansage der Mutter zwar, aber trotzdem."

„Eine bessere Patin kann man sich nicht wünschen."

„Und Benaja ist der Heerführer von König Salomo. Bringt einige Konkurrenten um, damit ihn niemand gefährden kann."

„Benannt nach einem Mörder. Kein Wunder magst du es nicht, wenn er dich so nennt."

„Ich hab' irgendwann mal nachgeguckt, woher der Name eigentlich kommt. ‚Der ein Haus baut'. Oder eben ‚Der Nachkommen zeugt'."

Er sieht auf, und als Orna sein Schmunzeln sieht, bricht sie in Lachen aus.

„Das passt ja wunderbar. Orna ist einfach die Kiefer. Auch nicht besser."

Ben zuckte mit den Schultern.

„Steht für Stärke und Langlebigkeit. Und Geduld."

All das wusste sie schon. Aber diesen Moment musste sie ihm nicht nehmen.

„Ich finde, eine Widerspenstige passt ganz gut in dein Leben."

Ben nickte langsam und sie sah ihm an, wie er eine Version der Zukunft durchspielte, in der er eine Tochter namens Mia großzog.

„Ich auch. Dann also Mia."

42

Ben kann stundenlang in seiner Werkstatt sein, kann dort unzählige Dinge tun, aufräumen, abarbeiten, und trotzdem danach das Gefühl haben, nichts getan zu haben. Er fährt mit dem Messer gerade die Maserungen seines Tisches nach, als jemand ans Fenster klopft und er aufschreckt.

Emil hebt die Hand, eine Mischung aus Hallo und Entschuldigung.

„Kannst du mir kurz helfen?“

„Klar.“

Emil hebt den Daumen.

„Danke.“

Ben kämpft das Gefühl nieder, diese Dankbarkeit gar nicht verdient zu haben. Als ob sein Vater ihn beim Nichtstun erwischt hätte.

„Das Wetter ist so schön. Ich dachte, wir könnten den Tisch raustragen.“

Vor Bens innerem Auge flattert eine Reihe von Schnappschüssen vorbei, Geburtstage und Feiern im Garten, der sich in all den Jahren kaum verändert hat, während sie selbst immer älter geworden sind. Natürlich hat es auch bei diesen Festen immer wieder Streit gegeben und Momente, auf die niemand stolz war. Das sind feine Kratzer und leichte Gebrauchsspuren einer eigentlich sehr schönen und glücklichen Kindheit. Aber Ben weiß, dass der Nachmittag heute Risse hinterlassen wird, die sich durch alle anderen Erinnerungen ziehen. Das unauslöschliche Wissen, dass nicht alle Menschen in seiner Familie so glücklich waren, früher. Oder waren es seine Eltern damals noch?

***

Die Hände erinnern sich daran, wie sie den Tisch schnell auf die Seite legen können und die Beine durch die Tür winden, ihn draußen aufteilen und die Zwischenplatte einsetzen. Als Salome und Milena die Stühle raustragen, fühlt es sich für einen kurzen Moment wirklich an wie früher. Dann kommt Mia mit einer Vollbremsung auf dem Schotter vor der Gartentür zum Stehen.

„Papa! Tamay muss zum Essen rein. Fährst du mit mir den Berg runter?"

Ben hat seiner Mutter gerade den Stuhl abgenommen und verharrt in der Bewegung. Mit dem Stuhl in der Hand geht er auf Mia zu. So viele Dinge, die er gern mit ihr klären würde. Er will sie umarmen, sich entschuldigen. Will, dass sie nicht mehr böse auf ihn ist.

„Mia, können wir reden?"

„Wir können den Berg runterfahren."

„Das geht nicht, ich muss hier helfen."

„Aber für Reden ist Zeit? Naklar."

Sie tritt in die Pedale, rollt weiter Richtung Dorfmitte. Ben fühlt sich ertappt, verzweifelt. Und ein bisschen davon schlägt in Ärger um.

„Du brauchst doch nur jemanden, der dich den Berg hochschiebt!"

„Und du brauchst nur jemanden, dem du ‚ich liebe dich' sagen kannst!"

Ben steht eine Weile da und sieht Mia nach, obwohl sie schon lange um die Ecke verschwunden ist. Dass er zittert, liegt nicht daran, dass der Stuhl so schwer ist. Als er das Klappern von Tellern hört, versteht er, dass es gerade eben ganz still war und sie ihm dabei zugeschaut haben, wie er ein schlechter Vater ist. Er spürt den Nachhall von Blicken im Rücken. Starrt noch eine Weile die Straße hinunter, bis sich sein Gesicht nicht mehr ganz so heiß anfühlt und er Salomes Hand auf seiner Schulter spürt.

„Alles okay?“

„Nee, aber das kann ich gerade nicht ändern.“

Er dreht sich in den Garten um. Sieht gerade noch seinen Vater, wie er sich abwendet. Den Rest eines Kopfschüttelns.

So oft in den letzten Jahren hat Ben seinen Vater den Kopf so schütteln sehen. Immer, wenn er selbst daran scheiterte, der Vater zu sein, der er sein wollte. Wenn seine Mutter ihm Mia abnahm, nach einer durchgeschrienen Nacht, obwohl er alles versucht hatte, damit sie endlich einschlief. Wenn Mia morgens aus Bens Zimmer gestürmt kam und kurz darauf Emil in der Tür stand und fragte, ob sie immer noch nicht alleine schlief. Wenn Mia den ganzen Tag Benjamin Blümchen und Benno Siebenschläfer und Bibi Blocksberg guckte, damit Ben ein bisschen Zeit für sich hatte. Dann stand sein Vater da und schüttelte den Kopf.

Es reicht auch jetzt, um Ben wütend zu machen. Er blickt zu seiner Mutter, die ihn besorgt ansieht. Ben macht sein Lächeln und schüttelt leicht den Kopf. Alles in Ordnung, nichts Schlimmes passiert. Als ob er ihr was vorspielen könnte.

Er schaut sich den Tisch an.

„Haben wir genügend Stühle? Wir sind zu fünft, oder?“

„Ich glaube, wir brauchen noch einen mehr.“

Salome blickt an ihm vorbei zur Straße, Ben kann ihren Gesichtsausdruck nicht deuten, aber etwas liegt in der Luft.

Ben wendet sich um und keine zwei Meter entfernt, direkt am Tor, steht Orna.

43

An diesem Abend kam Orna ins Wohnzimmer und blieb in der Tür stehen. Auf dem Tisch stand nicht nur das Abendessen, sondern auch ein Strauß Blumen, und von irgendwoher hatte Ben zwei Kerzen aufgetrieben, die er gerade anzündete. Er sah auf, strahlte sie an und Orna wurde schlecht. Sie wich zurück und verzog das Gesicht, hob den Ärmel an die Nase.

„Kannst du die bitte ausmachen? Die stinken extrem." Sie riss das Fenster auf und streckte den Kopf raus, sog frische Luft ein und lachte leise, während sie wieder ins Wohnzimmer ging. „Schon krass, was der Körper macht und wie er reagiert." Sie stockte, als sie Ben sah, die zerknirschte Enttäuschung, die sich von seinem Gesicht über die Schultern bis in seine Hände zeigte. „Sorry, ich wollte dir das nicht kaputtmachen." Sie sah wieder zum Tisch. Erst jetzt sah sie auch das Tischtuch. Ben verwendete nie ein Tischtuch. Und das Licht war gedimmt. Fast wie ... „Ben? Was genau hattest du vor? Wird das ein Date?"

Sie musste es gar nicht weiter ausführen. Allein in dem Wort *Date* schwang ihr ganzer Widerwille mit, ihre Ablehnung und auch schon eine Ahnung ihres Ärgers. Ben kannte die Abmachung und sie würde sich auf keine Diskussion einlassen.

Aber er schüttelte schnell den Kopf, hob abwehrend die Hände.

„Ich dachte, wir feiern den Namen ein wenig, und wollte es deshalb ein bisschen netter machen. Nicht mehr, wirklich. Keine Geigen, keine Romantik. Nur ein bisschen netter." Er straffte sich und setzte ein Lächeln auf. „Aber das geht auch ohne Kerzen. Entschuldige, ich dachte nicht, dass die so krass riechen für dich. Dann mach bloß nicht die obere Schublade auf."

Orna lächelte erleichtert und zuckte mit den Schultern, setzte sich.

„Danke trotzdem. Ist wirklich nett. Netter."

Ben stellte den Teller vor ihr ab und sie stießen an, auf Mia. Dann erzählte er von diesem Auftrag für eine Statue, den er bekommen hatte, und sie hörte zu und kaute und fragte sich irgendwo in der zweiten Reihe ihrer Gedanken, ob Ben wirklich nicht mehr vorgehabt hatte und das gerade nur sehr gut überspielte. Und in der dritten Reihe ihrer Gedanken konnte sie nicht verdrängen, dass es auch einen Teil in ihr gab, der ab und an darüber nachdachte, ob Ben wirklich auf dem Sofa schlafen musste. Aber ihn würde es in Zukunft nur mit dem Kind geben. Mit Mia. Hinter ihrem linken Ohr kribbelte es und beinahe hätte sie zu spät über den Witz gelacht, den Ben gerade gemacht hatte.

***

Irgendwann fingen die Leute an, ihr zu gratulieren und ihr Platz zu machen, wo sie sich früher hatte durchboxen müssen. Was war das an dieser romantisierten Vorstellung einer Mutter, dass Menschen Frauen erst dann so behandelten, wie sie grundsätzlich behandelt werden sollten? Gleichzeitig blieben die Menschen eben auch Menschen und Orna übte sich darin, ungefragte Ratschläge und Tipps wegzulächeln.

Bis diese ältere Dame auf der Parkbank sich zu ihr wandte, den Bauch betrachtete und ihre Hand drauflegte, tätschelnd, wie auf ein Tier. Oder den Enkel. Orna erstarrte und sah die Frau fassungslos an, hob die Hand, um sie wegzuschieben. Holte Luft, um der Dame einen Vortrag über Übergriffigkeit, Schutzräume und Grenzen zu halten, und stockte, als diese ihre Hand von sich aus zurückzog und Orna endlich ansah.

„Sieben Schwangerschaften in 23 Jahren. Keines meiner Kinder hat das erste Jahr überlebt. Vier sind noch in mir gestorben."

Orna sah erschrocken in das abgeklärte Gesicht und ließ die Hand sinken.

„Das tut mir leid."

Die Dame nickte und sah sich um, ob ihnen jemand zuhörte. In ihrer Stimme lag eine Vertrautheit, von der Orna nicht wusste, woher sie kam, und die sie nicht fühlte.

„Mein Mann hat mich einen lebenden Friedhof genannt. Und dann hat er mich verlassen. Ist jetzt Vater von drei Söhnen. Wohnt nur fünf Straßen weiter."

Orna wollte nach ihrer faltigen Hand greifen, die jetzt im Schoß der Frau lag. Und hielt inne. Weil Übergriffigkeit, Schutzräume und Grenzen. Aber die Frau griff nach ihrer Hand, drückte sie. Dann erhob sie sich schwerfällig von der Bank.

„Ich wünsche Ihnen das Beste, Liebes."

Orna blieb zurück mit einem schalen Gefühl von Mitleid und Angst und Ärger, vor allem über sich selbst. Aber wie hätte sie reagieren können?

44

Sie sind alle ein Dutzend Jahre älter geworden, Ornas Haare sind zu einem kurzen Bob geschnitten und Ben weiß, wie grau seine Schläfen mittlerweile sind. Die Sorgenfalte auf der Stirn, die Orna ihm oft liebevoll, aber mit gewissem Druck rausgestreichelt hat, ist jetzt immer da.

Aber als Orna lächelt, löst sich die Welt um Ben auf und für zwei Herzschläge sitzt er wieder im Auto und sie steigt zum ersten Mal ein, mit genau diesem Lächeln. Er ist nicht einfach nur im Auto, er weiß auch alles, was mit ihnen passieren wird, die Berührungen, das Zusammenziehen, die Reisen und die Gespräche genauso wie die Streite, die Schwangerschaft und Mia. In dieser Version wirft er ihr einen langen traurigen Blick zu, Orna schüttelt sich den Regen aus den Haaren und sieht ihn an.

„Alles in Ordnung?"

Dann ist Ben wieder im Garten. Irgendwo hört er seine Tochter den Berg runterrasen. Orna hebt grüßend die Hand. Er hat gehört, dass die Leute in Russland *razljubit* sagen zu diesem nostalgischen und irgendwie leicht schalen Gefühl, das man für einen Menschen empfindet, den man einmal geliebt hat.

„Was machst du hier?"

„Mia hat mir geschrieben."

Ben spürt die Gänsehaut, wie sie sich über die Arme zieht und den Rücken herunterläuft.

„Woher hat sie deine Nummer?"

Orna zuckt mit den Schultern.

„Das Internet ist klein, wenn du weißt, wo du suchen musst."

Ben spürt seinen Herzschlag, der Rhythmus eine Mischung aus Angst und Wut und Verletzung. Eine viel zu starke Erinnerung daran, warum er diese Frau so sehr geliebt hat und sie nie wirklich hat loslassen können. Daran, wie oft sie in seinem Kopf auftaucht. Wie oft er ihren Namen bei Ecosia eingibt. Wie oft er gedanklich in einem Leben ist, in dem die Beziehung funktioniert hat. Seine Hände zittern. Weil, wenn Mia und Orna miteinander schreiben, kann Mia nicht nur alles Mögliche wissen. Sie kann auch zu dem Schluss kommen, dass Orna ein toller Mensch ist und sie lieber bei ihr leben will.

Er verschränkt die Arme, schüttelt den Kopf.

„Geh wieder. Bitte."

Orna sieht ihn irritiert an und lacht dann heiser auf, was ihm nur noch mehr Angst macht.

„Du weißt, dass das nicht passieren wird."

Sie kommt auf ihn zu, aber Ben weicht zurück und stößt gegen Salome. Die geht an ihm vorbei, für einen kurzen Moment steht sie unschlüssig vor Orna, dann umarmt Salome sie.

„Sorry, mein Bruder kann ein Arschloch sein."

„Ey!"

Ben holt Luft, will all seine Wut und all seine Angst an Salome und Orna auslassen, aber Salome dreht sich so schnell um, dass er verstummt. So aggressiv hat er sie schon lange nicht mehr gesehen.

„Red bloß nicht weiter!" Sie zeigt auf Orna. „Das ist immer noch die Mutter von Mia! Sie hat deine Tochter auf die Welt gebracht. Also reiß dich zusammen! Ich weiß nicht, was zwischen euch passiert ist und warum sie jetzt da ist, aber du wirst ihr nicht verbieten, Mia zu sehen."

Zorn der Gerechten, denkt Ben. Er hat seine Schwester schon immer dafür geliebt, für alle einzustehen. Aber er hasst es, wenn er selbst ihren Zorn abbekommt. Besonders, wenn sie Recht hat.

Salome sieht zu Emil und Milena.

„Und ihr beide werdet euch auch benehmen. Orna ist unser Gast und wir werden über alles reden. Aber niemand wird angeschrien."

„Danke."

Orna spricht leise in die Stille, die Salome erzeugt hat. Milena drückt die Lippen zusammen, dann nickt sie Orna zu. Emil atmet laut und entnervt aus und geht Richtung Haus.

„Dann hol ich wohl noch einen Stuhl."

45

Drei Tage nach dem errechneten Termin saß Orna am Schreibtisch, als sie ein Geräusch hörte, als würde jemand in ihr mit den Knöcheln knacken, dann wurden ihre Schenkel nass. Kurz darauf tropfte warmes Wasser vom Stuhl. Sie rief nach Ben, wusste, dass es losging, und alles in ihr sehnte sich danach, dass es endlich vorbei war. Ihr Rücken schmerzte ununterbrochen, sie konnte kaum mehr eine Position finden, in der sie liegen und schlafen konnte, und in den letzten Wochen hatte ihr Körper ihr immer klarer gemacht, dass sie alle Energie und Aufmerksamkeit für diese Geburt benötigen würde.

Sie hatte sich unzählige Videos von Geburten angesehen, verwackelte und unscharfe Aufnahmen in Kreißsälen und Wohnzimmern. Orna war erst irritiert und erschrocken gewesen von den Schreien und den Grimassen der Frauen, ihren blutigen Kämpfen mit ihrem Körper und den Kindern, dann immer faszinierter von ihren Schmerzen und ihren Hoffnungen, ihrer Erschöpfung und erleichterten Tränen, wenn diese kleinen, verklebten Klumpen in ihren Händen lagen, sodass sie gespannt war, wie die Geburt bei ihr verlaufen würde. Aber sie vermisste auch ihr eigentliches Leben. Sie vermisste durchgemachte Nächte und Fressattacken und ungeplante Abenteuer, ihren Alltag mit all den Eigenheiten und Routinen, ihren Körper, wie sie ihn kannte, und so sehr das Gefühl, endlich wieder nur für sich zu sein. Sie hatte wirklich genug davon, ihren Körper teilen, Kraft für zwei aufbringen zu müssen und immer für jemanden verantwortlich zu sein, der nicht sie selbst war.

Ben hatte ernsthaft gefragt, ob sie selbst ins Krankenhaus fahren wollte, und sie freute sich, dass er daran dachte, sah ihn aber gleichzeitig fassungslos an, bis er nickte und ihr die Beifahrertür aufhielt. Seit er mit dem Handtuch das Wasser unter dem tropfenden Stuhl aufgewischt hatte, hatte er in eine Art Notfallmodus gewechselt. Er machte alle Dinge, die er sich in den letzten Wochen angelesen hatte und die sie durchgesprochen hatten, auf eine mechanische Art. Nur, wenn er für ein, zwei Momente stockte, sah sie ihm die Panik und die Überforderung an, die Augen aufgerissen, die Atmung kurz und das Gesicht mit einem leicht abwesenden Ausdruck.

***

Im Krankenhaus war zwei Untersuchungen später klar, dass es noch eine Weile dauern würde, bis Mia da war, aber dass sie so lange hier bleiben würden. Das Zimmer war so nett, wie es eben in einem Krankenhaus ging. Nach ein paar Stunden musste Orna raus, wenigstens ein bisschen mehr Bewegung haben als die 16 Schritte, die sie im Zimmer gehen konnte, ohne wieder am Bett anzukommen. Sie stiegen die Stockwerke hoch und runter und ließen immer wieder nach Rauch riechende Menschen vorbei, bis Orna nicht mehr konnte und sich an Ben geklammert zurück ins Zimmer quälte. Ganz egal, wie nett und hilfsbereit er war, sie mochte es nicht, so abhängig zu sein. Aber Mia ließ sich Zeit.

„Was jetzt?"

Ben streckte die Hand aus.

„Tanzen?"

Sie hatte ihn um eine Playlist gebeten, aber er hatte ihr nie verraten, was darauf zu hören war. Sie griff nach seiner Hand und hievte sich aus dem Stuhl, er tippte auf sein Handy und schon bei den ersten Tönen leuchteten ihre Augen auf. Die Klezmatics waren das erste Konzert gewesen, das sie mit Ben besucht hatte. Er hatte die Band vorher nicht gekannt, war auch noch nie in der Manufaktur in Schorndorf gewesen, diesem Musikschuppen in der kleinen Stadt bei Stuttgart, der es irgendwie immer wieder schaffte, ziemlich coole Bands auf die Bühne zu bringen. Ben hatte sich fragend umgesehen und ziemlich irritiert geguckt, als die Band Hackbrett und Akkordeon aufbaute. Sie wusste noch, wie unsicher sie war, ob es ihm gefallen würde. Danach aber summte er wochenlang die Lieder, packte Orna immer wieder und wirbelte mit ihr durch die Küche.

Jetzt drehte er sie langsam um sich selbst, sie bewegten sich gemeinsam zur fliegenden Melodie, den Tönen von Violine, Gitarre und Piano, die immer fröhlich und melancholisch zugleich waren. Sie war erschöpft und alles schmerzte, aber Orna konnte nicht anders, als zu grinsen und sich zu bewegen. Sie wiegte sich und die Kleine in der Musik und Ben hielt sie fest. In der Aufregung und Anstrengung der letzten Stunden hatte sie vergessen, wie seine Augen strahlen konnten. Nein. Wenn sie ehrlich war, hatte sie das schon vor langer Zeit vergessen, verdrängt durch Streit und Sorgen und Abmachungen und Distanz, die sie gebraucht hatte. Aber jetzt wusste sie wieder, was sie damals an ihm geliebt hatte.

***

Sie hatte eine Wassergeburt haben wollen. Sie war selbst so auf die Welt gekommen, erinnerte sich natürlich nicht daran, aber ihre Mutter hatte ihr so viel und so begeistert davon erzählt, dass Orna bis heute daran denken musste, wenn sie irgendwo schwimmen ging. Die Kühle, die gedämpften Geräusche und das leichte Spannen der Haut, wenn sie in der Sonne trocknete. Dann bildete sie sich ein, sich doch irgendwie an ihre Geburt erinnern zu können.

Sie hatte sich im Becken sitzen sehen, Ben erst an der Seite und irgendwann hinter ihr. Er sollte dabei sein, so nahe es ging, und sie wollte sichergehen, dass sie gehalten wurde. Aber als nach ein paar Stunden klar war, dass das Kind einfach nicht kommen wollte, musste sie sich auf das Entbindungsbett legen, im Augenwinkel das aufgefüllte Becken, das sie nicht verwenden würde. Und mit dem Stich der Nadel für die Antibiotika musste Orna sich endgültig von ihrer Vorstellung, ihrem Plan verabschieden. Sie spürte die Wehen, die Schmerzen, die Erschöpfung, ihre Tränen, den Geruch ihrer Scheiße, als ihre Schließmuskeln nachließen. Ihre Ohren klingelten von ihren eigenen Schreien und dann spürte sie durch den wabernden Nebel all dieser Eindrücke Bens Hand, die ihre hielt und mit dem Daumen über ihren Handrücken kreiste. Die Lautstärke und Eindrücke der Welt nach unten drehte.

Sie holte wimmernd Luft, und obwohl er sich wirklich anstrengte, es zu verbergen, sah sie ihm an, wie sehr er mit ihr litt. Dann griff die Hebamme ihre andere Hand und führte sie zwischen ihre Beine, legte sie auf etwas Schleimiges. Mit Flaum bedeckte Haut, die sich über Knochen spannte, dort, wo ihre Vulva war. Überraschend weich, aber eindeutig.

„Spürst du das? Das ist der Kopf von Mia. Sie kommt und sie braucht deine Hilfe."

Orna fühlte den weichen Flaum unter ihren Fingern, spürte die Bewegung des kleinen Körpers, der sich nach draußen kämpfte. Sie nickte, atmete kontrolliert aus und schloss die Augen.

Und dann war sie da. Klein und klebrig, schrumpelig und entgegen all dem, was sie sich vorgenommen hatte, was ihr rationaler Plan gewesen war, wusste Orna, dass dieses Menschlein ab jetzt irgendwie Teil ihres Lebens war.

Die Hebamme hatte sie ihr in die Arme gedrückt und Orna betrachtete das kleine, rundliche Gesicht, die gerötete Haut, die geschwollenen Lider der leicht schrägen Augen, den zahnlosen Mund. Sie schob mit dem Daumen den Flaum auf dem Kopf zur Seite, die kleine Hand griff nach ihren Fingern und nach den Stunden voller Schmerzen und Schreien, der Erschöpfung und der Scham, mehrmals die Kontrolle verloren zu haben, erwartete Orna einen Schwall an Gefühlen. Überbordende Liebe oder manifestierte Verzweiflung, weil sie jetzt doch ein Kind hatte. Mindestens Tränen der Erleichterung. Aber sie war erstaunlich ruhig und klar. Vollkommen ausgelaugt, aber auch vollkommen da. All ihre Empfindungen in den Spitzen der Finger, die Mia berührten.

Bei allem, was sie für dieses kleine Wesen durchgemacht hatte, war es tatsächlich irgendwie ein Wunder. Ein Entstehen gegen alle Chancen, ein Weitermachen gegen ihren Willen, ein Dasein trotz aller Widerstände. Erst dann nahm sie Ben wahr, der neben ihr saß. Er war vornübergebeugt und sah seine Tochter an, ließ sie nicht aus den Augen. Rotz und Wasser liefen ihm über die Wangen und durch den Bart. Orna lächelte erschöpft. Wenn er so dankbar blieb und die Realität in etwa so verlief, wie er sich das gedacht hatte, dann war es diese Mühe wert gewesen.

Und dann bemerkte sie das ernste Gesicht der Hebamme und den Blick, den sie dem Arzt zuwarf.

46

Ist Mia bei dir?

Die sind immer noch am Kettcarfahren. Wenn ich sie mal erwische, sag ich ihr Bescheid.

Orna ist da. Mia hat ihr geschrieben. Ich erzähle später. Wir essen jetzt.

Als Antwort erhält Ben ein GIF mit dem Dschinni aus Aladdin, dem der Mund offensteht.

Seine Mutter sieht ihn fragend an, Ben nickt ihr zu und weiß selbst nicht so genau, was er damit alles sagen will.

„Wenn Rita sie sieht, schickt sie sie her."

Er setzt sich Orna gegenüber. Er hat ihr schon immer am liebsten gegenübergesessen. An manchen Abenden hatte er ihr so fasziniert zugesehen, dass erst die Umgebung und dann auch jedes Geräusch im Hintergrund verschwanden. Die Freude, mit der Orna erzählte, wie sie Menschen unterhalten und wie sie mit ihrer Begeisterung andere anstecken konnte. Für Ben war das wie ein Lagerfeuer, er konnte es stundenlang beobachten. Und am schönsten war der Moment, in dem sie seinen Blick fing und ihr klar wurde, wie sie für ihn leuchtete. Dann wurde sie rot, lachte kurz und griff über den Tisch, drückte seinen Kopf zur Seite, wie um einen Bann zu brechen.

Gegen Ende ihrer Beziehung, als fast jedes Gespräch zwischen ihnen laut wurde und er nur noch mit Bauchschmerzen einschlief – neben ihr, weil er sich nicht traute, aufs Sofa zu wechseln –, reagierte sie nur noch entnervt, wenn sie seinen Blick spürte.

„Lass das. Starr die Wand an."

Jetzt blickt Orna ihn auf eine Weise an, die er nicht lesen kann.

Salome reicht ihr das Brot.

„Schön, dass du da bist."

Allen ist klar, dass sie das nicht Orna, sondern den anderen sagt. Emil schnaubt.

„Hat ja nur zwölf Jahre gedauert."

Er füllt gerade einen Teller mit Chili und hält ihn Ben hin. Erst dann realisiert er, dass jetzt alle zu ihm sehen. Er presst die Lippen zusammen und nimmt sich Ornas Teller mit einem gezwungenen Lächeln, das nicht die Augen erreicht. Das niemand ernst nehmen kann. Orna bedankt sich, ohne Emil anzusehen. So, dass auch das niemand ernst nehmen kann.

Sie betrachtet den leeren Platz neben Ben.

„Wo ist sie?"

Ben zuckt entschuldigend mit den Schultern.

„Mit ihrem besten Freund unterwegs. Offensichtlich irgendwo, wo sie mich gerade nicht hört. Oder nicht hören will."

Orna nickt langsam.

„Kennt ihr diese Anspannung vor einem wichtigen Treffen? Dieses Sich-Wappnen? Ich hab versucht, mir das auszumalen. Verschiedene Versionen davon. Und jetzt ist sie gar nicht da."

Ein kleines Lächeln, dann schüttelt Orna die Verletzlichkeit ab und Ben bekommt eine Gänsehaut. Ein alter Reflex will über den Tisch greifen, aber er hält sich zurück.

„Sie kommt schon noch. Und sie wird sich freuen."

Emil stellt die große Holzschüssel mit Salat in die Tischmitte. Ben hat wochenlang an dieser Schüssel gearbeitet, vor Jahren. Er wusste nicht, dass sie noch im Haus ist, Emil muss sie ganz hinten aus dem Schrank gezogen haben.

„Kann ich ja nicht sagen, ob sie sich freut."

Salome schlägt mit den flachen Händen auf den Tisch.

„Papa, wir haben's verstanden. Du findest es scheiße, dass Orna damals gegangen ist. Aber tu nicht so, als ob du irgendwie besser bist. Wer seine Frau betrügt, braucht nicht mit Steinen werfen."

Orna schaut überrascht von einer zum anderen.

Salome schüttelt den Kopf, sieht erschöpft aus.

„Entschuldige, Mama, das ist unfair, dir gegenüber. Ich wollte das jetzt nicht aufbringen."

Milena ist ganz offensichtlich traurig und müde, emotional erschöpft, aber sie sitzt aufrecht und hält Emils Blick stand, bis er die Stirn runzelt und den Tisch absucht.

„Orna, wenn ich mich richtig erinnere, isst du gerne scharf. Ich hole das Öl." Emil geht aufs Haus zu, bleibt stehen. „Das hat sie von dir."

Dann verschwindet er in der Tür.

Milena legt ihre Hand auf Ornas Schulter und Ben wünscht sich, es wäre seine.

„Entschuldige."

Orna zieht überrascht die Brauen hoch und schüttelt den Kopf.

„Du brauchst dich für nichts zu entschuldigen. Wenn, dann soll Emil das selbst machen." Sie greift nach der Hand auf ihrer Schulter. „Und offensichtlich sollte er sich nicht nur bei mir entschuldigen."

Milena hebt die Schultern, dann sackt sie zusammen.

„Es ist kompliziert."

Salome schüttelt heftig den Kopf.

„Ist es überhaupt nicht. Papa hat mit einer anderen geschlafen. Er hat dich betrogen, verhält sich jetzt wie ein Arschloch und hat noch nichtmal die Größe, darüber zu reden."

Sie spricht laut und wütend, über die Köpfe der anderen hinweg in Richtung der offenen Tür. Aber Milena schüttelt den Kopf.

Emil kommt heraus, schwenkt die kleine Flasche sanft und stellt sie auf den Tisch. Die roten Flocken und schwarzen Pigmente wirbeln umher und setzen sich langsam ab. Seit Jahren macht Emil dieses Öl selbst, Chili aus dem Garten, gutes Olivenöl aus Spanien, über eine Freundin dort in großen Kanistern importiert, und eine Handvoll frisch gemahlenen schwarzen Pfeffer.

Orna sieht das Öl an, runzelt die Stirn.

„Hab ich euch nicht damals das Rezept dafür gegeben?"

Auch daran erinnert Ben sich. Wie Emil und Orna in der Küche standen und sie ihm zeigte, wie sie das Öl ansetzt und warum der frische schwarze Pfeffer nicht nur Schärfe, sondern auch eine weitere Geschmackskomponente hinzufügt. Und wie Ben im Wohnzimmer saß, den beiden zusah und ihm richtig warm ums Herz war, weil sein Vater und seine Freundin sich für eine gleiche Sache begeistern konnten, gemeinsam lachten und sich verstanden. Er hatte nicht aufhören können zu grinsen, glücklicherweise hatte ihm dabei niemand zugesehen.

Emil nickt flüchtig.

„Mia liebt es."

Irgendwas an dem Satz klingt in Bens Ohren wie ein Vorwurf.

Milena zieht ein Taschentuch aus der Hose, schnäuzt sich die Nase.

„Setz dich, Emil."

„Ich wollte gleich nochmal Brot ..."

„Setz dich."

Emil hebt beide Hände und setzt sich tatsächlich.

Salome sieht ihre Mutter irritiert an.

„Wie kannst du eigentlich so ruhig bleiben?"

Milena starrt auf das Taschentuch zwischen ihren Händen, spannt es über die Finger, als ob sie nach Fehlern im Stoff sucht.

„Emil hat mich nicht betrogen. Zumindest nicht so, wie ihr glaubt."

„Willst du das wirklich jetzt machen?"

Emil sitzt mit verschränkten Armen neben ihr und kann nicht verhindern, dass sein Blick kurz zu Orna wandert.

Orna legt beide Hände auf die Lehne und drückt sich schwungvoll aus dem Stuhl.

„Ich muss bei dem Gespräch nicht dabei sein."

Milena hält sie zurück und schüttelt den Kopf, wartet, bis Orna sich wieder gesetzt hat.

„Wir haben das viel zu lange versäumt, Emil. Ich will das genau jetzt machen."

„Und was ist mit ihr?"

Emil nickt in Ornas Richtung. Orna schließt die Augen und gibt ein ungläubiges Geräusch von sich.

Milena schüttelt wieder den Kopf.

„Sie ist da und sie bleibt da."

Sie steckt das Taschentuch wieder weg und sieht Emil ziemlich lange an.

„Ich habe es geliebt, tanzen zu gehen. Schon damals in Polen. Die ganze Nacht mit Musik zu verbringen, Bässe zu spüren und mich mit anderen Menschen zu bewegen. Ich musste die Leute nicht kennen. Ich wusste oft nichtmal ihre Namen. Aber für eine Nacht, manchmal sogar nur für ein Lied, waren wir sehr vertraut miteinander. So vertraut, dass ich diese Menschen auch gern berührt und geküsst habe. Nachdem ich Emil kennengelernt hatte, ging das natürlich nicht mehr. Klar, damals waren wir total für freie Liebe, aber das hat niemand wirklich lange durchgehalten. Wir sind unseren Eltern viel ähnlicher geworden, als wir jemals wollten. Ich habe diesen Mann geliebt." Sie hält inne und Emil ihren Blick nicht aus. „Ich habe dich geliebt. Aber ich konnte nicht mehr so tanzen gehen wie früher. Nicht mehr so frei sein."

Ben hat die wenigen Fotos seiner Eltern vor Augen, als sie noch unvorstellbar jung waren. Wie sie auf der Motorhaube des kleinen Volvos sitzen, weite Hosen, grelle Hemden und Papas Haare länger als die von Mama. Das Bild mit den ganzen Freunden im Garten von Onkel Zyga, in dem Salome und er noch gespielt haben, bevor die Stadt dort eine Neubausiedlung hingestellt hat. Und natürlich das Bild seiner Mutter am Badesee, im Bikini, umringt von mehreren Männern. Sie lacht in die Kamera und streckt dem Menschen dahinter die Hand entgegen. Als wolle sie zu ihm. Ein schönes Bild. Trotzdem macht ihm die Vorstellung, dass seine Mutter so tanzt und andere Leute küsst, ein ganz komisches Gefühl. Natürlich sind seine Eltern auch nur Menschen, die alle Arten von Gefühlen haben und alle möglichen Dinge tun, die nicht in das Bild der sich ewig liebenden Eltern passen. Aber trotzdem tut es weh.

Auch Milena sieht aus, als wäre sie gerade woanders. Doch dann schnaubt sie, holt ihr Bewusstsein wieder in die Gegenwart.

„Bevor ihr auf der Welt wart, haben Emil und ich uns auf eine offene Beziehung geeinigt."

Ihre Stimme klingt erstaunlich abgeklärt und nach diesem Satz schwappt Stille zwischen ihnen hin und her.

Salome blinzelt, als erwache sie aus einem Traum.

„Was?"

Milena zuckt mit den Schultern, faltet die Hände, wendet sich Salome zu.

„Wir haben eben bemerkt, dass unsere Bedürfnisse nicht durch einen einzigen Menschen gedeckt werden können. Auch wenn dieser Mensch ganz toll war."

Sein Vater lässt sich nichts anmerken, sitzt seit Beginn des Gesprächs in der gleichen Haltung am Tisch, die Arme immer noch verschränkt, aber Ben fällt die Vergangenheitsform auf und er fragt sich, ob Emil diesen Stich genauso spürt wie er. Er ist sich gerade nicht mehr sicher, was sein Vater getan hat, dass er von seiner Mutter rausgeworfen worden ist. Aber er kennt das Gefühl, scheinbar bedingungslos, überbordend und endlos geliebt zu werden. Und dann eben nicht mehr. Die Leere zwischen seinen Eltern kann er fast physisch greifen. Und obwohl es nicht um ihn geht, geht es immer noch um seine Eltern, seine Familie. Um die Menschen, die am längsten in seinem Leben sind. Und das bricht ihm das Herz.

Milena seufzt.

„Ich wollte nicht, wenn ich Mitte 60 bin, das Gefühl haben, dieses Leben mit angezogener Handbremse geführt zu haben. Also haben wir die Tür unseres goldenen Käfigs geöffnet."

„Und das gilt bis heute? Warum haben wir das nie mitbekommen?"

Milena zuckt mit den Schultern.

„Wann ist der richtige Zeitpunkt, so etwas den Kindern zu erzählen? Und tatsächlich ist es im Laufe der Zeit auch ziemlich eingeschlafen." Sie sieht auf, nickt in Richtung des Dorfplatzes. „Besonders, nachdem wir hierhergezogen sind."

Ihre Stimme klingt abschätzig, und Ben kann sie verstehen. Nachdem er damals mitten in der Nacht und im Regen mit Mia hier angekommen ist, leuchtete am nächsten Morgen das Handy auf und Rita fragte, ob er wirklich zuhause sei und warum sie das noch nicht wisse. In Dörfern sind Informationen schneller als Licht.

„Also haben wir nichts gesagt und alle dachten, wir sind das ganz normale Paar mit zwei Kindern, ein Mädchen, ein Junge, fünf Jahre Abstand. Das war das Einfachste."

Salome schüttelt ungläubig den Kopf.

„Okay. Ihr beide schlaft manchmal auch mit anderen Menschen. Warum ist das dann dieses Mal ein Problem?"

„Wir haben Regeln aufgestellt. Keine emotionale Bindung. Nur *Spaß*."

Beim letzten Wort malt Milena Gänsefüßchen in die Luft.

Emil schnaubt.

„Ich fand die Regel schon immer scheiße."

Milena sieht ihn mit eisigem Gesicht an und alle am Tisch merken, wie die Stimmung sich gerade geändert hat. Seine Eltern führen dieses Gespräch nicht zum ersten Mal und Ben schaudert, als er die Muster von seinen Streitereien mit Orna wiedererkennt. Offensichtlich hat er von seinen Eltern mehr übernommen, als er geahnt hat. Wenn er richtigliegt, dann werden sie sich gleich anschreien.

Milena richtet sich auf.

„Ich weiß, Emil. Aber wenn du jemandem emotional nahe bist. Und körperlich." Ihre Hand zeigt in den Raum zwischen ihnen. Noch ist ihre Stimme ruhig, aber ihre Bewegung ist hastig und geladen. „Wo ist dann der Unterschied zu dem hier?"

„In meinem Kopf! Und in meinem Herzen! Thekla ist einfach nur eine Freundin. Und ich hab dir doch gesagt, dass es gar nicht um sie geht!"

Emil tippt sich übertrieben heftig gegen seinen Schädel und beugt sich nach vorne. Sein Ton ist härter geworden, lauter.

Milena wendet sich ab, macht eine wegwerfende Handbewegung.

„Du wolltest schon immer mal mit ihr schlafen. Sie hat dich aber nicht rangelassen, also hast du sie getröstet, als dieser Typ sich von ihr getrennt hat! Sie hat dich damals ihren besten Freund genannt! Und genau das ist das, was nicht passieren sollte!"

Schon als Kind hat Ben es gehasst, wenn er mitbekommen hat, dass seine Eltern sich streiten. Vielleicht wusste er tief in sich schon damals, dass seine Eltern auch nur Menschen sind. Jetzt fühlt es sich an, als ob eine ziemlich alte Wut ausbricht, wie erneut die Erinnerung an eine glückliche Kindheit bröckelt.

Orna schiebt ihren Stuhl nach hinten.

„Nochmal. Ich möchte bei diesem Gespräch ungern dabei sein. Das hat nichts mit mir zu tun."

Emil schlägt mit der flachen Hand auf den Tisch, das Besteck klirrt auf den Tellern und Orna erstarrt in ihrer Bewegung.

„Ja, Orna, mach das doch wie immer. Wenn es unangenehm wird, dann gehst du. Hat ja alles nichts mit dir zu tun. Du setzt ein krankes Kind in die Welt und dann gehst du einfach."

Bens Kehle wird eng, sein Kopf wird rot und unter dem Tisch ballen sich seine Fäuste, damit seine Hände nicht zittern. Diese alte Wunde, die vor zwölf Jahren entstanden ist, von der er dachte, er hätte sie zumindest für sich und seine Familie geschlossen. Bei seinem Vater ist sie offensichtlich all die Jahre offen, nässt und eitert vor sich hin.

„Mia ist nicht krank."

Emil winkt ab, sieht Ben verständnislos an.

„Das konnte ich schon damals nicht begreifen, als du uns im Krankenhausflur davon erzählt hast. ‚Sie haben sie komplett untersucht. Sie hat das Down-Syndrom, aber sie ist gesund.' Was soll das denn heißen? Schön und gut, dass Mia kein Loch im Herzen hat."

Emil stockt und sein Blick wird traurig. Er steht zitternd auf. Für einen Moment sieht es so aus, als ob er einfach gehen wird. Aber dann kommt er zurück, stützt sich mit den Fäusten auf den Tisch und Ben sieht die Tränen in den Augen seines Vaters.

„Ich weiß, wie sehr du ein Kind wolltest. Und ich weiß, wie sehr du Mia liebst und ihr das beste Leben schenken willst. Und weißt du was, du hast Recht, vielleicht ist sie wirklich nicht krank." Emil verstummt, schluckt und braucht einen Moment, bevor er weiterreden kann. „Aber tut mir leid, sie ist behindert. Sie braucht mehr Aufmerksamkeit und Liebe. Und die bekommt sie von dir. Und auch von uns."

Er sieht Ben noch einen Moment länger an und Ben weiß, dass er es ehrlich meint. Dann blickt Emil zu Orna.

„Aber dir war das offensichtlich zu viel."

„Papa!"

Salome steht der Schock und die Fassungslosigkeit ins Gesicht geschrieben.

„Ist doch so. Sie hat Ben einfach hier sitzen lassen und damit sein Leben kaputtgemacht. Er könnte genauso erfolgreich sein wie du, wenn er sich nicht alleine um Mia kümmern müsste."

Salome zieht zischend Luft ein. Orna sieht sie voller Mitgefühl an und Ben ahnt, dass sie an Salomes Fehlgeburt denkt. Dabei weiß sie noch gar nicht alles. Er ist erschrocken darüber, was Emil alles zurückgehalten hat all die Jahre. Und wenn er all das schon immer gedacht hat, aber nie drüber geredet, was ist da noch? Und will er überhaupt alles wissen?

„Ich könnte dann so erfolgreich sein wie meine Schwester, die gleich zwei Fehlgeburten hatte?"

Orna stöhnt auf, schließt die Augen, bedeckt ihr Gesicht mit der Hand. Salomes Blick hängt irgendwo auf dem Tisch. Emil starrt sie an und will irgendwas sagen, aber Salome schüttelt vehement den Kopf.

Zwei Atemzüge lang ringt Emil mit sich, dann dreht er sich zu Ben, greift nach seiner Schulter und auch Ben will instinktiv zurückweichen.

„Glaub mir, ich liebe Mia. Sie ist die Beste. Aber ich hab in dieser Firma echt geschuftet, damit ihr es mal besser habt. Ich wollte, dass ihr erfolgreich seid. Ich wollte euch alles ermöglichen. Ich wollte, dass ihr machen könnt, was ihr wollt, wo ihr es wollt. Aber dann kommt sie und lässt dich mit dem Kind sitzen."

Ben spürt das Kribbeln am ganzen Körper, die Wut und den Schmerz, das Mitleid und den Schock. Spürt, wie sein Gesicht sich verzieht. Er zeigt auf Orna und seine Stimme droht zu brechen, aber er hält sie ruhig.

„Bevor Orna kam, saß ich mit Anfang 20 immer noch in meinem Kinderzimmer. Sie hat mich hier rausgeholt. Und sie hat mich nicht mit Mia sitzen lassen. Sie hat mir das größte Geschenk gemacht."

Emil sieht ihn verständnislos an.

„Aber sie hat dich danach damit alleine gelassen."

Ben kann nur noch stockend durch die Tränen atmen.

„Ist dir bewusst, dass du von meiner Tochter redest? Sie ist genau das, was ich wollte." Er zeigt auf das Haus und die Scheune. „All das ist genau das, was ich will. Mit Holz und meinen Händen Geld verdienen und mein Kind auf diese Welt vorbereiten. Wenn du wirklich willst, dass ich machen kann, was ich will, dann gratuliere, das hast du geschafft."

Emil breitet die Arme aus, in einer Geste, die alles einschließt.

„Aber wolltest du nie mehr? Mehr von der Welt sehen? Andere Kulturen kennenlernen? Frei sein? Weißt du, wie sehr ich kämpfen musste, damit ich unterwegs sein konnte und nicht gefangen war in diesem Kaff, aus dem meine Eltern bis zu ihrem Tod nicht mehr rausgekommen sind?"

Salome lacht bitter auf. Sie kauft ihm den Pathos schon lange nicht mehr ab.

„Natürlich wissen wir das. Du erzählst es uns, seit wir zuhören können."

Emil ignoriert sie, sieht weiter Ben an. Ben lehnt sich nach vorne, seinem Vater entgegen. Wut und Trauer und Tränen, die er nicht mehr zurückhält.

„Weißt du, was ich immer wollte? Einen Vater, der mich liebt. Der mir mal sagt, dass er stolz auf mich ist.“ Ben spürt all die Momente, in denen er sich nach Anerkennung seines Vaters gesehnt hatte, auf einmal. Sie überlagern sich und durchziehen sein ganzes Leben. Nur einmal eine Umarmung, ein Nicken, die richtigen Worte. Er zieht den Rotz hoch und zuckt resigniert mit den Schultern. „Und der mir nicht bei meiner allerersten Ausstellung sagt, dass die Schilder nicht lesbar sind.“

Emil runzelt die Stirn und seine Augen driften nach oben links ab, als ob er sich zu erinnern versucht. Und die Tatsache, dass er offenbar gar nicht weiß, wovon Ben redet, ist das Schlimmste. Dass dieser Moment, der sich so sehr in Bens Seele und Sein gebrannt hat, für seinen Vater so unbedeutend ist.

„Du weißt das nicht mal mehr.“

Emil macht eine wegwerfende Handbewegung, er schüttelt Bens Worte einfach ab, was Ben nur noch mehr trifft.

„Darf ich dich also nicht kritisieren?“

Ben schaudert. Er hat dieses Gespräch in seinen Gedanken so oft durchgespielt. Was er gerade erlebt, ist die schlimmste Version dessen, was er sich vorstellen konnte. Einen Vater zu haben, der wirklich nicht versteht, warum Ben so verletzt war. Es immer noch ist.

„Es geht nicht um die Kritik. Ging es nie. Es geht um den Moment. Um dein Timing und die fehlende Empathie.“

Emil verschränkt wieder die Arme. Macht sich groß, sieht auf seinen Sohn herab.

„Natürlich liebe ich dich. Und ich bin stolz auf dich. Aber das weißt du doch. Das muss ich doch nicht extra sagen.“

Ben spürt die Gänsehaut und die Resignation.

„Doch. Manchmal wäre es toll, wenn du das auch sagen würdest."

Eine Hand legt sich auf Bens zusammengeballte Fäuste und er sieht auf, sieht Salome, ihre nassen Augen und er weiß, dass es ihr genauso geht.

Emil zieht hörbar die Luft ein.

„Benaja, falls ich dich damals verletzt habe, dann tut es mir leid. Und jetzt guten Appetit euch, das Essen wird kalt."

Emil schöpft sich Chili auf und hebt den Löffel zum Mund.

„Ich lass mich von dir nicht verurteilen und auch nicht das Wort verbieten. Du hast offensichtlich ein paar Probleme mit deiner Frau und mit deinen Kindern. Aber lass deine Wut nicht an mir aus."

Der Löffel schwebt in der Luft, Emil starrt Orna an.

„Und obwohl es dich überhaupt nichts angeht, zwingst du mich, mich zu verteidigen. Ich hab Ben nicht im Stich gelassen." Ornas Blick wandert zu Ben. Er ist voller Wut. „Und was bist du für ein rückgratloses Arschloch. Du hast es ihnen nie erzählt."

Die Augen aller sind auf Ben gerichtet, irritiert und aufmerksam. Er sieht die Fragen, die sie ihm stellen wollen, spürt das Knarren und den Widerstand seiner Geheimnisse, die aus dem Schatten gezerrt werden. Alle Sätze, die er seit zwölf Jahren innerlich probt und für die er nie den Mut und den richtigen Moment gefunden hat, liegen ihm auf der Brust. Pulsieren im schnellen, beschämten Rhythmus seines Herzens. Für einen Moment gibt er sich der Hoffnung hin, dass er doch noch irgendwie aus der Sache rauskommt, ohne reden zu müssen. Und einen Moment später ist die Hoffnung irgendwo anders, aber er immer noch hier, in der Stille, die auf ihm liegt.

„Also, nachdem Orna schwanger geworden ist …"

„Nein. Fang ganz vorne an."

In einem der vielen parallelen Leben verläuft die Zeit langsamer und auch dort ist Ben in seinen Gedanken immer wieder. Raststätte, Regen und die Aussicht auf eine stundenlange Autofahrt mit diesen beiden Kerlen auf dem Rücksitz, die sich seit zehn Minuten darüber unterhalten, welcher Mahlgrad für den Espresso am besten ist, wenn die Bialetti mit kaltem Wasser auf einem Gasherd verwendet wird. Nur, dass Orna in dieser Version nie einsteigt.

Ben fährt sich mit der Hand über die Augen, wischt das Bild zur Seite.

„Ich war gerade auf dem Weg hierher, von diesem Praktikum in Hamburg, und hab per Mitfahrgelegenheit drei Leute mitgenommen. Hinten saßen schon zwei, draußen regnet es ohne Ende. Und dann steigt Orna ins Auto, lässt sich auf den Beifahrersitz fallen, schüttelt sich den Regen aus den Haaren, lacht erleichtert auf und wirft mir diesen langen, offenen Blick zu und ich weiß, dass ich mit dieser Frau mehr Zeit verbringen möchte."

47

Sie hatten ihr Mia wieder abgenommen, sanft, aber bestimmt, und so routiniert, dass Orna noch einen Moment länger auf ihre leere Brust starrte, irritiert von der Leichtigkeit und der Kühle ohne den kleinen Körper auf ihr. Weitere Tests. Ganz normal. Keine Sorge. Aber irgendwas war anders. Die angespannte Vorfreude auf das Kind war plötzlich weg, niemand gratulierte ihnen. Auch Ben bemerkte es. Er schwieg, aber saß so blass neben ihr, dass sie Angst hatte, er könnte gleich umkippen.

Eine Schwester brachte Mia irgendwann wieder, und als der Arzt reinkam, legte sie ihre Hand auf Bens und er klammerte sich an ihr fest.

„Es tut mir leid, dass wir Sie so lange im Unklaren gelassen haben, aber wir wollten erst sichergehen." Er hob das Klemmbrett hoch, wie als Beweis. Oder um zu zeigen, dass er nichts dafür konnte und nur der Überbringer der Nachricht war. „Ihre Tochter hat mit hoher Wahrscheinlichkeit Trisomie 21. Zumindest hat sie sichtbare Merkmale. Das Ergebnis der genetischen Analyse wird erst in ein paar Tagen da sein. Aber wir sind uns sehr sicher."

Die leicht schrägen Augen, das rundliche Gesicht. Und als dieses kleine Wesen nach ihrem Finger gegriffen hatte, war ihr die Furche aufgefallen, die quer über die Handfläche verlief. Wenn sie nicht so erschöpft gewesen wäre, vielleicht hätte sie eine Ahnung gehabt.

Sie hatten über pränatale Untersuchungen geredet, natürlich. Orna war jung und gesund und hatte nie eine Fehlgeburt oder Abtreibung gehabt. Es war keine Risikoschwangerschaft. Und letzten Endes hatte Ben sie angeschaut und mit hochgezogenen Schultern eine Entscheidung getroffen.

„Es ist ziemlich egal, was bei der Untersuchung rauskommen wird. Ich will mich um dieses Kind kümmern."

Also hatten sie die Untersuchungen nicht gemacht. Und obwohl sie wussten, dass es eine Wahrscheinlichkeit gab, dass das Kind in irgendeiner Form krank oder eingeschränkt oder sogar tot zur Welt kommen könnte, insgeheim hatten sie beide nicht gedacht, dass es sie treffen würde. Bei einer so kleinen Chance.

Orna sah den Arzt an.

„Down-Syndrom?"

„Richtig. Glücklicherweise hat sie keinen Herzfehler und auch der Darm und die anderen Organe weisen keine Fehlbildung auf. Sie haben eine gesunde Tochter auf die Welt gebracht. Gratulation."

Ben runzelte die Stirn und auch Orna war irritiert.

„Warum verhalten sich dann plötzlich alle so, als hätte sie nur ein Jahr zu leben?"

Der Arzt zögerte für einen langen Moment. Als würde er abwägen, was er antworten konnte. Wie viel er ihnen zumuten konnte.

„Trisomie 21 prägt sich tatsächlich ganz unterschiedlich aus. Und es ist noch viel zu früh, um zu sagen, wie sich Ihre Tochter entwickeln wird." Er warf einen kurzen Blick auf seine Unterlagen. „Mia."

Ben schüttelte den Kopf, betäubt und ungläubig zugleich.

„Aber was heißt das jetzt? Ist das nicht bei jedem Menschen so? Dass man nicht sagen kann, wie er oder sie sich entwickelt?"

„Im Fall von Mia rate ich Ihnen, besonders aufmerksam zu sein."

Ben sah seine Tochter eine ganze Weile an und nickte langsam.

„Na klar. Das wird sowieso passieren."

48

„Ich habe Orna versprochen, dass ich euch alles erzähle, wenn Mia da ist.“

Salome boxt Ben gegen die Schulter. So fest, dass er ein paar Tage lang einen blauen Fleck haben wird.

„Warum hast du dein Versprechen nicht gehalten?“

Er hört die Tränen in Ornas Stimme.

„Weil es noch schlimmer wurde.“

49

Wenn sie niesen musste, kam immer ein bisschen Urin unten raus, wenn sie wirklich pinkeln musste, brannten die aufgerissenen Vulvalippen, und wenn sie aufstand, fühlte sie sich, als ob ihr jemand die Bauchmuskeln rausgerissen hatte, instabil und viel zu weich. Zwei Monate voller Schlaflosigkeit und Schmerzen, blutigen Toilettengängen und allen Gefühlen zwischen tiefster Reue in der Nacht und ungreifbarer Faszination am Tag, die alles vergessen ließ. Für ein paar Stunden. Bis Orna um Viertel vor vier in der Nacht das sanft schmatzende Baby Ben in die Arme drückte und dieses immer stärker werdende Gefühl endlich in Worte fasste.

„Das war's, Ben. Ich hab meine Aufgabe erledigt."

Mia konnte niedlich sein, wenn sie so friedlich in Bens Armen lag, der Traum eines süßen Engels. Aber Ornas ganzer Körper war durchsetzt von Müdigkeit, die sich so tief anfühlte, dass kein Schlaf jemals genügen konnte. Und all ihre Bedürfnisse hatten sich seit zwei Monaten, eigentlich fast einem ganzen Jahr diesem Wesen untergeordnet.

„Ehrlich gesagt, wenn ich gewusst hätte, was ich jetzt weiß, hätte ich es nicht gemacht. Ich muss dir das jetzt sagen, damit ich nicht wieder einknicke. Morgen zieht ihr aus."

Ben war jede Nacht mit ihr wach, quälte sich aus dem Bett, wenn sie was aus der Küche brauchte, deckte sie zu und lehnte sich mit seinem Rücken an ihren, wenn sie aufrecht im Bett saß, weil sie vor Schmerzen nicht mehr liegen konnte. Er sah so müde aus, wie sie sich fühlte.

Sein Kopf schnellte nach oben und sie fragte sich, woher er die Energie nahm.

„Jetzt schon? Und wo soll ich hin?"

Die gleiche Frage hatte Orna sich schon seit Wochen gestellt. Sie hatten das damals, in diesem anderen Leben, zwar alles durchgesprochen und Ben hatte geschworen, dass er sich darum kümmerte. Er würde eine eigene Wohnung haben, wenn Mia da war. Aber während er Mia fütterte, sie wickelte, ihr vorsang und mit ihr durch die Nacht spazierte, hatte Orna nie mitbekommen, dass er nach einer neuen Bleibe suchte.

Sie zuckte mit den Achseln.

„Du hattest lang genug Zeit. Hast du dich nicht gekümmert?"

Ben betrachtete Mia, wiegte sie sanft in seinen Armen.

„Ich kenne sie erst so kurz und trotzdem kann ich mir ein Leben ohne sie nicht mehr vorstellen. Ich bin vollkommen überfordert und weiß nicht, wie das alles wird, wenn sie irgendwann selbst laufen und krabbeln kann und diese Welt erkunden. Was, wenn sie anfängt, sich Dinge in den Mund zu stecken? Und dann noch die Trisomie. Wie soll ich sie denn vor irgendwas schützen? Aber ich will all das lernen und hinkriegen." Er sah Orna an, voller Hoffnung und dem Willen, der beste Vater für Mia zu sein. Aber dann war da noch was und sie konnte nicht greifen, ob es Wut war oder Enttäuschung. Oder einfach nur ehrliches Interesse. „Geht's dir nicht auch so? Willst du wirklich ohne sie weiterleben?"

Mia war toll. Sie hatte Ornas dunkle Haare und ihre Augen. Und wenn sie sie voller Neugier anstarrte, in einer Art, die bis in Ornas Seele reichte, und ihre winzige Hand ausstreckte, dann spürte auch Orna, wie nah ihr dieses kleine Wesen war. Und trotzdem merkte sie jeden Tag, dass das nicht das Leben war, das sie wollte.

Sie vermisste es, selbst entscheiden zu können, wann sie aß und ob sie den Tag am Schreibtisch, mit anderen Menschen oder einfach nur mit dem Laptop im Bett verbringen wollte. Sie vermisste ihre Leute und all die Gespräche über den Klimawandel, über Politik und den besten Ort in der

Stadt, an dem sie den Abend verbringen würden. Gespräche darüber, ob Mia schon genug gegessen hatte, ob ihre Muskulatur stark genug und wie fest der Kot in der Windel war, ödeten sie an. Und wenn sie dann realisierte, dass dieses Kind nicht nur zu Besuch war, erfasste sie eine kalte Angst. Weil diese Version ihres Lebens, in der sie wirklich Mutter war, mit jedem Tag greifbarer und gleichzeitig unvorstellbarer für sie wurde. Diese Frau wollte sie nicht sein.

Sie fuhr sich erschöpft über die Augen, drückte dann den Rücken durch und verschränkte die Arme. Hoffentlich konnte sie sich stärker zeigen, als sie sich fühlte.

„Ben. Das war der Deal. Und du hast zugestimmt. Von mir aus geh zu deinen Eltern. Aber ich kann das wirklich nicht länger."

Bis gerade hatte Ben noch voller müder Liebe das Kind angesehen. Jetzt starrte er auf den Boden, gebrochen und verloren, wie jemand, der nicht wusste, wie man durch dieses Leben kam. Aber wer wusste das schon?

Orna seufzte.

„Bis Ende der Woche. Aber bitte kümmer dich drum."

Bens Gesicht leuchtete auf und er nickte entschieden.

„Okay."

Sie winkte ab und wankte zurück ins Bett. Sie konnte den Montag nicht erwarten.

***

Bens Stimme sprach sanft auf sie ein, er versuchte, sie zu beruhigen, aber Mias Schreie drangen durch den Flur und die Türen bis ins Schlafzimmer. Orna konnte nicht zählen, wie oft sie in dieser Nacht schon auf die Uhr geschaut hatte. Mia war schon am Abend unruhig gewesen und Ben mit ihr im Wohnzimmer geblieben. Orna genoss es, das Bett für sich zu haben. Keine Angst, die Kleine zu erdrücken, kein anderer Körper, auf den sie achten musste, keine Bewegungen neben ihr. Aber solange Mia zwei Türen weiter mit weit geöffnetem Mund schrie und schluchzte, konnte Orna zwar allein sein, aber trotzdem nicht schlafen. Sie stöhnte auf, genervt, strampelte blind die Decke zur Seite und stieg mit dem Rest ihrer Energie aus dem Bett.

Im Wohnzimmer schaute Ben ihr verzweifelt entgegen.

„Entschuldige. Ich wollte dich nicht wecken."

Orna rieb sich den Schlaf aus den Augen.

„Schon klar, dass du das nicht willst. Passiert aber trotzdem."

Sie betrachtete ihn, wie er all seine Aufmerksamkeit in dieses kleine Wesen steckte, sie wiegte und nah an sein Gesicht hielt. Wie er auf ihre Bewegungen reagierte und sein Gesicht verzog, wenn sie ihres verzog. Wie er versuchte, sie mit seiner Stimme einzulullen, und sie doch wieder tief Luft holte und schrie. Orna wandte den Kopf, als ob der Lärm dann an ihr vorbeiziehen könnte, und wartete eine Atempause ab.

„Wir hatten gesagt, bis Ende der Woche."

„Ich bin noch nicht dazu gekommen, sorry, Orna. Ich kümmer mich morgen drum. Ich bin bald weg."

„Blödsinn. Das erzählst du seit Wochen."

Sie sah sich im Wohnzimmer um. Bens Sachen lagen überall, die Couch war ausgezogen, das Laken fleckig, daneben die Wickeltasche und Klamotten von Mia, und sie konnte nicht unterscheiden, welche dreckig waren. Die ganze Wohnung roch nach einer Mischung aus Babypuder, Öl und vollen Windeln. Sie schob eine Boxershorts von Ben mit dem Fuß beiseite, schüttelte entschieden den Kopf und verschränkte die Arme. Sie wollte das nicht mehr.

„Morgen packst du deine Sachen."

Ben streckte ihr die Kleine entgegen und drückte sie dann noch fester an sich.

„Dein Ernst? Das kannst du nicht machen. Was für ein Mensch bist du denn?"

Für einen Moment wollte Orna sich verhört haben. Halluzination durch Schlafmangel. Aber Ben sah sie entgeistert an, vorwurfsvoll. Sie versuchte, der Wut keinen Raum zu geben, und spürte den Impuls, sich verteidigen zu wollen. Ben vor die Füße zu spucken, was sie alles für ihn getan hatte und dass er kein Recht hatte, sich jetzt so aufzuführen. Bis er irgendwann einknicken würde und sich entschuldigen, mit knirschenden Zähnen und ganz leise, nicht nur weil sie Recht hatte und er das wusste. Sondern auch, damit Mia nicht aufwachte. Sie würde genervt abwinken, zurück ins Zimmer gehen, und obwohl Ben ihr Recht gegeben haben würde, bliebe diese nagende Ungewissheit, was für ein Mensch sie wirklich war. Sie wollte keine Mutter sein. Aber konnte sie ihn mit einem Kind allein lassen? Schlimmer noch, mit einem Kind mit Down-Syndrom? Sie würde ihm nochmal eine Handvoll Tage geben und dann würde sich all das wiederholen. Wie es schon ein paar Mal passiert war.

Ben starrte sie kampflustig an und Orna stockte. Weil sie plötzlich verstand, dass er keine Antwort erwartete. Er wusste die Antwort schon. Er wartete nur auf ihren Angriff, damit er sich entschuldigen konnte. Sie kniff die Augen zusammen.

„War das die ganze Zeit dein Plan?" Sie sah sich nochmal im Wohnzimmer um und keuchte ungläubig auf. „Wolltest du einfach hierbleiben?"

Ben schüttelte den Kopf, zu schnell und entschieden.

„Ich hatte keinen Plan."

Er drückte Mia näher an sich und sah sie an, als hoffte er jetzt auf einen Schrei. Aber sie schob ihre Faust über die Wangen und die geschlossenen Augen und griff nach seinen Haaren.

„Aber ich dachte, na ja, vielleicht baust du durch die Schwangerschaft und durch die Geburt eine Verbindung zu ihr auf. Überlegst es dir doch anders."

Orna spürte, wie sich die Härchen auf ihren Armen aufstellten. Weil jede nette Geste der letzten Monate, alle Aufmerksamkeit und sein ganzes Verhalten plötzlich nur noch Teil einer großen Hoffnung waren. Seiner Hoffnung einer großen Liebe.

„Du wolltest nie ausziehen, stimmt's?"

Ben starrte sie an, mit offenem Mund, holte ein paar Mal Luft, aber da kam nichts. Der Trotz stand ihm ins Gesicht geschrieben.

„Das ist doch total normal, dass Mütter eine Bindung aufbauen und dann ihr Kind nicht mehr hergeben wollen. Ich dachte, das wird dir auch passieren."

„Das ist das, was du unter normal verstehst. Was in dieser Gesellschaft als normal gilt."

Ornas Wut war immer noch da, aber jetzt gesellte sich Enttäuschung dazu. Am liebsten hätte sie geheult. Aber das wollte sie ihm nicht geben. Sie suchte sich einen Weg durch das Chaos im Zimmer. Ben sah ihr hilflos zu und wollte immer wieder etwas sagen, aber das konnte er vergessen.

Sie sprach ruhig, aus dem Auge des Sturms, der in ihr tobte.

„Ich dachte, du weißt es besser. Haben wir nicht so viele Gespräche darüber geführt? Und jetzt tust du so, als wüsstest du nichts davon?" Sie griff sich an den Kopf. Konnte es tatsächlich nicht fassen. Die Wut in ihr biss sich ihren Weg durch die Kehle und Orna konnte sich nicht mehr zurückhalten. „Ist ja normal?! Wie einfach willst du es dir eigentlich machen? Meine Fresse!"

Mia wimmerte und Ben sah sie besorgt an und schte, um sie zu beruhigen. Er warf einen kurzen Blick zu Orna und sie sah, dass er wusste, dass sie Recht hatte. Zu spät.

„Ich hätte das Kind in der Schwangerschaft verlieren können. Wäre genauso normal gewesen. Oder jetzt mit Depression im Bett liegen. Oder tot sein, weil ich die Geburt nicht überlebt hab. Oder eben mit diesem Kind nichts zu tun haben wollen."

Sie merkte, wie laut sie geworden war, verstummte und betrachtete die Kleine, die sich in Bens Armen bewegte.

Er sah sie forschend an, eine komische Hoffnung in seinen Augen.

„Also willst du etwas mit ihr zu tun haben?"

„Ach, fick dich."

Orna ließ sich aufs Sofa fallen. Irgendwas drückte ihr in den Rücken, aber das war gerade egal. Sie schloss die Augen. Sie hatte die ganze Diskussion satt. Sie hatte keine Kraft mehr und war all das Gerede müde. Am liebsten würde sie einfach ins Bett gehen. Dieses Zimmer, Ben und Mia und all die Sachen hier hinter sich lassen. Aber dann wären sie morgen immer noch da. Und wahrscheinlich auch die Tage danach. Und diese Vorstellung konnte Orna nicht ertragen. Sie zwang sich, die Augen aufzumachen, und sah Ben an. Er tat ihr leid, aber sie hatte gleichzeitig das Gefühl, alles getan zu haben, was sie für ihn hätte tun können.

„Weißt du, was eigentlich das Krasse ist? Dass bei all den Dingen, die hätten schiefgehen können, alles gut gegangen ist. Die Kleine ist wirklich ein Wunder. Also halt die Klappe und hau ab." Sie streckte die Hände aus. „Gib sie mir und geh deine Tasche packen."

Ben warf einen Blick durchs Fenster, schüttelte irritiert den Kopf.

„Jetzt? Es ist mitten in der Nacht. Wo soll ich denn hin?“

Sie wusste, dass sie später ein schlechtes Gewissen haben würde. Aber sie musste jetzt stark sein.

„Mir egal. Du wirst jetzt dieses Haus verlassen.“

50

Emil erinnert sich an die Nacht, in der Ben vor der Tür stand. Ein paar Wochen vorher hatte er im Krankenhaus seine Enkelin kennengelernt und er konnte nicht anders, als nur an ihre Behinderung zu denken. Sah sie in ihrem Gesicht, in ihren Augen, in der Art, wie sie in die Welt schaute. Er wusste, dass er nicht die Kraft gehabt hätte, sie großzuziehen. Und als Ben im Regen vor ihm stand, mit der Kleinen auf dem Arm, wusste er, dass es Orna genauso ging. Ben hatte nichts gesagt. Aber das musste er auch nicht, Emil war sich sicher gewesen. Nur, dass er offensichtlich vollkommen falschgelegen hatte.

Er wiegt den Kopf und sieht Orna an. Er müsste sich bei ihr bedanken, für Mia, die sein Leben auf eine Art bereichert, wie es weder seine Frau noch seine eigenen Kinder jemals konnten. Niemand kann Gefühle so gut ausdrücken und mit der Wahrheit umgehen wie sie. Niemand zwingt ihn auf so konsequente Art, immer wieder neu über sich nachzudenken. Er müsste sich bei Orna auch entschuldigen, für alles, was er vorher gesagt hat. Und alles, was er die letzten Jahre über sie gedacht hat. Er hat es nie ausgesprochen, aber es Ben spüren lassen. Und jetzt ist er sich sicher, dass Ben das gar nicht verstehen konnte und Emils Ärger immer auf sich bezogen hat.

Er zuckt mit den Schultern.

„Ben hat nie etwas erzählt."

Orna zieht die Augenbrauen hoch. Vielleicht ahnt sie, dass da noch mehr ist, was er gerne sagen würde. Aber er schafft es nicht, den Mund wieder zu öffnen und weiterzureden. Sie schüttelt resigniert den Kopf, schnalzt mit der Zunge.

„Offensichtlich hat er es nie anders gelernt." Sie greift nach ihrer Tasche, steht auf und sieht aus, als würde sie gehen. „Ist ja scheinbar so ein Ding in dieser Familie, nie die ganze Wahrheit zu sagen."

Ben hat die ganze Zeit über kaum jemanden angesehen, sondern mit dem Messer gespielt, die Maserung des Holzes nachgezogen. Es tut Emil weh, ihn so zu sehen. Und trotz seiner Erkenntnisse und der Schuldgefühle, die Emil aufsteigen spürt, ist da immer noch der Gedanke, dass Ben es hätte besser haben können, ohne Mia. Dann würde all das hier nicht passieren. Er weiß, dass sich das widerspricht und unfair ist, aber dieser Gedanke hält sich hartnäckig fest und Emil kann ihn nicht loslassen.

Weil, wenn all das, was Emil immer für Ben wollte und für das er sein ganzes Leben gearbeitet hat, nichts ist, was Ben will, wofür hat Emil dann gelebt? Darauf will er keine Antwort finden. Ben schnaubt und sieht Orna aus dem Augenwinkel an.

„Wenigstens reden wir miteinander. Hast du denn wieder Kontakt zu deinem Vater?"

„Ach, halt die Klappe. Ich wollte mit ihm Kontakt aufnehmen, aber er ist tot."

Orna starrt Ben an, bis er wegsieht. Sie kommt um den Tisch, beugt sich zu ihm, damit sie auf Augenhöhe sind. Ben weicht so weit zurück, wie sein Stuhl es ihm erlaubt.

„Und weißt du, warum ich mit ihm Kontakt aufnehmen wollte?" Ornas Stimme ist angriffslustig, und noch bevor sie weiterredet, versteht Emil, dass da noch mehr Dinge sind, die er nicht weiß. „Weil ich dachte, dass ich mich ändern muss und ihm eine Chance geben. Nachdem du mir verweigert hast, Mia zu sehen."

51

Ein Angebot für eine Meisterklasse in Hamburg, weit weg von der Möglichkeit, Ben und Mia irgendwo zufällig zu treffen. Etwas, das Orna nach Hamburg zog, und etwas, das sie aus Stuttgart wegdrückte. Sie hatte ihre Wohnung gekündigt und war erstmal in einer Zwischenmiete untergekommen, bevor sie eine eigene Bleibe gefunden hatte. Das war besser, als länger in dieser Stadt und in der Wohnung zu bleiben, die sie andauernd an Ben erinnerte. Nachdem Mia und er weg waren, hatte sie das Sofa an die andere Wand geschoben und auch den Rest neu arrangiert. Aber trotzdem sah sie ihn immer noch manchmal dort sitzen oder Mia wiegend durch das Zimmer gehen. Und manchmal, wenn sie nachts wach lag, glaubte sie, ein Kind weinen zu hören. Sie brachte es nicht übers Herz, seine Tasse mit dem blauen Elefanten wegzuschmeißen, oder die selbst geschnitzten Löffel. Jeder aus Holz, das Ben auf ihren gemeinsamen Reisen gesammelt hatte. Wenn sie den Esslöffel aus Olivenholz in der Hand hatte, bildete sie sich ein, Israel zu riechen und zu schmecken. Gleichzeitig überlagerten Bilder ihrer Streite und der letzten gemeinsamen Nacht die guten Erinnerungen. Sein Verhalten, seine Hoffnung, sie mit Mia an sich zu binden. Seine bissige Frage, was für ein Mensch sie war. Sie konnte dann vor Wut kaum denken.

***

Es hatte fast sechs Jahre gedauert, bis Orna klar wurde, dass diese Wut auf Ben nichts mit Mia zu tun hatte. Das Kind konnte nichts dafür, dass Ben sich wie ein Arschloch verhalten hatte. Aber auch ganz unabhängig von ihrem Vater war Mia ein Kind und sie konnte immer noch kaum etwas mit Kindern anfangen. Jedes Mal, wenn sie Eltern und Mütter besuchte, drehten sich die Gespräche fast immer nur um den Nachwuchs. Und sie wurden so oft von Geschrei unterbrochen oder von kleinen Händen im Gesicht ihrer Mütter, dass Orna es aufgab, über Dinge zu reden, die ihr wichtig waren. Wenn sie in der Bahn, an der Uni oder in der Stadt Menschen, meist Frauen, mit Kinderwagen beobachtete oder ein Kind, das weinend an der Hand hinterhergezogen wurde, wenn sie den Eltern die Erschöpfung in den Schultern und den Falten ihrer Augenwinkel ansah, wusste sie, dass ihre Entscheidung für sie richtig gewesen war.

Sie war dankbar für das Leben, das sie führte. Führen durfte. Mit all der Unsicherheit, der Spontaneität, der Freiheit. Sie musste nur für sich selbst verantwortlich sein, musste nicht darauf achten, ob sie ihre Macken an eine neue Generation weitergab, und nicht darüber nachdenken, ob ihr Verhalten, ihre Sprache und ihre Art, durch dieses Leben zu gehen, irgendwem ein schlechtes Vorbild waren. Ein Kind würde ihr Leben nicht bereichern, ihr keinen neuen Zweck geben und würde ihr auch nicht die Angst nehmen, allein zu sterben. Es war an ihr, das Leben so zu gestalten, dass sie am Ende nicht alleine sein würde.

Immer mal wieder fragte sie jemand auf einem Date oder auf einer Party oder bei befreundeten Eltern, wie es bei ihr aussah, so mit Kindern. Und selbst, wenn das Gespräch schon längst bei einem anderen Thema war, musste sie immer wieder an Mia denken. Sie war mittlerweile sechs Jahre alt. Wie sah sie aus? Wie war die Mischung aus ihr und Ben? Was hatte sie von Orna? Und wie wirkte sich die Trisomie auf ihr Leben aus?

Es gab in Hamburg auch genug, das sie an Ben denken ließ. Auf den Designmärkten gab es immer einen Stand mit kleinen, geschnitzten Figuren. Sobald sie irgendwo Klezmer hörte, dachte sie an das Krankenhaus und wie sie dort getanzt hatten. Und immer wieder erkannte sie in den Gesichtern von Männern, die ihr sympathisch waren, Bens Züge. Sie war neugierig, wie es ihm ergangen war.

Nach einer Nacht, in der sie so lange wach lag, bis die Sonne rötlich durch ihr Fenster schien und sie an ihre Nacht auf dem Dach denken musste, an seine Wärme und die Geborgenheit, die er geschaffen hatte, wenn er ihr nachts eine Kuhle machte, und an seinen Blick, wenn er sie verliebt ansah, griff sie zum Handy und rief ihn an. Ben war ein Mensch der Gewohnheit. Er würde noch die gleiche Nummer haben.

„Hi, hier ist Ben von Holzkunst Salewski. Wahrscheinlich schnitze ich gerade irgendwas. Aber sag mir kurz, wer du bist und was ich für dich tun kann, ich rufe zurück. Hölzernes Ehrenwort."

Es piepte und Orna hatte das Telefon schon vom Ohr genommen, um aufzulegen. Zögerte dann und nahm es wieder auf.

„Hi Ben. Hier ist Orna. Aber wahrscheinlich sagt dir das dein Telefon sowieso." Sie betrachtete ihre Decke und den hellen Streifen Sonne an der Wand. Ihre Pflanzen warfen scharfe Schatten. „Jedenfalls, ich musste an dich denken. Und an Mia. Wie geht's euch?" Sie streckte ihre Hand aus, bis die Fingerspitzen ins Licht ragten. In vielleicht einer halben Stunde würde sie die Sonne im Gesicht haben. Konnte sie den Strahlen so lange zusehen? „Na ja, ich freu mich, wenn ich was von dir höre. Pass auf dich auf. Und auf die Kleine."

52

Rita nickte bedächtig und Ben steckte das Telefon weg. Er hatte die Nachricht mehrmals abgespielt. Erst hatte er auf dem Bett gesessen, dann war er im Zimmer hin und her gegangen, bis er die Tapser von Mia gehört hatte. Den ganzen Tag über hatte er immer wieder das Handy angestarrt und sich auf die Lippe gebissen. Ornas Stimme zu hören, hatte ihm eine Gänsehaut über den Rücken gejagt. Und sofort war die Hoffnung aufgeflammt, eine späte Version einer gemeinsamen Zukunft. Oder das genaue Gegenteil davon. Nachdem er Mia ins Bett gelegt hatte und sie in der vierten Runde Winnie Puuh endlich eingeschlafen war, hatte er Rita geschrieben, war zur Bank gehastet und hatte ungeduldig gewartet, bis sie keuchend und stapfend erschien, damit er ihr die Nachricht vorspielen konnte.

„Und jetzt hast du Angst, dass sie sie dir wegnimmt?"

Er warf ihr einen Blick aus den Augenwinkeln zu. Fand sie das lächerlich?

„Ist das nachvollziehbar?"

„Weiß ich nicht. Ich kann's mir eigentlich nicht vorstellen, so wie ich sie kennengelernt hab. Aber wer weiß."

Sie biss von der Karotte ab, kaute bedächtig.

Bens Finger zupften Gras vom Boden.

„Hast du mir auch eine?"

„Nein, sorry. Ich hab wirklich nur noch eine und die muss für heute Abend reichen. Ich bringe das nächste Mal mehr mit. Wenn ich daran denke. Ich freu mich so darauf, wenn ich wieder rauchen darf."

Ben zuckte mit den Schultern.

„Ach, ich find's ganz gut, dass du das nicht mehr machst. Deine Lippen haben immer echt scheiße geschmeckt."

„Ich würd ja gern sagen, dass dein Gedächtnis scheiße ist, aber Carmen sagt das Gleiche."

Ben lehnte sich zurück.

„Dann hör mal auf deine Frau. Und fürs Kind ist es eh besser."

„Klar. Für dein Kind wär's besser, wenn es überhaupt eine Mutter hätte."

„Autsch. Das tut weh."

Sie lachte, schlug ihm mit der flachen Hand auf den Schenkel und Ben schrie überrascht auf. Rita biss das nächste Stück ab und schüttelte den Kopf.

„Hast Recht, das war nicht fair."

Ben rieb sich den Schenkel und tat so, als wolle er sie auf die Schulter boxen, Rita wich kichernd zur Seite aus, bevor sie sich zurücklehnte, nah an seine Schulter. Er mochte ihre Nähe. Hatte sie schon immer gemocht.

„War krass, plötzlich ihre Stimme zu hören, nach all den Jahren. Dann bin ich unsicher geworden. Wie kommt sie jetzt plötzlich auf die Idee, sich zu melden und so komplett unbeschwert nachzufragen? Als ob wir erst letzte Woche geredet hätten." Ben rupfte das Gras in immer kleinere Stücke. Spürte die raue Unterseite der Halme, das klamme Grün, das sich an seinen Fingerkuppen absetzte. „Und dann hat die Panik eingesetzt."

Es knackte und krachte neben ihm, dann schüttelte Rita den Kopf.

„Ne, ich kann's mir nicht vorstellen. Aber als Mutter, die ich bald bin, kann ich dir sagen: Ich fänd's fair, von dir zu hören. Schreib ihr doch. Frag sie, warum sie sich jetzt bei dir meldet."

***

Knapp einen Monat später wurde Mia eingeschult, für Bens Geschmack immer noch zu früh. Ein bisschen mehr als sechs Jahre hatte er sie aufwachsen sehen, hatte sie mit Hilfe von Rita und seinen Eltern, hauptsächlich seiner Mutter, erzogen, gefördert und gefordert. Die ersten Jahre war er jede Woche mit ihr zur Physio- und zur Ergotherapie gegangen. Muskelaufbau und Kommunikation. Dort hatten sie gelernt, dass Kinder mit Down-Syndrom besser kommunizieren konnten, wenn sie nicht nur angesprochen wurden, sondern auch Gebärden lernten. Was bei Mia dazu führte, dass sie fröhlich gestikulierte und sich mit allen unterhielt, aber kaum sprach.

Wenn es nach Ben gegangen wäre, wäre sie noch länger im Kindergarten gewesen. Als sie sich dann aber auf Druck der Leitung diese inklusive Schule in der nächsten Stadt angesehen hatten, kamen sie gerade zur großen Pause und ein paar Dutzend Kinder stürmten den Hof, unter anderem eine Gruppe, die lachend hintereinander herrannte und im Laufen gestikulierte. Mia drehte sich zu ihm um, die Augen, die durch die dicken Brillengläser sowieso schon groß wirkten, jetzt noch größer. Noch nie hatte sie so viele Kinder gesehen, die waren wie sie. Die auch Trisomie hatten. Einen Moment später entdeckten die Kinder Mia und zogen sie mit. Ben sah sich zwar noch die Schule an und ließ sich das Konzept erklären, aber er wusste, dass Mia sich schon lange entschieden hatte.

Als sie dann zur Einschulung in der Aula saßen, winkte ihm Mia von vorne begeistert zu, in den Händen die große Schultüte, die Milena für sie gebastelt hatte, und er lächelte, aber spürte das nagende Gefühl der Ungewissheit, das ihn zeit ihres Lebens begleitet hatte. Er wusste, dass sich kein Kind genau gleich entwickelte, dass die eine früher krabbeln lernte, der andere später sprechen und das nächste direkt laufen. Aber wann und bei welcher Fertigkeit würde Mia hintendran sein? Wo waren ihre Defizite? Und wie stark würden sie sein?

Bei jedem Besuch des Spielplatzes und fast jeden Tag, wenn er Mia in den Kindergarten brachte, verglich er sie mit den anderen Kindern, heimlich. Er war stolz, wenn sie in manchen Dingen schneller war als andere in ihrem Alter, und panisch, wenn sie für Sachen länger brauchte. Und wenn Tadashi von seiner Mutter gebracht wurde, festgezurrt an den Rollstuhl, den er niemals in seinem Leben verlassen würde, schämte er sich für die Erleichterung, Mia zu haben.

Jetzt, mit sechs, rannte und spielte sie wie all die anderen und ihre Hände flogen durch die Luft, aber ihr Mund und ihre Zunge kamen nicht hinterher. Modelllernerin, die sie war, würde sie das in knapp zwei Jahren aufgeholt haben, aber das konnte Ben an diesem Tag nicht wissen.

Er war voller Sorge. Und wenn er den leeren Stuhl neben sich betrachtete, dann spürte er das schlechte Gewissen.

53

„Ein Jahr lang habe ich versucht, mit dir Kontakt aufzunehmen, Ben. Und du hattest nicht das Rückgrat, wenigstens irgendwie zu reagieren.“

Orna hat sich in Rage geredet und Ben macht eine beschwichtigende Handbewegung, will sie beruhigen, aber sie schüttelt den Kopf, steht auf. Wirft einen Blick zum Haus und in den Garten. Er ist wilder geworden, die Bäume größer, Wein rankt sich am Haus entlang. An der Wand stehen Holzfiguren, die wahrscheinlich Ben gemacht hat. Ein Leuchtturm samt Wärter, der an der Reling steht. Eine große Ratte mit einer Spraydose in der Hand. Ein amerikanischer Schulbus an einem riesigen Ballon. Zwei Alpakaköpfe, die neugierig in die Runde gucken. Ihre Hälse münden im rohen Holz. Hier kann ein Kind ohne Gefahr groß werden. Viel besser als auf St. Pauli im Dachgeschoss, mit 43 Quadratmetern, dreckigen Straßen, grölenden Menschen und der Polizei, die fast jede Nacht vorbeirast. Schon gut so, dass die Kleine hier ist. Aber sie hätte gern ein wenig zugesehen. Oder wenigstens die Möglichkeit gehabt. Sie wendet sich Ben zu und weiß nicht, ob sie wütend oder traurig ist. Oder einfach resigniert.

„Du hast dich damals wie ein Arschloch verhalten und damit einfach weitergemacht. Wie ich es gehasst habe, zu wissen, dass du die Nachrichten offensichtlich gelesen hast, aber einfach nicht reagierst.“ Orna gibt sich keine Mühe, die Gesichter der ganzen Familie zu deuten. Sie hat nicht die Kraft, darüber nachzudenken, was sie von ihr halten. „Und das Schlimmste ist, dass ich dann irgendwann die Schuld bei mir gesucht habe. Ob nicht doch ich einen Fehler gemacht habe, der dein Verhalten rechtfertigt.“

Die Erinnerung an dieses schale Gefühl, nicht zu genügen, drückt Orna das Herz zusammen. Sie schnieft und unterdrückt den Impuls, die Tränen wegzuwischen. Sollen sie sie doch sehen. Ben weint auch. Er weiß, was für eine Scheiße er gebaut hat.

Emil räuspert sich.

„Vielleicht wäre es besser gewesen, wenn Orna Mia mitgenommen hätte."

Alle Köpfe drehen sich in seine Richtung. Orna kann nicht glauben, was sie gerade gehört hat, und Ben sieht genauso aus.

Emil räuspert sich wieder.

„Nicht falsch verstehen. Mia ist wirklich toll. Ich verbringe gern Zeit mit ihr. Aber ich glaube, dein Leben wäre anders verlaufen, wenn sie nicht da gewesen wäre. Ich wollte wirklich, dass du dir alles erfüllen kannst, was du dir wünschst."

Orna spürt, wie Bens Aura kalt wird. Seine Kiefermuskulatur spannt sich an.

„Warst du bisher bei diesem Gespräch anwesend? Du willst es nicht verstehen, oder? Ich habe genau das Leben, das ich führen will. Ich habe eine Tochter, die ich liebe. Ich mache etwas, das mir wirklich Spaß macht. Und ich verdiene damit Geld."

„Offensichtlich nicht genug, als dass du dir dein eigenes Haus leisten kannst."

Salome schlägt mit der flachen Hand auf den Tisch.

„Sag mal, geht's noch? Seit Jahren fragt Ben euch immer wieder, ob er euch Miete zahlen soll, und du lehnst immer großzügig ab. Und jetzt machst du ihm das zum Vorwurf?"

„Nein, das ist ja völlig in Ordnung und wir wollen kein Geld von ihm. Aber ich kann einfach nicht glauben, dass Ben so leben will. Auch, wenn er das sagt."

Orna sieht Emil entgeistert an. Auch die anderen runzeln die Stirn. Und sie ahnt, dass Emil mehr über sich selbst spricht, als er glaubt.

„Toll, von Ben zu reden, als wäre er nicht am Tisch. Kein Wunder, fühlt er sich nie ernst genommen. Oder geliebt.“

Emil schnaubt verächtlich.

„Ben hat sich von dir getrennt. Du hast hier nichts zu sagen.“

„Emil, hör auf. Du weißt, dass Orna sich von Ben getrennt hat. Nicht andersherum.“

Milena fährt sich über die Augen und verschränkt die Arme. Hält sich an sich selbst fest, sieht Orna an.

„Ehrlich gesagt, ich bewundere dich dafür. Ich wünschte, ich hätte so viel Kraft gehabt.“

Es wird still. Alle blicken zu Milena. Orna kann ihnen zusehen, wie sie langsam begreifen. Emil will irgendwas erwidern, aber er hält sich zurück. In ihm arbeitet es, sein Blick wandert über den Tisch, streift seine Kinder und landet bei seiner Frau.

„Wann?“

„Willst du da jetzt wirklich drüber reden?“

Emil presst die Kiefer zusammen und seine Muskeln treten hervor. Orna kennt diesen Ausdruck von Ben. Hat ihn gerade erst gesehen. Die beiden sind sich ähnlicher, als sie wahrhaben wollen. Emil nickt.

„Offensichtlich waschen wir alle heute schmutzige Wäsche. Wann?“

Milena blickt ihn für einen Moment zweifelnd an, dann ändert sich ihr Gesichtsausdruck. Als wappne sie sich für einen Schmerz, wie kurz vor dem Abreißen eines Pflasters.

„Also gut. Ich wollte immer mal wieder gehen. Aber ganz konkret etwa eine Woche vor Salomes Geburt.“

Emil sinkt auf seinem Stuhl zurück. Seine Stimme ist leise, er ist weit weg.

„Der Besuch bei Frauke. Ich hab dich noch gefragt, warum du so viel Zeug brauchst für ein Wochenende.“

„Ich hatte nicht vor, danach wiederzukommen. Frauke hat mich überredet."

Das Gartentor fällt ins Schloss und reißt alle aus dem Gespräch. Orna dreht den Kopf, sieht dieses zwölfjährige Mädchen und ein Schauer fährt ihr den Rücken hinab. Schwarze Locken und der schlaksige Gang, mit dem Mia auf sie zukommt. Sie sieht nicht aus wie Orna, als sie klein war. Eher wie eine Schwester. Oder eben eine Tochter. Sie richtet sich auf, ihre Haut beginnt zu kribbeln. Für einen kurzen Moment öffnet sich das Leben, das sie mit ihr hätte verbringen können. In dem sie jetzt nicht die Fremde wäre.

Mia schlägt die flache Hand gegen den Kopf.

„Hab ganz vergessen, dass es Essen gibt. Tschuldige, Opa. Hallo Oma!"

Sie bleibt abrupt stehen und mustert die Runde, bis ihr Blick Orna streift und an ihr hängenbleibt. Orna will aufstehen, aber Mia schüttelt den Kopf und Orna stockt, spürt einen fremden Schmerz. So fühlt es sich also an, wenn die Tochter nicht mit dir reden will.

„Ganz komische Stimmung hier. Ich gehe lieber wieder."

Mia sieht zu Ben, bittender Blick, halb im Gehen.

„Papa, fährst du mit mir Kettcar? Tamay musste weg."

Ben sieht zwischen Orna und Mia hin und her.

„Schatz, bleibst du bitte hier? Gerade ist kein guter Zeitpunkt."

„Naklar. Nie ist ein guter Zeitpunkt. Opa?"

Emil schüttelt ebenfalls den Kopf, aber als Mia Luft holt und noch etwas sagen will, steht er abrupt auf.

„Ja. Ich komme. Aber ich lenke."

Mia lacht ihr raues Lachen, dann rennt sie zum Tor.

Ben erhebt sich.

„Mia!"

Emil bedeutet ihm, sich wieder zu setzen.

„Ich gehe."

Er beugt sich zu Milena, redet leise, aber so, dass alle ihn hören können. Unterdrückte Wut, mit Traurigkeit in den Augen.

„Ich bin froh, dass du nicht gegangen bist, damals. Sonst wäre Ben nicht da. Ich liebe ihn und ich bin froh, dass ich ihn habe."

Bevor jemand antworten kann, dreht Emil sich um und geht.

Salome schüttelt den Kopf.

„Warum muss erst so eine Scheiße passieren, damit er sowas sagt?"

Milena seufzt.

„Weil er es nie anders gelernt hat."

„Das ist eine Erklärung, aber keine Ausrede. Das Essen ist jetzt kalt, oder?"

54

Als Emil aus dem Tor tritt, ist Mia schon am Kettcar und schiebt es den Berg hoch. Er läuft hinterher, spürt sein Knie und sein Rücken schmerzt, seit er in Bens Bett schläft. Er verzieht das Gesicht und hofft, dass Mia es nicht sieht. Dann greift er nach dem Sitz und schiebt mit.

„Du fährst jetzt schon den ganzen Tag hier runter. Hast du nicht irgendwann genug?"

„Ne. Macht voll viel Spaß. Besonders mit Tamay. Er ist toll." Sie wirft einen Blick nach hinten, grinst und tätschelt Emils Hand. „Du bist auch toll, aber Tami ist mein bester Freund. Ich verbring gern Zeit mit ihm."

Emil erinnert sich an Ben, als er halb so alt war wie Mia jetzt. Schon am ersten Tag standen die beiden Mädchen aus der Nachbarschaft neben dem LKW, den er für den Umzug gemietet hatte. Die eine mit strohblonden langen Haaren und ganz blauen Augen, die andere die Haare ganz kurz, burschikos hatte Milena das immer genannt. Bens erste Freundin und seine beste Freundin. Wenn Anna nachts schon im Bett sein musste, saßen Rita und Ben noch ewig auf der Bank bei den Kühen. Emil stand manchmal im Dunkeln vorm Haus, rauchte und beobachtete die beiden. Und manchmal sah er auch bei Ritas Eltern einen Schemen draußen stehen und die Kippe, wie sie im Dunkeln aufglühte. Dann hob er die Hand und Ritas Mutter nickte ihm zu.

„Liegt wohl irgendwie in den Familien. Ben ist auch immer mit Rita rumgehangen."

Mia bleibt stehen, sieht ihn mit großen Augen an und Emil schiebt den Wagen alleine weiter.

„Ist Tamay mein Bruder?"

Lächelnd schüttelt Emil den Kopf. Aber wer weiß? Gerade ist er sich bei ziemlich wenigen Sachen sicher. Mia zuckt mit den Schultern.

„Ist trotzdem toll."

Emil bleibt stehen, nicht nur, weil er außer Puste ist. Wartet, bis Mia ihn wieder eingeholt hat.

„Mia, du bist auch toll. Ich mag dich sehr und bin froh, dass wir Zeit miteinander verbringen."

Mia runzelt die Stirn. Dann nickt sie verständnisvoll und klopft Emil auf die Schulter.

„Das wird schon wieder, mit Oma und dir."

Emil fragt sich, wo sie das aufgeschnappt hat.

Mia greift wieder nach dem Lenkrad und sieht ihn erwartungsvoll an.

„Komm jetzt, wir müssen noch weiter hoch."

Er seufzt, stapft ihr hinterher, schiebt das Kettcar nach oben und freut sich, als Mia oben wendet. Er drückt den Rücken durch und schüttelt den Kopf, als sie sich setzen will.

„Nene, ich sitze. Das ist mir zu gefährlich da hinten."

„Vertraust du mir nicht?"

„Ich habe viel mehr Fahrerfahrung als du. Du hättest sehen müssen, wie ich deine Oma ins Krankenhaus gebracht hab, als dein Vater auf die Welt gekommen ist."

Er ist gerast damals mit dem kleinen Volvo, der knapp 20 Jahre später Ben das Leben gerettet hat. Die Straßen waren glatt, Milena neben ihm keuchte immer schneller und Salome saß auf der Rückbank und ließ ihn die ganze Fahrt über nicht aus den Augen.

Mia macht ein enttäuschtes Geräusch.

„Oke. Aber nicht zu langsam sein. Sonst macht es keinen Spaß."

Emil lässt sich in die schwarze Schale gleiten, abgewetztes, raues Plastik. Das ist der dritte Sitz auf dem Kettcar und auch der bekommt langsam Risse. Hoffentlich kommt er später wieder raus. Er schiebt den Sitz ganz nach hinten, aber seine Knie stoßen immer noch an das

Lenkrad. Mia steigt auf das Trittbrett hinter dem Sitz, Emil spürt ihren Bauch an seinem Hinterkopf.

„Los geht's! Opa, du musst treten!"

Der Kies unter den Rädern knirscht, als Emil in die Pedale tritt, dann setzt sich der Wagen langsam in Bewegung. Emil schlägt das Lenkrad ein, sie nähern sich der Kurve, mit jedem Tritt schabt seine Hose am Lenkrad entlang. Dann werden sie schneller, bis Emil nicht mehr mittreten kann. Im weiten Bogen fahren sie um die obere Kurve und dann den Schotterweg ins Dorf runter. Emil packt das Lenkrad mit beiden Händen, um die Vibration auszugleichen und den Wagen in der Spur zu halten, Mia jauchzt und beugt sich nach unten, ihr Kopf knapp über seinem. Der Wind zwingt ihn, die Augen zuzukneifen, das Rattern des Kettcars dringt durch seinen Körper und Emil kann nicht anders, als zu grinsen. Er sieht nach oben, sieht seine Enkelin, die sich an der Stange hinter ihm festhält, mit offenen Augen, wehenden Haaren und ihrem rauen Lachen. Emil lacht ebenfalls auf, als sie am Tor und an den anderen vorbeischießen. Für einen kurzen Moment sieht er sie als Schlieren, die auf der rechten Seite vorbeiziehen, und er erlaubt sich, all die Probleme dort zu lassen.

Vor ihm öffnet sich die Straße zum Dorfplatz, er brettert am Pizzaofen vorbei und geht jauchzend in die Kurve. Es ist zwar anstrengend und sein Rücken wird ihn morgen hassen, aber jetzt weiß er, warum Mia so gern hier runterfährt, und sie werden das auf jeden Fall gleich nochmal machen, nimmt Emil sich vor. Als die Hinterreifen ins Rutschen kommen, das Heck ausbricht und er die Kontrolle verliert.

Plötzlich stehen sie quer, schrammen über den Boden, bis die Reifen im Schotter blockieren, und in diesem kurzen Moment versteht Emil, wie vollkommen machtlos er ist. Er spürt, wie die Räder den Kontakt zum Boden verlieren, das Kettcar auf der linken Seite abhebt und nach rechts kippt. Mia schreit und fliegt über seinen Kopf hinweg, ihr Bein streift noch sein Ohr, dann schlägt seine Schulter auf dem Boden auf, seine Hände scheuern über den Schotter und er reagiert aus Reflex, versucht, sich abzufangen. Etwas knackt in seinem Arm, ein scharfer Schmerz durchzieht sein Handgelenk und Emil schlägt mit dem Kopf auf und verliert das Bewusstsein.

55

Frauke hielt den Wagen an und machte den Motor aus. Milena starrte auf die Klinkerfassade des Altbaus. Als sie vor drei Tagen den Koffer gepackt hatte, war sie sich sicher gewesen, dass sie ihn nicht so schnell wieder in den vierten Stock zurückschleppen würde. In diese Drei-Zimmer-Wohnung, in dieses Leben mit einem Mann, der erst seit einem halben Jahr in der Bank arbeitete, aber jetzt schon jeden Abend resigniert nach Hause kam.

Sie hatte immer Kinder haben wollen und er war der Frage ausgewichen, war selbst kindisch geworden, wenn sie ihn darauf ansprach. Und als sie dann schwanger wurde, war zwar klar, dass sie dieses Kind bekommen würde, aber dafür musste er das Leben aufgeben, das er sich erträumt hatte. Er warf ihr das nie vor, aber sie spürte die Schwere dieser Entscheidung, jeden Abend, wenn er schlecht gelaunt nach Hause kam.

Frauke legte ihre Hand auf Milenas Knie und sie schreckte auf. Frauke ahnte, was in ihrem Kopf passierte.

„Ich weiß, dass nicht alles einfach ist, aber glaub mir, du willst dieses Kind nicht alleine großziehen. Er schlägt dich nicht und er macht dir keinen Vorwurf. Das ist doch schonmal was. Und wenn das Kind da ist, dann entwickelt er sicher auch so was wie Liebe."

Milena wusste, dass es falsch war, wieder zurückzukehren. Aber ihre Kraft hatte nur gereicht, den Koffer zu packen und zu Frauke zu gehen. Sie hatte keine Energie, sich gegen ihre Freundin zu stemmen, die sie so vehement in dieses Leben zurückschob.

Frauke zeigte nach draußen.

„Guck mal, er kommt dir sogar entgegen."

Die Haustür war aufgegangen und Emil stand da, trug seine Kochschürze. Er nickte ihnen zu und kam über die Straße zu ihnen. Frauke drückte Milenas Hand, dann griff sie über sie hinweg und öffnete die Autotür. Milena schob sich und das Kind in ihr aus dem Sitz, versuchte, sich einzureden, dass Frauke vielleicht Recht hatte. Dass Emil noch Freude an der Familie finden könnte, vielleicht sogar Liebe. Und dass es zwischen ihnen wieder so werden könnte wie am Anfang, als sie sich sicher war, dass das der Grundstein ihrer Familie werden könnte. Auch in diesem Leben, das er sich nicht ausgesucht hätte. Er griff nach ihrem Arm. Ein flüchtiger Kuss, dann beugte er sich runter, wechselte zwei Worte mit Frauke, lachte laut und holte den Koffer von der Rückbank. Milena trug sich zum Haus, hob die Hand, als Frauke ihren Namen rief. Sie öffnete die Tür und da war Emil schon hinter ihr. Griff an ihr vorbei und hielt die Tür auf.

„Schön, dass du wieder da bist. Wie war's?"

Zweieinhalb Tage, an denen sie versucht hatte, Frauke dieses diffuse Gefühl zu erklären, weshalb sie Emil verlassen musste. Und Frauke, die ihre ganze Energie eingesetzt hatte, sie davon abzuhalten. Sie hatte auf Milena eingeredet, sie überredet, bei ihrem Mann zu bleiben. Und als Milena irgendwann erschöpft aufgegeben und resigniert genickt hatte, war etwas in Fraukes Augen aufgeblitzt.

Sie wusste genau, warum Milena gehen wollte. Eigentlich sogar musste. Sie wusste, dass Milena Recht hatte. Aber wenn sie das Milena eingestand, hätte Frauke sich auch eingestehen müssen, dass es ihr genauso ging. Und das konnte sie nicht zulassen. Corbinian war gerade zwei geworden.

Milena zuckte mit den Schultern und lächelte Emil an.

„Ja, war schön. Haben viel geredet."

Emil nickte und wuchtete den Koffer die Stufen nach oben.

„Ich verstehe nicht, wie viele Klamotten du für so ein Wochenende brauchst."

56

Emil runzelt erst die Stirn und zieht dann die Brauen hoch, als Orna ins Zimmer kommt. Sie versucht ein Lächeln.

„Sorry, Ben ist bei Mia."

Ben und sie hatten im Wartebereich gesessen, bis eine Schwester ihn gerufen hatte, damit er zu Mia konnte. Ben war aufgesprungen und hatte sich dann zu ihr umgedreht.

„Willst du mit?"

Orna wollte mit und wollte gleichzeitig weit weg sein. Wollte dieses Kind sein Leben lang kennen und in einer Welt leben, in der sie nie schwanger geworden war. Sie freute sich und hatte Angst vor Mia, besonders, nachdem sie vorher am Tisch den Kopf geschüttelt hatte. Sie hatte also abgewunken.

„Ich schau nach Emil. Sonst ist er alleine."

Ben hatte sie einen Moment lang rätselhaft angesehen und dann genickt.

„Sie wollte sowieso zu dir fahren. Sie wird jetzt auch zu dir kommen."

Und Orna hatte nicht gewusst, welches Gefühl das war, das diese Worte in ihr auslösten.

Emil richtet sich auf, schiebt sich nach oben und zuckt zusammen, weil er unbedacht den eingegipsten Arm verwendet.

„Wie geht's ihr?"

Orna setzt sich auf den Stuhl neben dem Bett. Das letzte Mal, als sie auf so einem Stuhl gesessen hatte, lag ihr Vater daneben. Sie hatte ihn ein paar Jahre nicht gesehen und war erschrocken. Die Haut fleckig und eingefallen, tiefe Falten um die geschlossenen Augen, im sehnigen Arm steckte eine Nadel. Schläuche in seiner Nase und in der Kehle und einer, der unter der Decke hervorkam. Dunkelgelbe Flüssigkeit tropfte daraus in einen Beutel unter dem Bett. Und jeder seiner Herzschläge wurde von einem Piepen begleitet.

Sie hatte drei Tage dort verbracht. Seine Hand gehalten und geredet, aber er öffnete die Augen nicht mehr, reagierte nicht.

Orna sieht Emil an.

„Sie machen gerade noch ein paar Tests, aber schaut ganz gut aus. Die Wiese hat ihren Sturz abgefangen. Nur die Brille ist kaputt."

„Gott sei Dank. War eh Zeit für eine neue."

Aber Orna ist nicht nach Lachen zumute.

„Und bei dir? Was sagt die Ärztin?"

Emil betrachtet den Gips, vom Handgelenk bis kurz vor den Ellenbogen.

„Unterarmschaftfraktur. Sie sagt, ich hatte Glück. Ist zwar gebrochen, aber es muss nicht operiert werden. Der Gips bleibt etwa sechs Wochen. Aber ich kann gleich wieder nach Hause." Er schaut kurz hoch, spricht leise weiter. „Also, zu Ben."

Orna sitzt nach hinten gelehnt, hat die Arme verschränkt und presst die Lippen aufeinander, wartet darauf, dass Emil vielleicht den Mut aufbringt, sich bei ihr zu entschuldigen. Der alte Mann starrt aber nur auf seinen Gips. Sie hat ihn gemocht, damals. Er hat nie so viel geredet wie ihr Vater. Als der noch mit ihr geredet hatte. Aber er hatte einen feinen Humor, und wenn er von etwas begeistert war, konnten sie ewig miteinander sprechen. Sie verbrachten Stunden gemeinsam in der Küche und zeigten sich gegenseitig, wie man Zwiebeln ganz dünn schneidet, wie der beste vegane Pfannkuchenteig gelingt und wie Schärfe einen eigenen Geschmack haben kann.

Jetzt sind seine Haare lichter und weißer, einzelne Härchen der Brauen stehen wild nach oben und er macht eindeutig weniger Sport als früher.

„Hat Ben dir mal von dem alten Motorrad erzählt? Er hat es als Junge von einem Nachbarn geschenkt bekommen."

„Klar. Du hast es wieder zum Laufen gebracht. Das ist eine seiner schönsten Erinnerungen.“

Emil sieht überrascht aus. Langsam füllen sich seine Augen mit Tränen und sie versteht, dass er das nicht gewusst hat. Aber ganz ehrlich, woher auch.

Er nickt, den Blick links neben Orna in die Ferne gerichtet.

„Als ich damals auf dem Bock saß, war ich mir ehrlich gesagt ziemlich sicher, dass das eine schlechte Idee ist. Auf diesem rauchenden Motor zu sitzen, das hätte anders ausgehen können. Ich war auch ziemlich baff, wie einfach die Maschine dann doch angesprungen ist.“ Er lacht auf und in seinem Gesicht zeigt sich plötzlich eine Freude, die sie nicht von ihm kennt. „Ich hab durch den Lärm und den Qualm Ben gesehen, der hinter mir hergerannt ist und gejubelt hat. Und ich hab gedacht, selbst, wenn mir jetzt die Federgabel bricht und ich mir echt wehtue. Für diese Freude von Ben hätte sich das gelohnt.“ Er schüttelt den Kopf, als ob er sich ganz in die Gegenwart holen will, sieht dann wieder zu ihr, verletzlich offen diesmal.

„Und als ich vorhin mit Mia den Berg runter bin, hat mich das an Ben und das Motorrad erinnert. Ich hab Mia gesehen, wie sie ihr Gesicht in den Wind hält und mich anschaut und voller Freude ist, und ich dachte, das ist wie damals. Wenn ich mir wehtue, dafür hätte es sich gelohnt. Na ja, und dann hab ich die Kontrolle verloren.“

Orna hebt die Brauen, sieht ihn erwartungsvoll an.

„Und? Hat es sich gelohnt?“

Plötzlich ist da dieses Grinsen von damals. Als sie sich noch kaum kannten und sie ihm sagte, dass er Großvater wird. Und sie bricht in Lachen aus, in das er einsteigt. Ein zwiespältiges Lachen. Das sie gern mit ihrem eigenen Vater geteilt hätte. Das nicht bedeutet, dass sie Emil alles verziehen hat. Aber sie haben einen Anfang gemacht.

Emil wird wieder ernst.

„Orna, ich muss mich entschuldigen. Ich hab von alldem nichts gewusst. Dachte einfach, dass dich ein Kind mit Down-Syndrom überfordert und dir klar war, dass Ben es nicht aufgeben wird."

Orna braucht einen Moment, bis sie dort ist, wo Emil auf sie wartet. Sie hätte nicht gedacht, dass er jemals dort sein würde.

„Ich hätte das schon vorher sagen sollen. Aber die Situation ist eskaliert." Er wiegt den Kopf hin und her, zeigt auf sich. „Unter anderem wegen mir."

„Ja, das war unfair. Und verletzend. Und dann bist du auch noch abgehauen."

Emil fährt sich über die Wangen. Sie hat ihn nie unrasiert gesehen, aber jetzt, gegen Abend, kann sie Stoppeln erkennen, viele von ihnen grau.

„Ben hat heute Morgen Pfannkuchen gemacht. Extra für Mia. Er hat wirklich Angst, sie an dich zu verlieren." Er sieht Orna an. „Oder an ihre Idee von dir. Wenn sie nicht zum Frühstück gekommen wäre, keine Ahnung, was das mit Ben gemacht hätte. Also habe ich ihr versprochen, dass ich mit ihr Kettcar fahre, wenn sie Pfannkuchen isst." Er schüttelt wieder den Kopf. „Ich wollte die Diskussion so wirklich nicht verlassen. Aber ich hatte Angst, dass Ben versteht, warum sie Pfannkuchen gegessen hat. Das wollte ich noch weniger."

Orna betrachtet ihn eine ganze Weile und fragt sich, warum dieser Mann, der für seinen Sohn alles tun würde, es nicht schafft, seinem Sohn zu sagen, dass er alles für ihn tun würde. Wie kann es sein, dass die beiden eigentlich das Gleiche meinen, aber so unterschiedlich kommunizieren?

Sie steht auf, verschwindet im Flur. Kommt wieder und zückt einen Edding.

„Darf ich die Erste sein, die was auf deinen Gips schreibt? Oder bist du aus dem Alter raus?"

57

Als sie seinen Arm festhält und zeichnet, betrachtet Emil Ornas Gesicht, das leichte Lächeln um ihren Mund, den konzentrierten Blick. Er sieht so viel von Mia in ihr. Nein, andersherum.

„Warum bist du nicht bei Mia?"

Sie zuckt mit den Schultern, ohne aufzusehen.

„Sie hat vorher den Kopf geschüttelt, als sie mich gesehen hat. Und jetzt trau ich mich nicht mehr."

Vielleicht sollten wir alle uns unsere Ängste erzählen, denkt Emil. Vielleicht würden wir uns viel besser verstehen. Er legt eine Hand auf ihre und der Stift hält still.

„Es tut mir wirklich leid, Orna. Alles."

Sie nickt, ohne aufzusehen.

„Hab ich verstanden. Aber vielleicht solltest du das auch deinem Sohn sagen." Sie schiebt seine Hand zur Seite, malt weiter. „Er hat es verdient. Und er wartet schon lange darauf."

58

Mia steht mit Ben auf dem Krankenhausparkplatz am Auto. Sie sehen Opa und der Frau zu, wie sie näher kommen. Opa läuft alleine, aber sie sieht aus, als könnte sie ihn immer auffangen, wenn er stolpert. Und Mia weiß, dass das ihre Mutter ist. Wusste es schon vorher. Weil, wer soll sie sonst sein? Mia kennt alle Menschen, die zu Besuch kommen. Nur die Leute von den Workshops nicht, aber die sitzen nicht mit der Familie am Tisch. Und als Opa mit der vergipsten Hand nach dem Geländer greift und gleich darauf zurückzuckt, lacht die Frau laut auf, rau und kehlig.

In Mias Brust wird es warm, wenn sie daran denkt, dass ihr Lachen auch so klingen wird, wenn sie alt ist. Sie springt auf Opa zu, der zurückweicht und den Gips in Sicherheit bringt, aber Mia lacht und zieht ihn runter, betrachtet den kleinen Wagen mit großem Strichmännchen und kleinem Strichmädchen. Sie nickt zustimmend.

„Das ist cool."

„Danke."

„Und? Alles gut?"

Orna ist interessiert, aber da ist auch eine kleine Angst. Mia weiß, dass sie ihr wehgetan hat, als sie im Garten den Kopf geschüttelt hat. Aber nur, weil sie schon vorher den Streit gehört und gemerkt hat, dass alle schlecht drauf sind. So wollte sie Orna nicht treffen.

Mia nickt.

„Naklar. Zwei Roboter-Pflaster für die Schürfwunden am Knie."

„Roboter also."

„Roboter sind cool."

Ben hebt unschuldig die Hände.

„Das hat sie nicht von mir."

Und schon wieder lacht Orna. Ungläubig diesmal.

„Ich bin ja mehr so bei Hunden."

Mia grinst verschmitzt.

„Warte nur, ich stell dir später Ada vor."

„Du hast eine Hündin?"

Mia schüttelt vehement den Kopf und weiß plötzlich, wo ein guter Ort ist, um Orna zu treffen.

„Viel besser."

„Steigt mal ein, ihr beiden."

Opa klettert auf den Beifahrersitz, den linken Arm nah am Körper. Mia findet, dass er ganz schön müde aussieht.

Ben öffnet die Fahrertür und zögert dann, schaut zwischen Mia und Orna hin und her.

„Willst du fahren?"

Orna schmunzelt und fängt den Schlüssel, den Ben ihr zuwirft, und geht ums Auto herum. Mia setzt sich hinter sie und spürt die Blicke von Papa, der neben ihr sitzt.

Er beugt sich zu ihr und flüstert in ihr Ohr.

„Ich wollte neben dir sitzen."

Aber Mias Aufmerksamkeit liegt auf dem Rückspiegel, wo sie Ornas Augen sieht, die leicht gerunzelte Stirn und das sanfte Lächeln. Als sie bei der Ausfahrt in den Rückspiegel sieht, fängt sie für einen Moment Mias Blick auf. Und dann noch zweimal.

„Hey Mia. Ich ..."

Aber Mia hebt die Hand.

„Nenene. Fahr nach Hause. Dann reden wir." Sie beugt sich nach vorne und flüstert so laut, dass sie alle hören können. „Mit Männern ist kein gutes Gespräch möglich."

Orna lacht, aber Mia spürt den Schmerz in Papas Herz. Endlich schaut sie ihn an, legt ihre Hand auf seine und schüttelt den Kopf.

„War ein Witz."

Er sieht ungläubig aus, aber dann hebt er seine Hand, klappt Mittel- und Ringfinger herunter.

Ich liebe dich.

Mia nickt.

Ich weiß.

Ben boxt sie auf die Schulter und Mia muss schmunzeln. Dann beugt sie sich rüber, soweit der Gurt das zulässt, wirft ihre Arme um ihn und presst ihm einen Kuss auf die Wange. Ben fährt ihr durch die Haare.

Sie liebt die Hand auf ihrem Kopf, die Wärme seines Atems auf der Haut, den beständigen Rhythmus seines schlagenden Herzens, der für sie so sehr Zuhause ist.

59

Der Schotter knirscht, als Orna in der Auffahrt zum Stehen kommt, und es wird langsam dunkel. Sie will Ben und Emil hinterher durch das Gartentor, aber Mia packt ihre Hand. Groß und warm, mit festem Griff.

„Ich zeig dir Ada."

Orna wirft einen fragenden Blick zu Ben und verharrt, während Mia in die andere Richtung zieht. Sie sieht die Sorge in seinen Augen, vielleicht sogar Angst, und will ihn beruhigen, aber dann nickt er. Und Orna lässt sich hinterherschleifen, das Mädchen ist stark. Einen kleinen Pfad den Berg hinauf, bis sie an die Bank kommen und dahinter am Zaun stehen bleiben. Mia lässt sie los und Orna spürt die Restwärme an ihrer Hand. Der Vollmond ist gerade vorbei, auch ohne Laternen ist es so hell, dass sie die Wiese und den Stall hinter dem Zaun erkennen kann.

Orna war nur ein- oder zweimal hier, aber sie kennt die Bank. Ben hat viel von Rita erzählt, seiner besten Freundin. Als sie zusammengekommen waren und er von dieser tollen Frau geschwärmt hat, hat Orna sich immer wieder gefragt, ob sie in seiner Wahrnehmung auch jemals so groß sein würde.

„Lebt Rita noch hier?"

Mia nickt mit wehenden Haaren und großen Augen.

„Sie ist die Mutter von Tamay. Ist mein bester Freund."

Orna nickt langsam und presst die Lippen zusammen, fühlt den Stich der Eifersucht auf etwas, das sie eigentlich gar nicht will. Sie tritt näher an den Zaun.

„Ist Ada eine Kuh?"

„Nene. Ritas Eltern hatten Kühe. Aber die fand sie langweilig. Ada!"

Mia stellt sich auf den unteren Querbalken des Zauns und macht klickende Geräusche mit dem Mund. Kurz darauf erscheint ein runder Kopf in der Tür, der braune

Puschel hängt bis in die großen Knopfaugen, die Ohren sind gespitzt. Dahinter taucht ein zweiter Kopf auf, diesmal mit weißem Fell, drückt sich daneben.

Mia schlägt sich mit der Hand auf die Stirn.

„Naklar. Wenn ich Ada rufe, kommt Konrad auch gleich. Die beiden sind immer zusammen und superneugierig. Rupf mal ein bisschen Gras ab."

Sobald Orna das Gras in der Hand hält und sich dem Zaun nähert, strecken Ada und Konrad sich ihr entgegen, drücken ihre Köpfe aneinander, pressen sich gegen den Zaun und versuchen, an das Gras zu kommen. Während die beiden mit Lippen und Zähnen nach dem Gras schnappen und eifrig kauen, nimmt Mia Ornas andere Hand und legt sie auf Adas Kopf. Weiches Fell zwischen ihren Fingern, sie spürt die Wärme der Tiere und den leichten Geruch nach Heu und Stall. Ada drückt sich ihr entgegen.

„Sind nicht alle so verschmust wie Ada. Für sie ist das aber das Tollste. Für mich auch."

Mia beugt sich über den Zaun, legt ihren Kopf an Adas und presst das Tier an sich. Ada kaut einfach weiter. Ornas Hand liegt immer noch auf dem Kopf, ganz nah neben Mia.

„Sie sind wirklich klasse."

„Sag ich doch."

Vorsichtig zieht Ada ihren Kopf zurück und Orna nimmt ihre Hand weg. Als sie verstehen, dass es kein Gras mehr gibt, trotten beide Tiere wieder in den Stall. Mia winkt ihnen nach, obwohl sie schon lang nicht mehr zu sehen sind, dann dreht sie sich um und klettert auf die Bank, ohne den Boden zu berühren. Orna setzt sich daneben, weiß nicht, wie sie sich verhalten soll. Mia mustert sie von der Seite, bis Orna es nicht mehr aushält und zu ihr schaut. Dunkle, offene Augen, als ob das Mädchen keine Geheimnisse hat und niemals lügt. Oder das Gegenteil davon.

„Du bist Orna, stimmt's?"

„Stimmt. Aber das hast du dir schon gedacht, oder?"

„Naklar. Bin ja nicht dumm. Aber ich wollte nochmal sichergehen.“

„Das hab ich schon gemerkt.“

Mia nickt heftig.

„Ja, ich finde auch, dass man das merkt. Also, dass ich nicht dumm bin.“ Sie lässt sich nach hinten fallen und die Beine baumeln. Ihre Finger verknoten sich ineinander und sie murmelt etwas vor sich hin, das Orna nicht verstehen kann. Dann spricht sie lauter. „Hat man das damals nicht bemerkt? Bist du deshalb gegangen?“

Keine Version in ihrem Kopf, wie dieses Gespräch hätte werden können, kommt an diese Realität heran. Sie hätte nie gedacht, dass sie hier sitzen würde, auf der Bank neben den Alpakas, und dass es dann doch so schnell gehen würde, mitten im Gespräch zu sein. Es kribbelt auf den Armen und im Nacken. Sie hat sich diesen Moment in den letzten Jahren immer wieder ausgemalt und die kleine Hoffnung gehabt, dass Ben den Mut und die Kraft aufgebracht und Mia erzählt hat, wieso sie ohne Mutter aufwächst. Sie ist sich sicher, dass es keinen Weg durch dieses Gespräch gibt, der Mia nicht wehtut.

„Ich bin nicht wegen dir gegangen. Ben und ich hatten uns schon getrennt. Das hat nicht funktioniert zwischen uns.“

Mia nickt.

„Funktioniert auch nicht immer zwischen uns.“

Orna muss schmunzeln, für einen kurzen Moment.

„Erst danach habe ich gemerkt, dass ich mit dir schwanger bin.“ Wie sie damals auf dem Klo saß und den Streifen angestarrt hatte. Sie spürt immer noch ein Echo des Gefühls von damals. Und dann schaut sie Mia an, die darauf wartet, dass sie weiterredet. „Dein Papa wollte dich haben. Deshalb bist du da.“

Mia wiegt den Kopf zu einer Melodie, die Orna nicht hören kann. Dann sieht sie Orna an, fragend. Ist das Angst oder Traurigkeit in ihrem Blick?

„Du wolltest mich also nicht haben?"

Orna spürt, wie ihr Gesicht heiß wird. Hat sie wirklich gedacht, dass Mia die Leerstellen in ihrer Antwort nicht füllen kann? Irgendwas in ihr hat das gehofft. Und ein anderer Teil ist stolz auf dieses Mädchen. Auf ihre Tochter, die so schnell versteht. Sie kann ihr nicht länger in die Augen schauen, zuckt mit den Schultern, betrachtet ihre Hände.

„Ich kann es nicht anders sagen. Aber das hatte nichts mit dir zu tun." Sie strafft ihren Rücken. „Gibt's irgendwas, was du nicht magst?"

„Pilze." Mia verzieht angewidert das Gesicht. „Opa zwingt mich immer wieder, dass ich sie probiere. Geschmack verändert sich, sagt er. Stimmt aber nicht."

Orna muss grinsen, aber Mia sieht sie ernst an.

„Und du magst keine Kinder?"

Orna schließt die Augen, fühlt sich ertappt und schüttelt schnell und heftig den Kopf. Sie spürt den Schweiß zwischen ihren Händen.

„Nein, Kinder sind total in Ordnung. Und wer immer Kinder will, soll sie haben. Aber ich wollte nie welche." Sie wischt sich die Handflächen an der Hose ab, aber sie bleiben klebrig. „Ich will dich wirklich nicht verletzen, Mia. Aber ich will dir auch die Wahrheit sagen. Weißt du, das war nicht so, dass ich dachte, ach, ich bin mit Mia schwanger und die mag ich nicht. Es ging grundsätzlich um Kind oder nicht Kind. Nicht um dich." Sie schüttelt wieder den Kopf, sie spürt ihr Herz schlagen und wie ihr Atem aufgeregter wird. „Ich weiß, dass sich das nicht gut anfühlt. Entschuldige."

Mia sitzt vornübergebeugt da, die Schultern eingesackt, und Orna schmerzt es, sie so zu sehen. Soll sie sie umarmen? Darf sie sie umarmen?

Dann Mias Stimme, nüchtern, auch sie spricht mehr zu ihren Händen.

„Ich finde, ich bin ganz gut geworden."

Orna legt Mia kurz die Hand auf die Schulter, ein Reflex, den sie nicht unterdrücken kann, zieht sie aber gleich wieder weg.

„Sorry, ich wollte dich nicht einfach anfassen. Du bist wirklich großartig geworden. Das hast du deinem Vater zu verdanken, der dich liebt. Bei mir wäre das anders gewesen. Immer, wenn ich überfordert gewesen wäre, hätte ich es bereut, Mutter geworden zu sein. Und das hättest du gespürt. Das wäre nicht fair gewesen."

Mia nickt auf eine ruhige Art, die Orna nicht lesen kann, und diese Mischung aus Kummer und Warten macht sie verrückt. Da ist dieser penetrante Gedanke im Hintergrund, dass es vielleicht besser gewesen wäre, damals abzutreiben. Aber sie sieht dieses Kind neben sich sitzen und sie weiß, wie sehr Ben seine Tochter liebt. Und sie fragt sich, für wen es besser gewesen wäre und warum nicht einmal irgendwas eindeutig und einfach ist.

„Papa ist auch manchmal überfordert mit mir. Dann weiß er nicht, was er sagen soll, und steht vor meiner Tür und traut sich nicht, zu klopfen. Aber ich kenne seine Schritte." Sie sieht auf. „Darf ich dich umarmen?" Und noch bevor Orna nicken kann, schlingt Mia ihre Arme um sie und murmelt in Ornas Hals. „Danke, dass du das erklärt hast."

Orna nickt und hält Mia fest, spürt ihre eigenen Tränen und die Scham. Sie hat diese Dankbarkeit nicht verdient. Hätte es besser, früher, anders, feinfühliger machen müssen.

Dieses Gefühl ist nicht neu für sie. Immer wieder kriecht es an die Oberfläche und sitzt ihr im Nacken. Alles, was sie tut und jemals getan hat, hätte sie besser, früher, anders machen müssen.

Irgendwann bekommt sie keine Luft mehr und atmet tief ein.

Mia kichert.

„Echte Umarmungen müssen so fest sein, dass man für einen Moment keine Luft bekommt. Dafür aber 1000 Liebe."

60

Ben hat sich ein Glas mit Wasser gefüllt und ist wieder in den Garten gegangen. Betrachtet die Umrisse von Mia und Orna und seine Brust zieht sich zusammen, als der Wind Mias Kichern rüberweht.

„Du wirst sie nicht verlieren, Benaja. Sie liebt dich so sehr, wie ich dich liebe."

Ben hat nicht bemerkt, wie sein Vater zu ihm getreten ist, zuckt zusammen und muss erst aus dem Tal seiner Angst um Mia heraus, um zu realisieren, was Emil da gerade gesagt hat.

Er nickt langsam.

„Ja. Meistens weiß ich das. Aber manchmal tut es wirklich gut, es auch zu hören."

Emil sieht sich im Garten um, als ob er etwas suchen würde. Vielleicht seinen Mut, weiterzusprechen.

„Worte sind nicht so mein Ding. Aber du weißt, dass ich alles für dich tun würde."

„Kochen zum Beispiel, auch wenn ich das gar nicht will."

Für einen Moment ist Ben sich nicht sicher, aber Emil hat es schon richtig verstanden. Sie grinsen beide. Dann wirft sein Vater einen Blick die Straße hinauf.

„Die DT 80 von Marek."

Ben nickt und will darauf reagieren, aber Emil spricht weiter.

„Orna hat mir erzählt, dass sie eine deiner liebsten Erinnerungen ist. Ich hab das nicht gewusst."

Sein Vater sieht ihn überraschend lange an. Was selten passiert und nie, wenn sie miteinander reden. Sein Vater schneidet Zwiebeln oder blättert in der Zeitung, wenn sie sprechen, geht vielleicht durch den Garten oder drückt das Telefon direkt seiner Mutter in die Hand. Was jetzt nicht mehr geht. Was bedeutet, dass Ben neu lernen muss, mit seinem Vater zu kommunizieren. Und vielleicht ist das der Anfang.

Dann schaut sein Vater doch noch weg.

„Jedenfalls wollte ich dir sagen, es ist auch eine meiner schönsten."

Ben versucht zu verarbeiten, was Emil gerade über die Lippen gebracht hat. Er sieht ihn immer noch nicht an, sondern nickt in die Dunkelheit, den Berg hinauf.

„Und jedes Mal, wenn Mia lacht, höre ich dein Lachen von damals."

In Ben tobt ein Sturm, ein Orkan sogar, und er hat Gänsehaut am ganzen Körper. Er spürt die Kühle der Nacht, das Gras unter seinen Füßen, er hört das Lachen seiner Tochter irgendwo außerhalb dieser kleinen Blase, in der er versucht, die Worte seines Vaters festzuhalten.

„Danke, dass du das gesagt hast."

Er legt umständlich einen Arm um Emil und küsst ihn auf die stoppelige Wange. Sie ist trocken und rau und warm. Das hat er noch nie getan und es fühlt sich so ungewohnt an, dass Ben sich nicht sicher ist, ob er das jemals wieder tun wird. Aber dann dreht sein Vater den Kopf und küsst seine Wange ebenso und Ben kann seine Tränen nicht mehr halten.

61

Salome steht am Fenster, als Rita mit frischem Bettzeug reinkommt. Sie wirft es aufs Bett und stellt sich neben sie. Sofort sieht sie die Schemen auf ihrer Bank.

„Wer ist das?"

„Dem Lachen nach Mutter und Tochter."

„Das ist ein Gespräch, bei dem ich gerne zuhören würde."

„Wahrscheinlich wird Mia es dir morgen ganz genau nacherzählen."

„Immer, wenn sie zum Essen da ist, erzählt sie Tamay die neueste Folge Paw Patrol und das dauert länger als die Folge selbst."

Salome kichert.

„Darf Tamay die nicht sehen?"

„Klar. Er kennt sie. Aber er liebt es, ihr zuzuhören."

„Bester Junge."

„Hat ja auch großartige Mütter."

Salome nickt und dreht sich ins Zimmer.

„Ist das wirklich okay? Ich kann auch auf dem Sofa schlafen."

„Ich weiß nicht, was unsere Eltern sich damals gedacht haben, aber mein Sofa ist genauso scheiße unbequem wie eures. Und außerdem haben wir schon ewig nicht mehr gemeinsam in einem Bett geschlafen. Pyjamaparty."

Rita wirft die Hände nach oben, Salome nickt und macht ein Lächeln, aber Rita sieht ihr an, dass sie woanders ist.

„Was ist los?"

Salome verschränkt die Arme, lehnt sich in das offene Fenster.

„Bei dem fetten Streit vorhin ging's um alles Mögliche und es kam echt viel Scheiße auf den Tisch."

Rita nickt.

„Da muss es echt hoch hergegangen sein."
„Unter anderem ging's um meine Fehlgeburten."
Sie und Rita waren damals zeitgleich schwanger gewesen. Bis Salome das Kind wieder verlor. Und sich dann nicht mehr diesem Schmerz stellen wollte und es nie mehr probiert hat. Was Rita nachvollziehen kann, auch wenn sie insgeheim glaubt, dass ein Kind jeden vorherigen Schmerz wettmacht. Wobei sie nicht aus Erfahrung sprechen kann und deshalb lieber gar nichts sagt.
Salome kaut auf ihrer Lippe, bevor sie weiterspricht.
„Aber ich hatte beim zweiten Mal gar keine Fehlgeburt. Bei der pränatalen Untersuchung kam raus, dass das Kind mit sehr hoher Wahrscheinlichkeit das Down-Syndrom gehabt hätte."
Bei Rita kommt an, was Salome ihr gerade erzählt, sie dreht sich zu ihr und nimmt sie in den Arm. Salome bleibt ganz steif, spricht mit fester, ruhiger Stimme weiter. Als ob sie sich selbst überzeugen muss.
„Ich hab Ben sechs Jahre lang zugesehen. All die Termine bei der Physiotherapie, bei der Logopädie, diese ewige Suche nach dem passenden Platz in der Kita, und wie all die anderen Menschen am Anfang immer auf Mia reagiert haben. Ich liebe die Kleine, wirklich. Aber ich hätte nie die Kraft gehabt."
„Das tut mir so leid, Sally."
„Ich konnte das Ben nicht erzählen. Ich glaube, er würde nie wieder mit mir reden."
„Er ist dein Bruder und er weiß, dass ihr verschiedene Leben führt."
„Ich glaube, Papa war vorhin kurz davor, ihm das zu sagen. Noch eine Bombe in das Trümmerfeld."
Rita drückt sie erneut, aber Salome reagiert immer noch nicht.

„Ich muss es ihm sagen. Muss den Mut aufbringen, das aus der Welt zu schaffen."

„Und deshalb ziehst du mich mit rein?"

Jetzt sieht Salome endlich auf und Rita legt ihr ganzes Verständnis und vollkommene Empathie in ihr Lächeln.

Salome zuckt mit den Schultern.

„Vielleicht war das die Generalprobe."

62

Mia hat die Hände gefaltet und ist auf der Bank so weit nach unten gerutscht, dass sie den Kopf ablegen kann. Sie blickt in den Himmel und liegt ruhig da, was Orna unfassbar findet. Sie selbst ist vollkommen aufgewühlt, voller widersprüchlicher Gefühle und Gedanken, und fragt sich, wer von ihnen eigentlich erwachsen ist. Mias Brust hebt sich sanft. Sie atmet durch den leicht geöffneten Mund, ihr Pony ist schräg geschnitten und hängt ihr bis zur kaputten Brille. Bevor Orna den Impuls unterdrücken kann, schiebt sie ihr die Haare zur Seite.

Mia dreht den Kopf und grinst verschmitzt. Dann setzt sie sich auf.

„Papa sagt, du hast den Namen ausgesucht. Warum heiße ich Mia?"

Orna denkt an damals, als sie den Namen vorgeschlagen hat. Und an noch früher.

„Weil es ein schöner Name ist."

Mia winkt ungeduldig ab.

„Und weil es die Widerspenstige bedeutet. Naklar. Aber warum noch?"

„Ben hat nicht so lange gebohrt."

Mia zuckt mit den Achseln und sieht sie so lange auffordernd an, bis Orna resigniert nickt. Sie spricht leise und mit dem Kopf in der Vergangenheit.

„Meine Mame wollte immer noch eine Tochter. Eine kleine Schwester für mich. Aber das hat nie geklappt. Sie wollte sie Mia nennen. Sie hat dich zwar nicht mehr erlebt, aber sie hätte sich gefreut."

Orna sieht das Strahlen ihrer Mutter vor sich, den Stolz für ihre Tochter, ein breites Grinsen, das ihre wirklich kaputten Zähne zeigte. Sie hätte ihre Enkelin mit Liebe erdrückt. Und Mia hätte zurückgedrückt.

Mia nickt und runzelt dann die Stirn, legt ihren Zeigefinger dagegen.

„Also sind wir irgendwie auch Schwestern?“

„Irgendwie auch, ja.“

Mia hält Orna die Faust hin. Orna starrt sie an, weil sich das, was sie mit Mia hat, in Ordnung anfühlt und gleichzeitig nicht. Da sind immer noch zwölf unbekannte Jahre, die Orna verunsichern und ihr ein komisches Gefühl machen. Weil, was ist schon ein Gespräch gegen all die Zeit? Dann sieht sie, dass Mia ihr Zögern bemerkt und die Enttäuschung sich von hinten anschleicht, also schlägt sie schnell ihre Faust dagegen und Mia lacht auf. Laut und heiser und erleichtert. Irgendwo hinter ihr antworten die Alpakas genauso kehlig, sodass auch Orna schmunzeln muss. Mia sieht sie hoffnungsvoll an.

„Jetzt, wo du weißt, wie cool ich bin. Darf ich dich mal in Hamburg besuchen kommen? Diesmal wirklich?“

Wenn Orna ehrlich mit sich ist, dann weiß sie das nicht. Vielleicht ist das hier ein schöner Abend und sie sehen sich nicht wieder. Vielleicht will Mia schon morgen nichts mehr mit ihr zu tun haben. Oder sie nicht mit Mia. Und an Happy Ends glaubt Orna sowieso nicht. Aber vielleicht wird nicht nur Liebe aus Mut gemacht, sondern auch Zukunft aus Zuversicht.

„Wir müssen das mit Ben klären. Aber von mir aus gern.“

Mia klatscht dreimal und lässt sich selig wieder nach hinten fallen.

Orna macht ein halbes Lächeln.

„Willst du sonst noch was wissen?“

„1000 und drei Dinge. Aber nicht jetzt.“ Sie schwingt nach vorne und reibt sich die Arme. „Sollen wir zu den anderen?“

Orna zögert. Weil dieser Moment so überraschend leicht ist. Greifbar und gefüllt mit diesem Lachen, das sie sich teilen. Als ob diese Bank nicht in dieser Welt steht und sie hier einfach für sich sein können. Da unten aber wartet die Realität auf sie. Mit allen Diskussionen und Streiten. Mit all den Geheimnissen und Verletzungen und dem Rest der Vergangenheit. Mit all den erwachsenen Anstrengungen, die wirklich niemand braucht.

Aber Mia stellt sich auf die Bank und streckt Orna die Hand hin. Sie greift danach und stellt sich neben sie. Mia reißt ihre Arme nach oben und sie springen ins Gras, dann folgt Orna Mia den Berg runter, über die Straße und durch das Tor. Und sie weiß immer noch nicht, was morgen sein wird.

63

Ben drückt auf das Anrufsymbol, die Musik geht aus, er hebt das Telefon ans Ohr und starrt das Stück Holz an, das vor ihm liegt. Solange er sie nicht erreicht hat, kann er sich eh nicht konzentrieren. Es klingelt vier-, fünf-, sechsmal und Ben ist sich sicher, dass sie das Telefon wieder nicht hört, aber dann klickt es in der Leitung und Ben atmet erleichtert auf. Er lehnt sich zurück, betrachtet die Holzdecke der Werkstatt. Er könnte mal wieder die Spinnweben wegmachen.

„Schön, dass du auch mal rangehst, Mama."

„Ben, wir haben in den letzten beiden Tagen öfter telefoniert als jemals in unserem Leben."

Sie klingt leicht genervt. Und sie hat Recht. Aber wie soll er denn ruhig sein, wenn er nicht Bescheid bekommt?

„Ich hätte auch gleich angerufen. Wir sind gut angekommen. Orna hat uns schon aufgesammelt."

Ben hört Möwen im Hintergrund und das Lachen von Tamay und seiner Tochter. Jede Faser seines Körpers vermisst sie und er wäre gern mit ihr dort. Drei Tage lang Familie sein, Vater, Mutter, Kind, im Urlaub, mit dem besten Freund. Und der kleine Teil in ihm, der die Hoffnung niemals verliert, träumt davon, dass sie danach vielleicht zusammen bleiben. Aber Ben weiß, dass das nicht passieren wird.

Es wäre eine ganz komische Stimmung, Mia und Orna würden sich die ganze Zeit von ihm beobachtet fühlen, und das wahrscheinlich zu Recht. Er hat schon oft genug gelesen, dass er seine Tochter loslassen muss, auf eigenen Beinen durch diese Welt gehen lassen, damit sie sich zurechtfinden und von sich aus zu ihm zurückkehren kann. Er hat sogar gehört, wie schwer das sein soll. Aber die Realität tut gerade richtig weh. Er fährt mit der Messerspitze auf dem Holz herum.

„Wie ist es so?“

„Windig. Aber strahlende Sonne. Unser Gepäck ist schon bei Orna. Gleich machen wir eine Hafenrundfahrt. Moment.“

Es rauscht und klickt, dann hört er Mia. Viel zu nah, zu laut, zu aufgedreht.

„Papa! Es ist toll hier! Was für große Schiffe. Und Orna hat einen total süßen Hund. Der hat Tami direkt übers Gesicht geschleckt! Ich will auch einen.“

Ben versteht nicht, was Orna im Hintergrund sagt, aber Mia lacht heiser auf und sein Herz setzt für einen Schlag aus. Er schließt die Augen und versucht, daran zu denken, dass sie bald wieder da ist. Nur zweimal schlafen.

Mia ruft viel zu laut ins Telefon.

„Nein, ich heb das gern auf! Wir gehen jetzt auf ein Boot. Ciao Papa!“

Bevor Ben etwas antworten kann, raschelt und knackt es wieder.

„Bist du noch dran?“

Milena hört sich abwesend an, als ob sie mit dem Kopf woanders ist. Hoffentlich bei seiner Tochter.

Er rafft sich auf, damit er nicht allzu traurig klingt.

„Hört sich gut an bei euch. Habt viel Spaß und passt auf euch auf. Sag ihr, dass ich sie liebe.“

Für einen Moment hört er nur den Wind und die Möwen und ein Lachen, das er nicht ganz zuordnen kann.

„Sie wird das in den paar Tagen schon nicht vergessen. Wie machen sich deine Praktikanten?“

Ben dreht sich um. Viktor sitzt mit dem Rücken zu ihm, AirPods in den Ohren, der Kopf wippt zum Beat, während er die Schnitte auf die Rohlinge zeichnet.

„Viktor ist schnell und gewissenhaft. Ist noch ein bisschen still zwischen uns."

Er weiß, dass seine Mutter lächelt.

„Das wird schon. Sorg dafür. Ich muss los. Hab dich lieb."

„Ich dich auch. Grüße an Orna."

Wind und Vögel verstummen und Ben lässt das Handy sinken. Die Musik geht wieder an, aber er stellt direkt auf Pause.

„Viktor! Bock auf ein Eis?"

Viktor hält inne, nimmt einen Airpod aus dem Ohr und sieht Ben kurz an, dann nickt er.

„Klar. Gern." Er setzt die Kappe auf den Stift und steht auf, streckt sich, zeigt mit dem Daumen hinter sich. „Kommt er mit?"

Emil sitzt da und arbeitet konzentriert mit der linken Hand, der Gips ruht in seinem Schoß, Mias alte abgewetzte Kopfhörer auf seinen Ohren. Ben stampft zweimal mit dem Fuß auf und sein Vater sieht zu ihm, mit hochgezogenen Augenbrauen. Ben tut so, als würde er an einem Eis lecken, und Emil zieht die Kopfhörer ab.

„Kinder, ihr könnt doch kein Eis essen, bevor es Mittagessen gibt!"

Ben schaut seinen Vater an, mit dem Echo des Gefühls, wenn Salome und er sich was aus der Süßigkeitenkiste geholt haben, bevor es Essen gab. Vor mehr als 20 Jahren. Der alte Trotz, das Verschleiern des Ertapptwerdens, steigt hoch. Dann aber wirft er einen Blick zu Viktor, der grinsend dasitzt und mit der Zunge schnalzt.

„Ich bin ohne Papa aufgewachsen. Mama hat immer gesagt, solange wir trotzdem aufessen, ist es ihr egal. Und außerdem, wir sind doch alle erwachsen."

Ben kann seinem Vater ansehen, wie er die möglichen Antworten durchgeht. In seinem Blick ist etwas Zorniges

Viktor gegenüber und dann so etwas wie Mitleid. Er lässt die Schultern sinken.

„Ich würde auch ein Eis nehmen. Aber ihr müsst mir versprechen, dass ihr später aufesst."

Viktor lächelt triumphierend.

Emil zeigt auf das eingespannte Stück Holz vor sich, das eigentlich ein Rührlöffel werden sollte.

„Ben, kannst du mir später kurz helfen? Ich kriege die Kuhle nicht so tief, wie ich sie gern hätte."

Ben nickt und lässt sich nichts anmerken.

„Klar."

Hat also nur knapp 35 Jahre gebraucht, bis er endlich auch mal seinem Vater etwas zeigen kann. Er mag das Gefühl.

Emil hält sich am Tisch fest, als er aufsteht, streckt sich.

„Das ist echt nicht gut für den Rücken. Du musst auf dich aufpassen, Ben."

Ben schüttelt den Kopf, aber so, dass sein Vater es nicht sehen kann, und hält den Kommentar zurück, der ihm auf der Zunge liegt. Er meint es nicht so, muss Ben sich sagen. Er hält den beiden die Tür auf.

So schnell ist es also wieder weg, das gute Gefühl. Was eigentlich auch nur bedeutet, dass es wiederkommen kann.

Abspann

Eigentlich wollte ich von Ben und Anna erzählen, wie die beiden in diesem Dorf aufwachsen, die Liebe ihres Lebens sind und Anna irgendwann abhaut, nur um 20 Jahre später wieder vor der Tür zu stehen. Schon damals war Ben alleinerziehend und der Roman hätte sich um verschiedene Beziehungssysteme gedreht. Aber die eigentliche Story konnte ich nicht ganz greifen.

Als ich Anfang 30 war, haben sich meine Eltern getrennt. Der Zwölfjährige in mir war verletzt, meine glückliche Kindheit bekam Dellen und ich hab gemerkt, dass ich die Beziehung zu meiner Mutter und zu meinem Vater neu aufbauen muss. Und dass ich in diesen Beziehungen manchmal auf Augenhöhe wahrgenommen werde, in bestimmten Situationen und Themen aber wahrscheinlich immer das Kind bleibe. Was also, wenn statt Anna der Vater für ein paar Nächte wieder bei Ben einzieht?

Wie bei meinem Roman *Immer noch wach* erzählte ich erst meiner Freundin Chantal von meiner Idee und dann irgendwann meinem Agenten Markus Michalek von der AVA International und Linda Müller, meiner Lektorin bei Haymon.

Unzählige Spaziergänge, Gespräche und Telefonate sind in dieses Buch geflossen, ohne Menschen wie Andrea, Nik, Johanna, Kim, Simone, Felix, Jula und Wolfgang gäbe es den Roman nicht. In all diesen Gesprächen ist ziemlich schnell klar geworden, dass ich die Geschichte von Ben und Mia nicht erzählen kann, ohne die Story von Orna zu erzählen. Weil, in den Versionen, in denen ich sie nicht erzählt habe, war die (damals noch namenlose) Mutter automatisch eine Rabenmutter. Warum also nicht dieses Vorurteil nehmen und eine neue Geschichte erzählen?

Ohne Orna Donath („Regretting Motherhood“), Sheila Heti („Mutterschaft“) und Jessica Lind („Mama“) hätte ich nicht gewusst, wie ich anfangen soll. Orna wäre eine ganz andere Figur geworden. Und ohne all die Frauen*, die mir von ihren Wünschen, Horrorvorstellungen, Schwangerschaften, Abtreibungen, Versuchen und Gefühlen erzählt haben, gäbe es dieses Buch ebenfalls nicht. Es steht zwar mein Name drauf, es sind aber die Geschichten und Erfahrungen ganz vieler Menschen.

Bei Paulina von *Gemeines Holz* habe ich im Schnitzkurs selbst einen Holzlöffel gemacht und sie hat auch den Munch-Löffel geschnitzt, den Ben im Buch macht. Instagram hat Bilder. Lotte ist eine befreundete Hebamme und hat mir sehr viele Abende lang stoisch alle Fragen beantwortet. Gina, Aline und ein paar andere haben mir in einer Intimität und Ehrlichkeit von ihren Schwangerschaften und Geburten erzählt, die ich davor nie erlebt habe. Antonia, Florian und Charlotte haben mir bei der Gebärdensprache geholfen. Mit Lin, Alma, Juliane, Ismene, Guido und Elsa durfte ich Teil einer Zukunft sein, in der ein Alltag mit Down-Syndrom normal ist. Sie haben mit mir Mia geschaffen. Markus ist der coolste Urologe, ich habe mich nie besser und offener über Sperma und die Produktion desselben unterhalten. Juliane hat mir erzählt, wie sie als Polizistin vorgeht, wenn sie zwei Kinder wieder zuhause abliefert. Hannah und Franzi, beste Mitbewohnerinnen und meine Haus- und Hofärztinnen, haben mir bei den medizinischen Dingen geholfen. Bei meiner besten Freundin und Haustherapeutin Chrissy habe ich Ben und seine Familie in Retro-Therapie geschickt. Und meine Tacheles-Gruppe aus Hildesheim ist immer da, wenn ich eine Flaute habe und zweifele, ob das hier wirklich mal ein Buch wird.

Viele von diesen Leuten haben mir nicht nur vorher lange zugehört und Fragen beantwortet und Geschichten erzählt, sie haben zusammen mit Nadine, Rebecca, Christian, Daniel, meinen Geschwistern und meinen Eltern auch als Beta-Leser:innen das Buch in verschiedenen Fassungen gelesen und kommentiert. Sie und so viele weitere haben mich inspiriert und mir unzählige Dinge beigebracht, ohne die ich dieses Buch nicht hätte schreiben können. Und falls ich irgendwas falsch verstanden habe oder übersehen, entschuldige ich mich dafür.

All diese Menschen helfen mir, den Traum vom Bücherschreiben real zu machen, und ich bin ihnen so dankbar. Auch dir, Leser:in. Wenn du bis hierher gelesen hast, sowieso.

Eine letzte Sache:

Sehr viele Menschen haben mir ihr Vertrauen geschenkt und ihre Geschichten erzählt. Die Ereignisse und Gefühle in diesem Buch sind real. Sie sind ein Mosaik dieser Menschen. Ich durfte es zusammensetzen. Danke.